Heinrich Mann (um 1889)
Heinrich-Mann-Archiv, Berlin

Heinrich Mann
In einer Familie
Roman

Mit einem Nachwort von
Klaus Schröter

S. Fischer

Heinrich Mann
Gesammelte Werke in Einzelbänden
Herausgegeben von
Peter-Paul Schneider

2. Auflage: Februar 2000
© 2000 S. Fischer Verlag GmbH, Frankfurt am Main
Alle Rechte liegen beim
S. Fischer Verlag GmbH, Frankfurt am Main
Gesamtherstellung: Clausen & Bosse, Leck
Printed in Germany 2000
ISBN 3-10-047818-5

In einer Familie

Paul Bourget gewidmet

Man hatte im »Seehof« den Kaffee genommen und wanderte nun langsam am Ufer auf und nieder, sich immer in der Nähe des Wirtshauses haltend, wo die Pferde bereits zur Rückfahrt nach Kreuth eingespannt wurden. Alle drei hatten seit einigen Minuten die Unterhaltung ruhen lassen, welche nur dann zeitweilig belebt wurde, wenn der Major stehen blieb, um seinem Entzücken über die Schönheiten der Landschaft Worte zu verleihen. Der alte Herr zeigte gern den Kunstbeflissenen; indes war das Bild, auf welches er das junge Paar aufmerksam machte, seiner Begeisterung würdig.

Die schon sehr schräg fallenden Sonnenstrahlen riefen auf dem fast bewegungslosen Achensee einen Schimmer hervor, der aus der Tiefe zu steigen schien, als machte eine Schicht Gold das Wasser bis zur Oberfläche erglänzen. Wie in ein Wunderland hinabgetauchte Riesen zeichneten sich in all dem Glanz die schwarzen Spiegelbilder der vielfach mit Nadelholz bestandenen Felsen ab. Diese lagen, die Sonne bereits im Rücken, mit Ausnahme ihrer rotglänzenden Spitzen in völliger Dunkelheit.

»Seht einmal, bitte«, sagte Herr v. Grubeck mit einer Handbewegung auf den See, »sehen Sie, Wellkamp, können Sie sich etwas Vollendeteres vorstellen als das dort, wie die kleinen hellen Streifen sich mit dem Schwarz verbinden? Die Brechung des Lichtes, die dadurch bewirkt wird, ist etwas ausnehmend Feines.«

»Sehr schön«, stimmte der junge Mann seinem künftigen Schwiegervater bei, und er setzte hinzu:

»Der Achensee ist in seiner hellen, freundlichen Art, alle Eindrücke aufzunehmen und wiederzuspiegeln, die ihm seine Umgebung bietet, so recht das Gegenteil von Gewässern, wie etwa der Feldsee eines ist. Ich war bei völlig wolkenlosem Himmel dort, und das ›Seebuk‹, von wo ich steil auf das Wasser hinabsah, trug das allerschönste Grün. Aber der See antwortet auf nichts. Man hätte ihn trotz all des Blau und Grün, das auf ihn einleuchtete, etwa für Torfboden halten können, wenn es nicht geglänzt hätte wie straffgespannter schwarzer Atlas.«

Wellkamp liebte es, bei allen Gelegenheiten irgend eine seiner zahlreichen Reiseerinnerungen zu Vergleichen herbeizuziehen.

Überdies war jeder der beiden Herren, vielleicht halb unbewußt, darauf bedacht, den andern auf möglichst vorteilhafte Weise mit seiner Person bekannt zu machen. Leute, die, ohne sich bisher wesentlich näher gestanden zu haben, in enge Beziehungen zu einander zu treten bestimmt sind, pflegen dieses Bedürfnis zu haben.

Nachdem diese Kreuther Bekanntschaft kaum

vier Wochen gepflegt worden, war es auf dem heutigen Ausfluge ganz plötzlich und allen drei Beteiligten unvermutet zur Verlobung gekommen. Der Major hatte die beiden jungen Leute nur für einen Augenblick allein gelassen, als sie auch bereits einig geworden waren.

Anna hörte, während sie nun ihren Arm, ohne sich indes zu stützen, in dem seinen hielt, noch immer seine Stimme, welche seltsam weich geworden war, als er ihr die entscheidende Bitte vorgelegt hatte. Und auf der Fahrt, vor der Ankunft im »Seehof«, waren sie beide so ausgelassen fröhlich gewesen, noch ganz unbekümmert um das Folgende!

Auf dem Gesichte des jungen Mädchens lag ein stilles, etwas träumerisches Glück, das zuweilen, vielleicht bei einem Gedanken an künftiges, zu heller Freudigkeit aufleuchtete. Auch Wellkamps Miene zeigte einen zufriedenen, frohen Ausdruck; der jedenfalls unbeabsichtigte, etwas verdrossene, müde Zug, der Anna mitunter darin aufgefallen, war häufig von einem stillen Lächeln überdeckt. Den Major dagegen hatte das Ereignis in geradezu lustige Stimmung versetzt. Er blinzelte aus den Ecken seiner schmalen, gekniffenen Augenspalten fortgesetzt die beiden Menschen an seiner Seite an, welche das Glück nunmehr gänzlich verstummen gemacht hatte.

Vor Glück verstummt! Und doch, so schlicht und gegeben solch Glück als Wirkung der Ursache er-

scheint, daß zwei Menschen, die an ihre Zusammengehörigkeit glauben gelernt haben, sich hierüber
verständigten: wie viele der verschiedensten Empfindungen, Gedanken, Wünsche, Hoffnungen, vielleicht mit einem frohen Aufatmen, vielleicht im Gegenteil mit einer unbestimmten Beklommenheit verbunden, wirken zusammen, solch eine scheinbar
durchsichtig einfache Stimmung hervorzubringen!
So konnten auch hier das junge Paar wie der Vater in
ihren Erwägungen und ihren Gefühlen sehr verschieden gestimmt sein, während ihre Mienen das
gleiche, schlichte, unzusammengesetzte Glück ver-
kündigten.

Anna Grubeck wußte von ihrem neuen Verlobten im Grunde nicht viel neben dem, was sie selbst
in dieser Zeit täglichen Verkehrs an ihm wahrgenommen. Er war wohlhabend, wenn nicht reich,
und jedenfalls im stande, ihr eine unabhängige Stellung zu geben. Sie war zu sehr gewohnt, alles mit
praktischen Blicken anzusehen, um dies nicht anzuerkennen, auch jetzt, wo ihre Empfindung lauter zu
sprechen bemüht war als jede Überlegung. Denn sie
liebte ihn und wußte dabei, daß das Gefühl einer
gewissen Überlegenheit, welches ihr Verkehr mit
ihm sie gelehrt hatte, nicht den unbedeutendsten
Anteil daran hatte, wenn sie sich zu ihm hingezo-
gen fühlte. Die Art ihrer Überlegenheit war ihr un-
bekannt geblieben, ebenso wie sie die Ursache seines Hanges, sich ihr in jeder Frage mit Ehrerbie-

tung und mit einer merklichen Genugthuung unterzuordnen, nicht zu deuten wußte. Nur hatte ihr der weibliche Instinkt alsbald verraten, daß etwas anderes als einfache Ritterlichkeit in seinem Betragen zu suchen sei.

Bei ihrem Vater herrschte die Freude über die nahe Aussicht vor, den unhaltbaren Zuständen in seiner Familie ein Ende gemacht zu sehen. Zu allem Unglück, welches seine zweite Ehe herbeigeführt, hatte sie begonnen, seine Tochter zu isolieren. Es war gut, daß diese dem Kreise der Frau, mit der ein Zusammenleben auf die Dauer für sie nicht denkbar war, schon jetzt entrückt werden sollte. Mit dem Schwiegersohn war der Major einverstanden. Sein Alter wie seine pekuniäre Freiheit sagten ihm zu, auch war er ein liebenswürdiger und korrekter Mann.

Anders empfand der junge Mann selbst, durch dessen Annäherung an eine Familie so mannigfache Veränderungen hervorgerufen werden sollten.

In dem Augenblick, da Wellkamp an der Tafel des Kurhauses ein Gespräch mit seiner stillen und ernsten Nachbarin angeknüpft, hatte er erkannt, daß ein Verkehr mit ihr im stande sein könnte, ihn aus dem Zwange zu befreien, in dem ihn eine lange Vergangenheit und am unerträglichsten eine letzte Erfahrung hielt.

Denn die Erinnerung an das Berliner Abenteuer, dem er sich kaum entrissen, hatte ihn hierher ins Gebirge verfolgt. Es war ihm gewesen, als hafte an seinen Händen noch immer der entnervende Duft dieses Frauenhaares, in das er sich eingekrallt, wenn zwischen ihm und ihr der Kampf tobte, den diese ganze seltsame Liebe bedeutet hatte. Auch hatte er unaufhörlich das schrille Lachen des Mädchens zu hören gemeint, wie sie ihm zum Abschied nachrief: »Geh doch! Du kommst ja doch wieder!« Und wie vielmal war er im Begriff gewesen, zu packen, um die Fesseln wieder auf sich zu nehmen, die er nicht mehr entbehren konnte.

Ursprünglich war es eine unbeabsichtigte, flüchtige Begegnung. Das Mädchen war ihm gleich anfangs unsympathisch gewesen und sie war es immer geblieben. Aber wie sie ihn am ersten Abend durch eine eigentümliche Frechheit und Sorglosigkeit zu gefallen, zugleich reizte und abstieß, in eben solcher Weise hatte sich das Verhältnis zwischen ihnen fortgesetzt. Stets unleidlicher war es ihm geworden, und stets unmöglicher war ihm gleichwohl ein Bruch erschienen. Der kurze Aufenthalt in Berlin, den er beabsichtigt, war zu mehr als einem halben Jahre verlängert, als es die Szene zwischen ihnen gab, die er sich nie zugetraut hätte. Er hatte sich auf ihm selbst unbegreifliche Weise eine augenblickliche Überlegenheit abgerungen, aber wer war der eigentliche Sieger? Er mußte auf seiner Flucht und später noch ihre Schönheit vor Augen sehen, die ihm nie so triumphierend und dabei so niedrig erschienen war wie zuletzt, als sie ihm nachrief: »Geh doch! Du kommst ja doch wieder!«

Jener Tag, als er mit Anna Grubeck bekannt wurde, machte all diesem Spuk ein Ende. Es war, als breitete sich, von ihr ausgehend, Klarheit und Friede über seine Stimmungen aus. Täglich merkte er deutlicher, daß ihr Einfluß das Leben seiner Gedanken und Gefühle völlig erneuere. Bei dem Klange ihrer ruhigen Altstimme, in der so gut ihr stillheiteres Wesen zum Ausdruck kam, wurde er allmählich ein anderer. Zuweilen überkam ihn, wenn sie sprach, eine träumerische Müdigkeit, während welcher einzelne Worte oder Bilder aus seiner Kinderzeit in seiner Erinnerung emportauchten. Oder er konnte sie in eine harmlose Luftigkeit mit hineinreißen, ebenfalls wie ein Kind.

So genas er und hatte nur den Wunsch, die süße Rekonvaleszentenstimmung lange, lange hinauszudehnen, ohne einen Gedanken an die Zukunft. Trotzdem war es heute, fast wider seinen Willen, zur Aussprache gekommen. In das trauliche Wohlbehagen dieses Nachmittags hatte sich ihm plötzlich die Furcht vor der Möglichkeit gemischt, dem jetzigen Zustande ein Ende gemacht zu sehen, und ohne Zögern hatte er seinem Drange, das Verhältnis für immer zu befestigen, nachgegeben. Sonst langsam und unlustig, einen Entschluß zu fassen, sah er in seinem heutigen schnellen, kräftigen Impuls die beste Bürgschaft dafür, daß er recht gethan.

Als der Major, welcher das längere Schweigen mit eingehender Beobachtung der Beleuchtungseffekte in der Landschaft ausfüllte, wieder einmal stehen blieb, brach Wellkamp eine der Alpenrosen, die in dieser Höhe unmittelbar am Seeufer wuchsen, und überreichte sie seiner Braut. Er hatte ausdrücken wollen, daß er in der Blume ein Symbol für ihre Verbindung erblicke, aber er fürchtete, daß es gesprochen eine Banalität sein könnte.

Anna dankte ihm freudig lächelnd, und damit war die Stille, in der jedes seinen Betrachtungen nachgehangen, gebrochen. Der Major erinnerte an den Aufbruch.

Einmal wieder auf der Fahrt, blieb mit der Träumereien erzeugenden abendlichen Uferlandschaft auch die Stimmung der vergangenen Stunde zurück. Alle drei begannen, völlig ermuntert, an die Zukunft, die ihnen winkte, heranzutreten. Es wurden mit Eifer Pläne geschmiedet. Natürlich wünschte das junge Mädchen, um dem Vater nahe zu bleiben, in Dresden Wohnung zu nehmen, und Wellkamp stimmte ihr bei.

»Ich kann mir«, sagte er, »für eine junge Ehe keinen geeigneteren Aufenthalt denken, als diese stille und elegante Stadt. Alles wird uns dort mehr Behagen und Vertraulichkeit bieten, als in dem Getriebe eines regen Verkehrsplatzes zu finden sein würde – ohne daß wir dabei die Vorzüge eines solchen zu entbehren hätten.«

»Du kennst Dresden?«

Anna sprach das »Du« bereits ruhig und geläufig aus, wie wir wohl jemand laut einen Namen geben, mit dem wir ihn in unsern Gedanken seit langem benannt haben.

»Wenige Wochen, wie überall, habe ich mich auch dort aufgehalten«, entgegnete ihr Verlobter. »Wenn die Plätze, an denen wir vorübergehen, uns verraten wollten, unter welchen Bedingungen wir zu ihnen zurückkehren werden! Ich hätte dann eine deutlichere Erinnerung an die Stadt. Was meinst Du aber zu einer Wohnung am Bismarck-Platz?«

»Nicht wahr? Gerade wollte ich sagen, daß es meine Lieblingsidee ist. Und dabei fast in Papas Nachbarschaft.«

Der Blick des jungen Mädchens machte sich eigentümlich zärtlich, als sie ihn, ohne ihr Plaudern zu unterbrechen, ihrem Vater zuwandte.

Auch darin ward man sogleich einig, einen langen Brautstand entbehrlich zu finden. Es standen einer baldigen Verbindung durchaus keine Hindernisse entgegen. Vorerst wurde die Abreise auf morgen festgesetzt. Wellkamp erklärte, nur bis München mitzureisen, wo ihn Geschäfte einige Tage zurückhalten würden. Dafür aber sollte der heutige Abend dem festlichen Anlaß entsprechend begangen werden.

Der Major erklärte sich auf die Fragen der jungen Leute mit allem einverstanden, indes war er nach und nach schweigsamer geworden. Er sah häufig scharf in die dunkelnde Gegend hinaus, als studierte er sie. Wenigstens mochte es sein Bemühen sein, dies die andern glauben zu machen. Aber Anna bemerkte, daß sein Blick unruhig abirrte. Sie legte ihm in ihrer kindlichen Sorglichkeit den Mantel um, da es kühler ward, und der Wagen sich Kreuth näherte, wo der kalte Wind eingetreten sein mußte, der hier jeden Morgen und jeden Abend mit der Regelmäßigkeit von Ebbe und Flut wiederkehrte.

Kurz vor der Einfahrt begann der alte Herr lebhaft und mit etwas übertrieben lauter Stimme zu sprechen, und im Laufe des Gesprächs warf er eine Bemerkung hin, deren unsicher fragender Tonfall die Gleichgültigkeit der Redeweise verdächtig machte.

»Nun bleibt uns noch«, sagte er, »morgen mit dem frühesten meiner Frau zu depeschieren, was sich ereignet hat. Sie muß es unbedingt noch vor unserer Ankunft wissen; es wird sie doppelt freuen.«

Wellkamp erwiderte seinem Schwiegervater mit einer stummen Verbeugung. Eine Frage hielt er zurück, sie schien ihm nicht angebracht, da man es bisher vermieden, ihn von einer zweiten Ehe des Majors zu unterrichten. Nur daß ihre Mutter nicht mehr am Leben, hatte er von Anna erfahren.

Inzwischen hielt der Wagen vor dem Kurhause.

Nun der Major sich der ihn lange beschwerenden Mitteilung entledigt, ward seine Munterkeit ungezwungener und lauter als vorher. Im Laufe des Abendessens ward er sogar ausgelassen. Man nahm dieses, da die frühe Abendtafel des Hotels bereits beendet, allein, in einer Fensternische des Speisesaales traulich abgeschlossen.

Zum erstenmale mußte Wellkamp näheres über seine Familienverhältnisse berichten.

»Ach, Deine Mutter auch schon tot!« wiederholte Anna.

»Ja, gleich nach meiner Geburt.«

»Aber Ihr Herr Vater!« rief der Major, rasch ablenkend.

»Hätten wir doch bald vergessen, Ihrem Vater gebührt auch eine Depesche. Mach'n wir gleich morgen früh. Wie lange das wohl bis Hamburg dauert. Is doch 'n ziemliches Endeken.«

Angesichts der Bowle, mit deren Bereitung er Ehre eingelegt, begann der alte Herr in den Jargon seiner Lieutenantstage zu verfallen.

»Dein Vater wird hoffentlich nach Dresden kommen?« fragte Anna.

»Ich weiß nicht, aber –« Wellkamp stotterte in augenblicklicher Verlegenheit. »– aber ich glaube kaum. Er ist so stark beschäftigt, es bleibt ihm zu wenig Zeit für andere Dinge.«

Anna schlug die Augen nieder, sie hatte seine Verwirrung wahrgenommen. Es mußte eine verlegene Pause eintreten, doch der Major hatte, von der Bowle in Anspruch genommen, nichts bemerkt. Er begann zu versichern, daß er kein Redner sei, daß man sich schon ohne einen Redner behelfen müsse.

»Aber« – er erhob sein Glas und blinzelte Wellkamp zu – »auf ein glückliches Philisterium!«

Die Müdigkeit seiner Tochter nötigte den alten Herrn schließlich, die Tafel aufzuheben. Er hätte gern den letzten Abend seiner Freiheit länger ausgedehnt, wie Wellkamp ihn im Hinausgehen sagen hörte.

Letzterer fühlte trotz der späten Stunde, daß es für ihn nutzlos sein würde, Ruhe zu suchen. Sein Denken und Empfinden war übermäßig angespannt worden durch die heutigen Ereignisse, welche ihm die Aussicht auf eine gänzlich unvorhergesehene Zukunft eröffneten, während sie zugleich eine schmerzliche Berührung seiner Vergangenheit herbeigeführt hatten. Welche Flut von Erinnerungen auf ihn eindrang, während er in seinem Zimmer auf- und niederschritt, hier und da einige Gegenstände ordnend, um sie in die bereitstehenden Koffer zu legen.

Erich Wellkamp stammte aus einer Hamburger Familie, welche erst durch seinen Vater zum Wohlstand gelangt war. Sie war durch nichts mit einem der alten, einflußreichen Häuser verbunden, welche die Träger des Ansehens der mächtigen Handelsstadt sind. Aber in ihnen hatte der junge Wellkamp stets den niederdrückenden Gegensatz zu dem Emporkömmlingsstande vor Augen, dem er selbst angehörte.

Diese Patrizierfamilien schienen ihm Fürstenhäusern zu gleichen, so erhaben waren sie über die von Tag zu Tag stattfindenden sozialen Wandlungen, so gefestet in den vornehmen Traditionen ihrer Häuser. Ihre Mitglieder traten in der Öffentlichkeit schlicht und ohne die Sucht zu glänzen auf, welche die »neuen Leute« kennzeichnete, denen nicht durch die Gewohnheit von Generationen Reichtum und Rang zur Selbstverständlichkeit geworden. Auch konnte sie keiner der Vorwürfe treffen, welche gegen Kapital und Bürgertum geschleudert wurden. Sie verkörperten in einer Zeit der Auflösung und des Niederganges der kaufmännischen Rechtlichkeit die unantastbare Arbeit ihres Standes.

Die Vergleiche, welche er zwischen Leuten dieses Schlages und seinem eigenen Vater anstellte, mußten für den aufgeweckten Knaben bitter genug ausfallen.

Der ältere Wellkamp hatte, aus kleinen Verhältnissen aufgestiegen, ein nicht unbeträchtliches Vermögen erworben, als er die Tochter eines Münchener Geschäftsfreundes heimführte. Die Frau, deren feine sanfte Züge Erich nur aus ihrem Bilde kannte, mochte bei ihren Lebzeiten einen mildernden, verfeinernden Einfluß auf ihren Gatten ausgeübt haben. Jedenfalls waren nach der Geburt des Knaben und ihrem Tode sowohl seine geschäftlichen Manipulationen wie sein Privatleben immer zweifelhafterer Natur geworden.

Der heranwachsende Sohn unterließ es nicht, als

Entschuldigung für den Vater anzuführen, daß er sich über den Tod der Gattin, die er wahrhaft geliebt zu haben schien, vielleicht auf seine Weise zu trösten versuchte. Überdies lag es nicht in der Natur des jungen Wellkamp, über das Treiben eines andern moralisch abzuurteilen. Was ihn auf eine ihm selbst nur halb begreifliche Weise gegen seinen Vater erbitterte, war, daß er selbst mit dem Hange zu gleichen Ausschweifungen zu kämpfen hatte. Vergebens rang er anfänglich in Stimmungen des Überdrusses mit sich um den Sieg über die Leidenschaft. Langsam erzog ihn dann die Zeit zur Gleichgiltigkeit – bis jene Szene erfolgte, deren er nie gedenken konnte, ohne zugleich Schmerz und Abscheu zu empfinden, und welche einen nie geheilten Bruch zwischen ihm und seinem Vater herbeiführte, um einer Frau willen.

Während des Mittagsmahles, der einzigen Gelegenheit, die sie mitunter zusammenführte, hatte ihm der Vater an jenem Tage den Verkehr mit einer bestimmten Frau untersagt.

»Warum gerade mit ihr nicht?«

Als auf seine wiederholte Frage das Verbot nicht begründet wurde, hatte er in einer Aufwallung seines Blutes, die vielleicht durch beleidigtes Selbstbewußtsein, vielleicht durch Eifersucht verursacht war, seinem Vater die Beschuldigung zugeworfen:

»Weil Du selbst Absichten hast!«

Zwar war er darauf selbst erschrocken, seinem Instinkt Recht gegeben zu sehen, als jener in nicht länger zurückgehaltener Wut ihn anherrschte:

»Nun, und was weiter? Ich werde Dich einfach überbieten!«

Wie namenlos brutal und unwürdig ihm später diese und die dann folgenden Repliken erschienen! Konnte *er* es wirklich sein, hinter dem diese Szene lag, er, der gegen jede Rohheit, gegen jeden leidenschaftlichen Auftritt immer eine empfindliche Abneigung besessen hatte?

Nach einem solchen Ende seiner Beziehungen zum Vaterhause war er aufgebrochen, um draußen seine Gewohnheiten, die stärker als er waren, fortzusetzen. Was hatten die Reisen, welche seit seinem zweiundzwanzigsten Jahre, nun zehn Jahre hindurch, sein Leben ausgefüllt hatten, demselben an inneren Gehalt gegeben?

Er legte sich die Frage in dieser Stunde mit einem bittern Lächeln vor. Er ließ einiges von dem, was sich in den Koffern, an denen er beschäftigt war, an Reiseerinnerungen fand, durch seine Hände gleiten: Antiquitäten, Bilder, Andenken, elegantes Gerümpel, das meiste unbedeutend, einiges von Wert.

»Weiter nichts?« fragte er.

Er glaubte sich gestehen zu müssen, daß er immer derselbe geblieben, von jenem Bruch mit seinem Vater bis an den gewaltsamen Abschluß des letzten Berliner Abenteuers, dem er kaum erst entronnen. *Das* hatte sein Dasein ausgemacht.

Unter dem Druck der Reminiszenzen erschien ihm die Vergangenheit so grell und so mißtönig, daß er zweifeln zu müssen meinte, ob sie selbst von einer tröstenden und befreienden Zukunft völlig überwischt und zum Stimmen gebracht werden könnte.

Wie dem auch sein mochte, er klammerte sich an die Hoffnung, hier einen letzten Ausweg aus den bisherigen Irrungen seiner Existenz vor sich zu haben. In hoher, reiner Luft hatte er eine Alpenrose gefunden; in ihre Atmosphäre mußte er sein in dumpfer Niederung erstickendes Leben verpflanzen, um gesunden zu können. In Furcht und Hoffnung zugleich fieberhaft zitternd, suchte er endlich sein Lager auf, ohne doch bis gegen Morgen einen regelmäßigen Schlaf finden zu können.

Als Wellkamp beim Frühstück mit den Grubecks wieder zusammentraf, konnte er bemerken, daß auch hinter ihnen eine größtenteils ruhe- und erholungslose Nacht lag. Der Major schien zudem die Nachwirkung des ungewohnt reichlichen Weingenusses noch nicht überwunden zu haben. Seine kleinen Augen, die er mit Anstrengung geöffnet hielt, erglänzten feucht.

»Ich wußte es ja, daß ich Bowlen nicht mehr vertrage«, beteuerte er. »So ein unnatürliches Gemisch! – Aber was thut man nicht für seine Familie!« fügte er hinzu.

»Übrigens habe ich bereits telegraphiert«, sagte

der alte Herr, als man sich zum Thee niederließ, worauf Wellkamp, um weiteren Fragen zu entgehen, flüchtig entgegnete, daß auch er seine Depesche aufgegeben habe.

Es erübrigte nur noch kurze Zeit bis zur Abfahrt. Indes stattete man der Molkenhalle noch einen Besuch ab. Aus dem letzten Becher der frischen, herben Kräutermilch trank Anna lächelnd »auf die Zukunft«. Wellkamp fand trotz seiner Niedergeschlagenheit, daß vielleicht etwas ähnliches ihm zugestanden hätte. Aber dann erfrischte und ermutigte es ihn, an seiner Braut die frohe Zuversicht zu bemerken, welche in ihrer Miene lag und zugleich in ihren kräftigen Formen ausgeprägt schien, die der mit dem Glase emporgehobene Arm vorteilhaft zur Geltung brachte.

Auf der Wagenfahrt zur Bahnstation Gmund begann sich bei allen drei bereits die Abschiedsstimmung bemerkbar zu machen. Der Major mochte überdies durch die nahe Aussicht des Wiedereintritts in seine ungeliebte Häuslichkeit bedrückt werden. Indes kam unter der fortwährenden Berührung des sanften, frischen Morgenwindes und bei dem regelmäßigen, einwiegenden Geräusch der Pferdehufe nach kurzer Zeit seine Müdigkeit zum Durchbruch.

Wie das Haupt des alten Herrn tiefer auf seine Brust sank, und seine Atemzüge hörbarer wurden, überkam die ihm gegenübersitzenden jungen Leute das ihnen bisher unbekannte Gefühl der engsten Zusammengehörigkeit, das durch ein erstes Alleinsein hervorgerufen wurde. Ohne diese Stimmung durch ein Wort zu stören, wurden sie ihrer erst ausdrücklich inne, als sich ihre Hände auf dem Polster zwischen ihnen unbewußt zusammenfanden. Nach geraumer Zeit endlich that Wellkamp, indem er die schmale Hand, auf welcher er die seine ruhen gelassen, leise streichelte, ohne indes seine Nachbarin anzusehen, eine Frage, für die sich, wenn sie jetzt versäumt wurde, vielleicht nicht sobald eine Gelegenheit wiederfand.

»Du mußt mich nun«, sagte er, indem sich das Bemühen in seiner Stimme aussprach, eine schwierige Angelegenheit leichthin und in vertraulicher Weise zu erledigen, – »Du mußt mich nun ein wenig über eure häuslichen Verhältnisse unterrichten; es geht nicht wohl an, daß ich gar so unwissend in euern Kreis eintrete, man stößt dann leicht an, weißt Du? Also was ist es mit dieser zweiten Ehe, über die der Papa so ungern spricht?«

Die schnelle und fertige Antwort deutete an, daß Anna die Aussprache, welche ihr Verlobter herbeiführte, vorausgesehen hatte.

»Siehst Du, Erich«, erwiderte sie, »wer an den unfreundlichen Zuständen in unserer Familie die Schuld trägt, darüber möchte ich nicht urteilen. Vielleicht hat der arme Papa in allerbester Absicht, bloß aus Besorgnis um mich und meine Bequemlichkeit, einen Fehler begangen. Das kleine Vermögen meiner

Mutter hatte Papa in den ersten Jahren nach ihrem Tode« – sie stockte einen Augenblick – »glaube ich verloren. Und als er nun vor drei Jahren auch noch seinen Abschied nehmen mußte, waren seine pekuniären Verhältnisse so schwierig, daß er sich zu einer zweiten Heirat entschloß, nur weil er darauf bestand, mir den Komfort zu bieten, den er für unentbehrlich hielt. Ich hätte ihm darin wohl widersprechen sollen, aber – mein Gott, ich war damals ein dummes Ding! – Es ist erstaunlich, wie rasch entwickelt man sich in meinem Alter finden kann.«

Nach dieser philosophischen Parenthese, mit der sie eine nachdenkliche Pause ausgefüllt, schien sie eine Zwischenbemerkung des Hörers zu erwarten. Als Wellkamp jedoch schwieg, fuhr sie mit einem leisen Seufzer fort.

»Wie gesagt, ich möchte die Frau nicht anklagen, obwohl sie mich haßt, und ich sie nicht liebe. Papa und sie können einander eben nicht verstehen, das ist alles. Wie soll ich sie Dir beschreiben, Du wirst sie ja kennen lernen. Oder vielmehr«, setzte sie rasch hinzu, »auch Du wirst sie nicht kennen lernen. Sie ist jedem unverständlich, und das genügt doch wohl schon, um kein rechtes Einvernehmen aufkommen zu lassen. – Denke doch, könntest Du etwa eine Frau auf die Dauer – lieben, die Du nicht verstehen könntest? – Mich wenigstens hast Du von Anfang an klar und ehrlich vor Dir. – Man muß sich gegenseitig von seiner Natur nichts verheimlichen können. – Und

Papa, weißt Du, ist im Gegensatz zu ihr ein so einfacher und offener Charakter –«

Sie war im Begriff, ihre Auseinandersetzung von vorn zu beginnen, so verlegen war sie durch sein beharrliches Schweigen gemacht. Die letzten Sätze hatte sie bereits zögernd gesprochen und nur, um eine peinliche Pause zu vermeiden. Sie fürchtete, ihn durch irgend eines ihrer Worte verletzt zu haben. Endlich kam seine zerstreut klingende Zustimmung: »Ja, gewiß.« Dann schwiegen beide.

Wellkamp hatte während der schlichten Erzählung seiner Braut an dem vagen Gefühl einer Beklemmung, die sich auf seine Brust legte, das Herannahen einer neuen, noch unbekannten Gefahr zu ahnen gemeint. Er zitterte vor ihr um so mehr, als ihm zu ihrer Überwindung auch der Anschluß an Anna kein Vertrauen einflößte. Denn im Verlaufe ihrer Auseinandersetzung, welche sein Interesse auf unerklärliche Weise erregt hatte, glaubte er zum erstenmale eine Grenze ihrer Fähigkeiten bemerkt zu haben. Sie hatte so zuversichtlich, als sage sie etwas selbstverständliches, davon gesprochen, daß man einander, um das Glück einer Verbindung zu ermöglichen, nichts verheimlichen können dürfe: also mußte sie wohl die Geheimnisse seines eigenen Innenlebens in ihrem Besitze glauben. Sie mußte ihn zu kennen wähnen! Durch diese Beobachtung schien ihm unvermutet eine eigentümliche Ironie ihres Verhältnisses aufgedeckt. Mochte er sie am Ende nur hineinlegen mit dem gewöhnlichen Hochmut der vom Leben Mitgenommenen, an schlimmen Erfahrungen Reichen, die auf unschuldige und vertrauensvolle Menschen, so sehr sie diese beneiden und lieben mögen, im tiefsten Herzen doch immer gewissermaßen herabblicken – jedenfalls war seine jetzige Empfindung nicht geeignet, ihn zuversichtlicher zu stimmen.

Das unausgesprochene Mißbehagen, welches auf diese Weise sich zwischen sie gelegt hatte, wurde auch während der Bahnfahrt von Gmund bis München nicht beseitigt. Sie redeten nur gleichgiltiges mit einander, während Herr v. Grubeck sich auch im Coupé eine Schlummerecke eingerichtet hatte. Als er kurz vor der Einfahrt in die Halle geweckt wurde, machte der alte Herr sich eifrig mit dem Gepäck zu schaffen und umarmte sodann den Schwiegersohn mit verhaltener Rührung, während er sich durch die immer wiederholte Versicherung eines baldigen Wiedersehens Trost zusprach.

Wellkamp geleitete Vater und Tochter an den für Dresden bestimmten Zug, wo man eilig Abschied nehmen mußte. Während die Verlobten sich die Hände reichten, bemerkte eines in des andern Blick das Bedauern über das unbestimmte Hindernis in seinem Gefühl, welches den Abschied nicht so herzlich werden ließ, wie jedes von ihnen es wünschte.

II

Die Angelegenheiten, welche ihn nach München geführt, hielten Wellkamp dort länger zurück, als er ursprünglich angenommen hatte. Die Verwaltung seines nicht unbeträchtlichen mütterlichen Erbes, um welche es sich auch jetzt handelte, war das einzige Geschäft, das ihm seit seinem Fortgang aus der Heimat oblag, und auch dieses hatte er in einer ihm unter den nunmehrigen Verhältnissen selbst unbegreiflichen Weise vernachlässigt.

In den zwei Wochen, die seit ihrer Trennung verstrichen waren, hatten die Verlobten nur einmal briefliche Grüße ausgetauscht. Aus ihrer kurzen Mitteilung hatte Wellkamp, ohne daß sie es ausdrücklich angab, herausgelesen, wie unbedeutend seiner Braut die bei solchen Gelegenheiten übliche, ausführliche Korrespondenz erschien, welche infolge der Unmöglichkeit, das Wesen des Schreibers ohne Einschränkung oder Übertreibung auszudrükken, über den Mangel persönlichen Verkehrs keineswegs hinweghelfen konnte.

Als er nach Ablauf dieser Zeit seine geschäftliche Abhaltung unvermutet beendet sah, gab der junge Mann dem Gelüste nach, unerwartet bei seinen neuen Angehörigen zu erscheinen, und reiste, ohne sie vorher zu benachrichtigen, ab. Er traf am Abend in Dresden ein.

Schon in früher Stunde machte er sich am nächsten Morgen auf, sich der Familie seiner Braut vorzustellen. Das Wiedersehen mit letzterer machte ihm nach so kurzer Trennung mehr freudiges Herzklopfen, als er gehofft hätte. Es kam hinzu, daß ihn die Ankunft in der Stadt, welche der Ort seiner erneuerten, glücklicheren Existenz sein sollte, zuversichtlicher und harmonischer stimmte. Er sah jetzt mit aller Bestimmtheit nur den einen Weg vor sich, den er zu gehen entschlossen war, und an dessen Ausgangspunkt er sich bereits befand. So fühlte er sich der Erwägung weiterer Möglichkeiten und der Notwendigkeit, einen Entschluß zu fassen, welche für Naturen seiner Art das stärkste Hindernis ist, das sie auf ihrer Bahn antreffen können, überhoben.

Er legte die wenigen Schritte, welche die Grubecksche Wohnung vom Union-Hotel trennten, rasch zurück, indes er zufriedene und interessierte Blicke die Reichsstraße auf- und absandte, deren durch elegante und solide Luxusbauten bestimmte Physiognomie trefflich zu seinen Empfindungen und Wünschen stimmte.

So ward er doppelt unangenehm berührt durch einen jener böswilligen Zufälle, welche unsere mutigen und fruchtbaren Stimmungen zu unterbrechen lieben, bevor wir ihnen noch die gewünschte Richtung zu geben, sie zu Handlungen auszunutzen ver-

mocht, und welche uns immer wieder gleich unvorbereitet treffen, obwohl sie so häufig sind. Wellkamp
hatte das stattliche, vornehm aussehende Gebäude
betreten, das augenscheinlich eines von denen war,
in welchen das reisende England sein unentbehr-
liches *boardinghouse* findet. Aus der im Hausflur
angebrachten Tafel ersah er, daß sich im ersten Stock
die von ihm gewünschte Adresse befand. Als er aber
einen vorübergehenden Groom anhielt, erfuhr der
junge Mann, daß die Herrschaften, der Herr Major
mit dem gnädigen Fräulein, ausgeritten seien; ihre
Rückkehr sei unbestimmt, es könne aber bald sein.

Wellkamp hatte in seinem Ärger über diesen unvorhergesehenen Aufenthalt keine Lust, umzukehren, um zu gelegenerer Zeit wiederzukommen. Er
beschloß, gleichwohl hinaufzugehen, um seine
Braut und ihren Vater zu erwarten. Übrigens hatte er
sich schon auf dem Wege, in seiner freudigen Erwartung, ein Bild nach seiner Laune von dem Interieur
hergestellt, welches er jetzt betreten wollte, und
worin er sich bereits seiner Braut gegenübersah.
Auch die Begrüßung hatte er sich zurechtgelegt, die
einzelnen Worte in seinem Ohre klingen gehört. So
mochte die Unlust, allen diesen Vorstellungen kurz-
weg den Rücken zu wenden, sein Bleiben hinreichend erklären. Wenn er indes selbst keinen andern
Grund dafür wahrnam, so war es doch sicher, daß
er droben bei der Meldung des Dieners, die gnädige
Frau sei daheim, leise zusammenschrak, als sei ihm

34

eine heimliche Erwartung bestätigt. Einen Augenblick sah er unschlüssig auf das weiße Schild an der Thür, welches den Namen »v. Grubeck« trug; dann gab er den Auftrag, ihn zu melden.

Während er dem Diener folgte, glaubte er sich wundern zu müssen, weshalb er den ganzen Morgen noch mit keinem Gedanken sich mit der Frau beschäftigt, welcher doch jene letzte Unterredung mit seiner Braut gegolten hatte. Er war noch nicht einmal dazu gelangt, sich eine bestimmte Vorstellung von ihrem Äußern zu bilden, was sonst in Fällen, wo man ihn auf eine neue Bekanntschaft vorbereitet hatte, in seiner Gewohnheit lag. Er wußte nicht, daß gerade die Wahrnehmung des Ungewissen, welches für ihn um diese Frau gebreitet lag, ein stärkeres Interesse bezeugte, als er sich selbst zugab.

Aus einem von der Morgensonne hell und freundlich erfüllten Vorzimmer war er in ein kleines Boudoir getreten, dessen dämmeriges Licht ihn, sobald die schwere Portière hinter ihm zusammengeglitten, in den ersten Augenblicken nichts erkennen ließ. Indes sagte ihm eine Empfindung, welche durch eine nur geahnte, keinesfalls festzustellende körperliche Berührung veranlaßt schien, daß er sich nicht allein im Zimmer befinde. Wirklich entdeckte er, als er sich einigermaßen an die Beleuchtung gewöhnt, daß aus einem Winkel hervor der Blick zweier seltsamen Augen auf ihn gerichtet war. Dieser verschleierte und zugleich durchdringende Blick, der hinter fast geschlossenen Lidern alles auffing, was sich ihm näherte, ohne selbst einer Beobachtung zugänglich zu sein – dieser Blick wanderte wie mit langen, tastenden Spinnenfüßen auf Gesicht und Gestalt des jungen Mannes umher, den seine Berührung in eine nervöse Ungeduld versetzte. Es war ihm, als thäte man ihm Gewalt an und als müßte er sich ihrer erwehren, ohne doch ausdrücklich zu wissen, worin sie bestand. Unter dem unliebsamen und verlegen machenden Einfluß ihres Blickes verneigte er sich weniger leicht und gewandt, als er andernfalls gethan hätte, vor der Dame, welche in einer Ecke des Zimmers und von einer spanischen Wand halb verborgen, hinter ihrem Theetisch saß. In der blitzschnellen Überlegung jedoch, mit der bei einer solchen ersten Begegnung einer den andern zu prüfen und zu messen pflegt, fand er dabei die falsche Ironie, welche im Gegensatz zu der wahren, die ein Ausdruck der Überlegenheit ist, sich in Momenten großer Verlegenheit einstellen kann.

»Das sind Sicherheitszündhölzchen«, sagte er sich, indes ihn die beiden rätselhaften Augen, welche sich an den seinigen festgesogen zu haben schienen, nicht losließen. »Dieses spielende, sinnliche Feuerchen hat die glückliche Besitzerin immer in ihrer Gewalt; es kann kein Unheil anrichten, wenn sie es nicht will.«

Der heimliche Spott, mit dem er sich hatte ermutigen wollen, machte ihn schließlich nur beklommener. Er litt unter der haltlosen Furcht, sie möchte seine Gedanken entziffern können. Auch befremdete ihn sein eigenes Schweigen, während er doch zugleich fühlte, daß diese Frau gewohnt sein müsse, nach ihrem Willen eine Unterhaltung anzuknüpfen oder Schweigen herrschen zu lassen.

So war es für ihn eine Erlösung, als sie ihn endlich mit einer langsamen wagerechten Bewegung ihrer Hand zum Sitzen einlud. Während er sich in einem niedrigen Sessel der Dame gegenüber an dem orientalischen Tischchen niederließ, auf dessen geschmackvoll eingelegter Platte das Theegeschirr stand, begann Frau v. Grubeck zu sprechen. Sie teilte ihm zunächst auch ihrerseits mit, daß ihr Gatte mit seiner Tochter eine Promenade mache; indes würden sie vermutlich bald zurück sein.

»Mein Mann«, so fügte sie hinzu, »hat sich außer diesem täglich eingehaltenen Morgenritt auch andere körperliche Übungen zur Gewohnheit gemacht. Wenn man so früh altert wie er, ist die kleine Eitelkeit, es nicht scheinen zu wollen, ja ganz begreiflich, nicht wahr?«

Wellkamp erwiderte auf die flüchtig ausgesprochene Frage mit einer Verbeugung, die anders als die frühere, indes nicht sonderlich verbindlich ausfiel.

Sobald sie ihn angeredet, war ihm die wunderliche Verlegenheit der letzten Minuten völlig benommen gewesen. Was sie gesagt, war unbedeutend, der Spott und die kaum verhohlene Geringschätzung, mit der sie einem ihr gänzlich Fremden in der ersten Viertelstunde von ihrem Gatten sprach, verletzte sein Empfinden. Auch ihre Stimme, welche hoch, aber verschleiert wie ihr Blick war, und in deren leichte Heiserkeit sich bei jenen spöttischen Worten mehrere Male ein schriller Ton gemengt hatte, war ihm unsympathisch.

Vielleicht war es ihr bewußt geworden, daß sie sich ihrem Gegenüber unvorteilhaft vorgestellt. Jener Instinkt mochte es ihr verraten haben, der manchen Frauen behilflich ist, sich gleich bei einer ersten Begegnung in Ton und Haltung dem Geschmack des Mannes anzupassen.

In jedem Falle war es eine ihrem bisherigen Benehmen widersprechende Bewegung, mit dem sie ihm jetzt die Hand entgegenstreckte, ohne Vorbereitung und scheinbar ein wenig verwirrt.

»Aber ich habe ja ganz vergessen«, sagte sie mit einem diskret abbittenden Ton ihrer Stimme, welche sich nun modulationsfähiger erwies, als ihre ersten Worte vermuten ließen. Und während er sich, unschlüssig, wie er ihre veränderte Haltung zu deuten habe, über die dargereichte Hand neigte, setzte sie hinzu: »Ich bin eine so abscheuliche Egoistin; ich hätte doch an meinen Glückwunsch denken sollen. Aber ich muß Ihnen nun auch eine sorgsame Mutter sein – wie meinen Sie?«

»Ich hoffe, mir das Wohlwollen der gnädigen Frau

zu erwerben«, entgegnete der junge Mann verbindlich.

Sie bemerkte indes, daß während ihrer letzten, mit leichter Koketterie gesprochenen Worte seine Fingerspitzen, welche noch ihre Hand gefaßt hielten, leise zitterten.

Als er wieder aufblickte, sah er ihre Augen mit einem nachdenklichen Ausdruck auf sich gerichtet. –

Die kleine Pause, welche dann folgte, ging beiden fast unbemerkt vorüber, da jeder mit seinen, den andern prüfenden Gedanken beschäftigt war.

Wellkamp seinerseits hatte in diesen Augenblikken die erste Gelegenheit, sich der Einzelheiten in ihrem Gesichte und ihrer Figur, unter deren Gesamteindruck er sich, seitdem er der jungen Frau gegenübersaß, befunden, zu versichern.

Sie machte in ihrem zugleich eleganten und anspruchslosen Morgenkleide von weißen Spitzen, welches in gut geordneten Falten um ihre etwas zu schlanke, in den tiefen Sessel geschmiegte Gestalt lag, ganz den Effekt einer großen Dame. Auf ihren Knien ruhten, zwei Finger ineinander gelegt, ihre Hände, die den jungen Mann seit ihrer ersten Bewegung lebhaft beschäftigt hatten. Sie waren lang und schmal, jedoch von einer nicht vollendeten, etwas harten Form und, ebenso wie das Gesicht der Frau, von einer eigentümlichen, leicht gelblichen Färbung überhaucht, durch die der Betrachtende den darunterliegenden weißen Teint zu sehen meinte. Das

Haar der Dame war trotz der frühen Stunde mit aller Kunst geordnet, wobei besondere Sorgfalt auf eine kluge Verteilung der Stirnlöckchen verwendet war. Die Stirn selbst war ziemlich niedrig und von nicht reiner Form. Um so reiner und tadelloser war der Ansatz der sehr leicht gebogenen Nase, deren feine Flügel leise vibrierten. Ebenso waren Kinn und Mund fein gebildet, wenngleich auch sie der Weichheit entbehrten. Die einander fremden Charaktere der beiden Gesichtshälften ließen in diesem Gesichte die Vermischung verschiedener Racen vermuten.

Dann wurde die Aufmerksamkeit des Beobachtenden wieder von den vielsagenden und doch wieder nichts verratenden Augen angezogen, als die junge Frau aufs neue zu sprechen begann, hastig einsetzend, als werde sie erst jetzt des beiderseitigen Schweigens inne. –

Sie that, zum erstenmal ausführlicher, Annas Erwähnung.

»Damit Sie wissen, welches Glück Sie haben«, sagte sie, »sollte ich Ihnen eigentlich fortwährend von den Vorzügen Ihrer Braut sprechen. Ich darf es wohl, da ich ja an ihrer Bildung keinen Anteil habe?«

»Ein junges Mädchen lernt zuweilen ebensoviel von einer älteren Freundin wie von einer Mutter.«

»Annas Erziehung bewundere ich umsomehr, als sie sie sich nach dem frühen Tode ihrer Mutter offenbar ganz allein gegeben hat. Ihre beneidenswerte

Anspruchslosigkeit haben Sie gewiß schon kennen gelernt. Auch muß Ihnen aufgefallen sein, daß sie eine Menge Dinge weiß, von denen wir andern keine Ahnung haben. Besonders für ein junges Mädchen ist ihr Wissen, glaube ich, außerordentlich. Aber darüber habe ich kein Urteil. Mein Gott, ich bin so dumm gegen sie.«

So schloß sie, mit einer nicht ganz zu verbergenden Ungeduld in der Stimme.

Mochte es nun die von ihm geargwohnte Absicht der Sprecherin, sich durch eine günstige Beurteilung seiner Braut seinen Wünschen anzupassen, sein, die ihn verstimmte – Wellkamp konnte nicht anders, als sich in dem nämlichen Gefühl der Gegnerschaft, das ihn unter dem Eindruck ihres ersten Blickes befallen, innerlich gegen jedes ihrer Worte empören. Hinter ihren scheinbar liebenswürdigen Äußerungen witterte er versteckte Bosheiten auf Rechnung seiner Braut. Überhaupt erkannte seine Empfindung dieser Frau völlig das Recht ab, sich über Anna auszusprechen, sei es immer in welcher Weise. Statt der anfänglichen nervösen Antipathie, welche ihn ein rätselhaftes Interesse zu Zeiten vergessen gemacht hatte, ergriff ihn jetzt offene Feindseligkeit, in der für ihn seltsamerweise etwas erleichterndes lag, gegen die ihm gegenübersitzende Dame. Diese wartete, gelassen mit den an den Seitenlehnen ihres Sessels herabhangenden Quasten spielend, noch immer auf die Erwiderung ihres einsilbigen Gastes, auf den sie unausgesetzt ihren verschleierten Blick gerichtet hielt. Als der junge Mann keine Miene machte, sein Schweigen zu unterbrechen, bot sie ihm mit einem nachlässigen Wink auf das vor ihr stehende Service eine Tasse Thee an. Wellkamp lehnte kurz und wenig höflich ab und war im Begriffe, seinen Vorsatz, bis zur Rückkehr der Reiter auszuharren, aufzugeben, als sich im Nebenraume Annas Stimme vernehmen ließ. Gleich darauf traten die Erwarteten ein.

Wellkamp folgte seinem plötzlich aufwallenden Bedürfnis, den Gegensatz zwischen seiner mehr als kühlen Haltung in Gesellschaft Frau v. Grubecks und dem herzlichen Willkomm, welchen er seiner Braut bot, besonders auffällig zu machen. Er wußte selbst nicht, für wen? So beugte er sich mit rascher Bewegung tief auf Annas kleine, kräftige und leicht gebräunte Hand, die noch halb vom Reithandschuh bedeckt war. Das junge Mädchen hatte sie ihm mit einem glücklich überraschten, kleinen Aufschrei entgegengestreckt, während ihr frisches, nach der gehabten Bewegung lebhafter als sonst gefärbtes Gesicht sich noch um einen Ton tiefer rötete.

Der Major, nach der gesunden Anstrengung ein wenig außer Atem, umarmte den Schwiegersohn mit fast jugendlicher Heftigkeit. Er ließ dabei sein gutes, naives Lachen hören, das Wellkamp gleich bei der ersten Begegnung für den alten Herrn eingenommen hatte. Dann wandte er sich zu seiner Gattin, welche der Szene mit bewegungsloser Miene gefolgt war.

Wellkamp bemerkte seinen zugleich respektvollen und ritterlichen Handkuß, sowie die behutsam sondierende Weise, in der sich Herr v. Grubeck nach dem Befinden seiner Gattin erkundigte. Diese lohnte ihm mit einem gnädigen und zugleich unmerklich spöttischen Lächeln, während sie Wellkamp, zu dem ihr Blick zögernd, gleichsam auf sammtenen Sohlen hinüberglitt, anredete.

»Ich muß Ihnen dankbar sein«, sagte sie. »Ich habe meinen Mann nie so artig und auch so – jung gefunden wie jetzt, da er im Begriffe steht, Schwiegervater zu werden.«

Wellkamp, der nicht anders als mit einer Verbeugung geantwortet hatte, wandte sich zu seiner Braut, welche er nach ihren Erlebnissen und ihrem Zeitvertreib seit sie einander nicht gesehen, fragte. Sie berichtete ihm in ihrer ruhigen, offenen und von jeder Sentimentalität freien Art von der frohen Erwartung, mit der sie in der verflossenen Zeit an das jetzige Wiedersehen gedacht habe.

Ihr Vater, welcher inzwischen halblaut und in leicht fragendem Tonfall mit seiner Gattin gesprochen – »Also, wenn Du einverstanden bist, liebe Dora, so bleiben wir zum Frühstück alle beieinander«, hatte er schließlich gesagt – trat nun zu den beiden jungen Leuten, um sich an ihrem Gespräche zu beteiligen. Es wurde vor dem mit einer schweren Gardine von gelbem Damast fast völlig verhangenen Fenster geführt. Anna hatte sich dort, an der Frau v.

Grubecks Sitz entgegengesetzten Seite des Gemaches, auf einem niedrigen Divan niedergelassen. Ihr Vater, der mit Wellkamp vor ihr stand, begann diesem zu erzählen, daß er in den letztverflossenen zwei Wochen die Gesellschaft seiner Tochter noch einmal aufs angenehmste genossen habe.

»Sie werden mir nun bald genug meinen lieben Begleiter auf meinen Spazierwegen entführen«, sagte er.

»Hoffentlich sehr bald«, entgegnete jener lächelnd, und überleitend fuhr er fort: »Es ist nur die Frage, ob das viele, was uns noch erübrigt, in so kurzer Zeit zu erledigen sein wird, wie wir es wünschten. Denn ich glaube wohl« – und er wechselte einen Blick des Einverständnisses mit seiner Braut – »daß ich nicht der einzige bin, dem möglichste Beschleunigung erwünscht wäre.«

»Was Du thun willst, thue bald«, stimmte der Major bei, »wir waren uns darüber ja ganz einig. Nun handelt es sich also vor allem um die nötige Einrichtung, und da werden wir uns besonders auf Deinen guten Geschmack verlassen.«

Die letzten, an Anna gerichteten Worte begleitete Wellkamp mit seiner Zustimmung. Herr v. Grubeck bemerkte indes plötzlich sein Versäumnis, in dieser Frage nicht seine Gattin als erste zugezogen zu haben. Während er nun eilig durch das Zimmer schreitend sich ihr näherte, sagte Wellkamp, in der durch das augenblickliche Alleinbleiben sofort hergestellten größeren Vertraulichkeit dichter an seine Braut herantretend:

»Ich bedauere sehr, meinerseits für unsere Ausstattung außer ein paar nebensächlichen Möbeln und Kunstgegenständen nicht die geringste Grundlage liefern zu können. Findest Du es nicht lächerlich, daß ich, so alt ich geworden bin, mich immer gescheut habe, mir eine eigene Einrichtung aufzubürden? So habe ich in der ganzen Welt, auch wenn ich mich gelegentlich auf ein halbes Jahr – länger hielt ich's ja kaum aus – irgendwo festsetzte, immer in garnierten Mietswohnungen herumgelegen.«

»Nun, dann ist es noch ein besonderer Segen für Dich, daß dies nun bald ein Ende haben wird«, entgegnete Anna mit ihrem stillen Lächeln, das, im Gegensatz zu dem der meisten Frauen, die Wellkamp kennen gelernt, weniger glänzendes und reizendes als beruhigendes und häufig ein weniges nachsichtiges hatte. –

Der Major wandte sich, von der andern Seite des Raumes her, wieder den beiden jungen Leuten zu.

»Aber das ist ja wahr«, rief er mit lauter und fröhlicher Stimme – »da kommt mir erst jetzt die Idee, Kinder, ihr könnt am Ende, bis ihr es bei euch gemütlich habt, hier bei uns unterkommen. Wir haben Platz, und da fällt mir eben noch ein, daß ich von Mr. Bright – das ist nämlich unser Wirt – gehört habe, nebenan werde zum nächsten Ersten die andere

Hälfte der Etage frei; zwar ist es die kleinere, aber vielleicht kann sie euch fürs erste genügen.«

Die ungezwungene und rasche Art, wie er diesen Vorschlag machte, ließ vermuten, daß sich der alte Herr mit seiner Gattin im Einverständnis befände. Indes kam keines der beiden Angeredeten auf den Gedanken, daß ihm sein Einfall, jedenfalls ohne daß er selbst es wahrnahm, nahegelegt und untergeschoben sein könnte.

Vielleicht setzte Frau v. Grubeck, als sie nun seine Worte bestätigte, ein wenig hastiger und interessierter ein, als es sonst in ihrer Art lag.

»Natürlich ist hier hinreichend Raum für einen zweiten Haushalt – und außerdem«, fügte sie mit dem Lächeln, dessen rätselhafter Inhalt Wellkamp heute nicht zum erstenmal beschäftigte, hinzu, »– und außerdem werden wir Alten es dann etwas weniger einsam haben.«

Jedenfalls gab die so herbeigeführte Lösung der Frage allen das Bewußtsein, die Situation ein gutes Stück gefördert zu sehen. Außerdem erfüllte sie den Major mit rückhaltloser Befriedigung darüber, einen Aufschub der endgiltigen Trennung von seiner Tochter erreicht zu haben. Letztere selbst begrüßte vor allem die Entfernung des einzigen Hindernisses, welches einer baldigen Verbindung mit dem geliebten Manne entgegengestanden hatte. Auch die Aussicht, ihren Vater auf diese Weise noch eine Zeitlang in unmittelbarer Nähe zu behalten, erfreute sie, obwohl sie andererseits einen schließlichen Wegzug aus dem Hause der Reichsstraße als selbstverständlich ansah und um der ersehnten Entfernung willen aus dem Kreise der ihr unsympathischen Frau ihres Vaters auch wünschte. Wellkamp glaubte seinerseits hierin mit seiner Braut völlig übereinzustimmen, und so fand er keine Erklärung für den leisen, kalten Schauer, der während der Entscheidung, welche die Worte seines Schwiegervaters und Frau v. Grubeck enthielten, durch sein Blut gegangen war und sein Herz berührt hatte. Wenn er zugleich den Wunsch empfunden hatte, die von Herrn v. Grubeck bezeichnete, in der nächsten Nachbarschaft gelegene Wohnung zu seiner ständigen zu machen, so hätte er denselben sicherlich im nächsten Augenblick mit guter Überzeugung ableugnen dürfen, so flüchtig und auch in Gedanken unausgesprochen war er gewesen.

Was Frau v. Grubeck betrifft, so vermutete bei ihr keiner der andern in dieser Angelegenheit wirkliche Wünsche und Interessen. Auch war die Gleichgiltigkeit, die sie gezeigt hatte, wohl nur zur Hälfte unwahr. Der Impuls, jene Entscheidung herbeizuführen, hatte sie selbst, sobald die fragliche Angelegenheit zur Sprache gekommen war, ebenso unerwartet wie unwiderstehlich erfaßt. Wiewohl sie die Gründe desselben noch nicht kannte, hatte ihr Instinkt sie zu gleicher Zeit gewarnt, sich durch unvorsichtiges Befolgen des ersten Antriebes bloßzustellen. Als sie sodann, dank der Fähigkeit des weiblichen geborenen Diplomaten, andere unvermerkt zum Aussprechen der Gedanken, die man selbst nicht laut werden lassen möchte, zu leiten, ihr Ziel erreicht, hatte ihr dieser Erfolg, während er sie heimlich triumphieren machte, zugleich auch eine unbestimmte Furcht eingeflößt. Das Fehlen unmittelbarer, deutlich erkennbarer Gründe für ihre Handlungsweise war dabei kaum zu ihrer Erkenntnis gelangt. Und dies mag wunderbarer klingen als es ist. Denn von wie vielen unserer Handlungen und Äußerungen kennen wir in demselben Augenblicke, wo wir sie thun, in Wahrheit die Gründe? Wir mögen häufig äußerliche Ursachen mit den tieferen Triebfedern verwechseln, und noch öfter mögen wir uns fingierte Gründe statt der thatsächlichen unterschieben, zumal wenn wir, uns letztere zuzugeben, durch unsere Eigenliebe verhindert werden. Es ist gewiß, daß es um unsere Selbsterkenntnis anders stehen müßte, sollten wir in keinem Falle etwas thun, ohne uns zuvor ein Warum aufrichtig beantwortet zu haben. Aber es ist ebenso sicher, daß uns dies nicht zufriedener machen würde.

Hierfür konnte auch diese Frau als Beweis gelten, die mehr als andere gewöhnt war, sich in einsamen Stunden mit sich selbst zu beschäftigen und ihr Innenleben auszuhorchen.

Frau v. Grubeck blieb auch jetzt allein, nachdem ihr Gatte sich mit seinen Kindern in sein »Atelier«

begeben, wo Wellkamp in seine Malstudien, die Frucht einer mit Eifer geübten Beschäftigung des alten Herrn, Einsicht nehmen sollte. Als die drei das Zimmer verlassen, erschien der Diener, um das Theeservice abzuräumen. Dann störte niemand mehr die Herrin des kleinen Gemaches, von dessen in dunklen Farben gehaltener und dämmerig beleuchteter Ausstattung sich ihre weißgekleidete Gestalt seltsam abhob, wie sie ohne Bewegung, in unveränderter, graziös-nachlässiger Haltung in ihren Sessel gelehnt, dasaß.

Von der Majolikaplatte der Konsole, auf welche die junge Frau unverwandt ihren Blick gerichtet hielt, klang das feine, durchdringende Ticken einer Miniatur-Stutzuhr. Ringsumher standen auf Schreibtisch und Etagèren die unzähligen kleinen Zwecklosigkeiten, die scheinbar so nichtssagend sind, während sie in Wahrheit gleichsam den Niederschlag eines feinen und eleganten Frauenlebens bedeuten. Auf das vor der Dame stehende arabische Tabouret hatte der Diener den gelben Romanband gelegt, welcher unter den auf dem größeren Mitteltisch umhergestreuten durch ein Lesezeichen als der zur Zeit im Gebrauch befindliche angedeutet gewesen war. Frau v. Grubeck pflegte die Stunden bis gegen ein Uhr mit Lektüre auszufüllen. Nach dem Frühstück ruhte sie und unternahm zuweilen eine Ausfahrt, um von fünf Uhr ab ihre Zeit der Toilette für das um sieben Uhr stattfindende Diner zu widmen. Der Abend, ein langausgedehnter Abend, sah sie wieder an ihrem gewohnten Platze in ihrem Boudoir, wenn sie nicht, was selten genug geschah, für die letzten Akte in die Oper fuhr. Eine andere Abwechslung brachten ihre Tage kaum mit sich. Und dies war nicht das Leben einer Greisin, sondern dasjenige einer Frau von nicht ganz achtundzwanzig Jahren.

Dora Linter stammte väterlicherseits aus einer deutsch-jüdischen, seit zwei Generationen getauften Familie. Ihr Vater hatte in Rio de Janeiro, wo er sein Vermögen gemacht, eine gefeierte Dame der dortigen Gesellschaft, eine Kreolin, geheiratet. In früher Kindheit mutterlos geworden, war Dora ohne viel andere Gesellschaft als die ihrer Dienerinnen aufgewachsen. Und während das bei seiner auffallenden lichten Blondheit eigentümlich stille und indifferente Mädchen von frühauf an das unthätige, bloß vegetierende Dasein der südamerikanischen Damen gewöhnt wurde, wuchs zugleich ihre Verschlossenheit und ihr Trotz. Körperlich und geistig schnell entwickelt, wie sie nach Art der dortigen jungen Mädchen war, schien es nicht ausbleiben zu können, daß sich früh das südländische Blut in ihr zu regen begänne. Gleichwohl befand sie sich bis fast an ihr sechzehntes Jahr in einem Zustande der seelischen Unberührtheit und Ahnungslosigkeit, dessen sie sich später, in den Leiden ihrer durch streitende Triebe gebrochenen Natur, häufig mit schmerzlichem Neide erinnerte. Daß das junge Mädchen so lange in ihrem Sinnenleben ein Kind blieb, mochte nicht zum kleinsten Teil der religiösen Erziehung zu danken sein, der einzigen gründlichen, welche sie überhaupt erhielt, und welche zu frühe Wünsche mit sanfter Hand zurückhielt, während sie zugleich dem Gefühlsleben der Heranwachsenden ihre reiche Nahrung zuführte.

So kam es, daß der erste männliche Umgang, der nach einer fast gänzlich abgeschlossen verlebten Kindheit an sie herantrat, eine eigentümliche Wirkung auf Dora übte. Anfangs empfand sie nichts als Schüchternheit und Furcht vor etwas Unbekanntem. Der junge Mann, ein Angestellter ihres Vaters, den dieser, da er aus guter englischer Familie war, häufig in seine Häuslichkeit einlud, wurde dadurch verleitet, sie als kleines Mädchen zu behandeln. Er gestattete sich ihr gegenüber, in scheinbar spielender Weise, von Anfang an mehr, als er ohne ihre verlegene Haltung gethan hätte. Letztere verlor sich nur zu bald. Das junge Mädchen begann zwar nicht zu empfinden, aber zu begreifen. Zugleich stellte sich bei ihr die Lust ein, seine Überlegenheit in ihrem Verkehr zu brechen. So machte sie ihm nun kleine, scheinbar bedeutungslose Zugeständnisse, um sich, sobald er die Miene annahm, dieselben für sich auszunutzen, plötzlich zurückzuziehen. Sie fand in diesem noch halb kindlichen Spiele, außer der Genugthuung, den Gegner – denn so hatte sie ihn von Anfang an im stillen genannt – stets aufs neue nach ihrem Wunsche hoffnungsvoll und ernüchtert zu sehen, das aufregende Vergnügen, welches ihr die zusammenschauernde Furcht vor einer Gefahr gewährte, zu der es sie dennoch fortwährend hinzog. Der junge Engländer mochte seinerseits für eine derartige Verkehrsart, für welche bezeichnenderweise seine Sprache das Wort *flirt* gefunden hat, nicht mehr hinreichend empfindlich sein. Es war sicher, daß dem eindringlicher werdenden Sensationsbedürfnisse Doras seine Huldigungen am Ende nicht mehr genügten. Halb unbewußt verlangte sie danach, seine Begierde einmal deutlich und ohne Zurückhaltung hervortreten zu sehen, sei es auch nur, um sie mit desto mehr kühler und spöttischer Überlegenheit abweisen zu können. Und dieses Verlangen wurde schließlich unwiderstehlich genug, um sie zu jener Szene zu verleiten, welche ihr in der späteren Erinnerung als die eigentliche Ursache ihres freudlosen und ungenützten Daseins erschien. Wie häufig vergessen wir in dieser Weise die natürliche Folge unseres Geschickes, um ein einzelnes Begebnis, das uns vielleicht einen besonders starken Eindruck hinterlassen, als die für sich und ohne Zusammenhang bestehende Veranlassung alles Folgenden zu betrachten.

Jene Szene spielte eines Abends auf der Terrasse des Hauses, wo Dora in ihrer Hängematte ruhte, welche von dem Verehrer des jungen Mädchens in Bewegung gehalten wurde, während er mit der andern Hand den unentbehrlichen Fächer führte. Es lag noch viel von der außergewöhnlichen Hitze des Tages in der Luft. Der junge Mann befand sich in einer träumerischen und empfänglichen Stimmung, wie er auf das reizende Mädchen herniederblickte, deren abgerissenes Lachen zeitweilig das einzige vernehmbare Geräusch war in der müden Stille ringsumher. Über ihnen hing eine grotesk bunte Leinenmarquise. Außerhalb dieses Daches sah der wolkenlose Himmel hervor, den die hereinbrechende Dämmerung stahlblau färbte. Zu ihren Füßen breitete sich der Garten aus mit seinen ungeheuren tropischen Gewächsen und der Farbenpracht seiner Blumen. Dies alles und nicht weniger das schöne Mädchen in seiner Gesellschaft erschienen dem jungen Manne unter den Bedingungen einer zeitweiligen Stimmung ungewohnter und märchenhafter als sonst, und zugleich verlockender und begehrenswerter als je zuvor. Als Dora seine unvermutete heftigere Annährahm wahrnahm, konnte sie, wie in einem Rausche des Übermutes und der Neugierde befangen, nicht anders, als ihn durch gesteigerte Herausforderungen ermutigen. Sie hielt damit erst, gewaltsam erschreckt, inne, sobald sie seine körperliche Berührung spürte. Während seine Hände von der Hängematte herab um ihre Schulter und dann um ihren Leib glitten, während seine Bewegungen heftiger und unverhüllt begehrlicher wurden, war ihr Lachen lauter und krampfhafter gewor-

den, um schließlich in ein gewaltiges Schreien überzugehen, in dem so viel tiefstes Grauen und zugleich
eine solche grausame Härte lag, daß der junge Mann
augenblicklich zurückschrak. Sofort sprang sie auf
und war mit wenigen Sätzen in ihrem Zimmer, wo
sie sich einschloß, unter unaufhörlichem Geschrei,
welches nun das der Wut geworden war, der macht-
losen und in ihrem Bewußtsein kaum begründeten·
Wut gegen den Gegner. Am gleichen Abend, mit
Hast und ohne Überlegung, als ob sie dem Instinkt
der Selbsterhaltung folgte, berichtete sie ihrem Vater
über das Vorkommnis. Sie wußte durch ihre sicht-
liche Aufregung, sowie durch eine zu seinen Un-
gunsten gehaltene Schilderung des Vorganges die
alsbaldige Entfernung des jungen Mannes herbeizuführen. So konnte sie in der nächsten Zeit, welche ihr
nach der nervösen Gereiztheit der vergangenen Wochen Ruhe und Erschlaffung der Sinne brachte, jene
Episode beendet und unschädlich gemacht glauben,
um erst langsam der Wirkungen, welche sie in ihrem
ferneren Innenleben gezeitigt, gewahr zu werden.

Stärker als das Vergnügen, das ihr in dem Um-
gange mit dem jungen Engländer das Spielen mit der
wohl gekannten Gefahr bereitet hatte, war jetzt in
ihr die einfache Furcht vor der letzteren. Nach jenen
Erfahrungen fühlte sie sich ihrer selbst nicht mehr
mächtig; es stand immer vor ihrer Seele, daß sie im
Begriffe gewesen, sich zu vergessen. Und während
ihr der Gedanke an das Schicksal, dem sie kaum ent-

gangen, bei allem Reizungsbedürfnisse einen körperlichen Widerwillen verursachte, bäumten sich
neben ihrem ausgeprägten religiösen Pflichtgefühl
auch die sorgsam gepflegten Begriffe der gesellschaftlichen Sitte in ihr auf. Der Gedanke an die
Möglichkeit einer abermaligen Versuchung machte
sie scheu und ließ sie sich fortan alsbald zurückzie-
hen, wo sie eine beginnende größere Vertraulichkeit
zu bemerken meinte. Es vergingen darüber mehrere
Jahre, während welcher ihre immer mehr auffallende
Verschlossenheit und ihre Neigung, den gesellschaftlichen Verkehr nach Möglichkeit einzuschränken,
ihren Vater mit Besorgnis erfüllte. Um durch eine
Veränderung ihres Aufenthaltsortes vielleicht eine
günstige Einwirkung auf das Wesen seiner Tochter
zu gewinnen, und um ihre Zukunft nach seinen
Wünschen ordnen zu können, beschloß Herr Linter
nunmehr, die auch aus geschäftlichen Rücksichten
schon geplante Übersiedelung nach New-York aus-
zuführen.

In der That durfte sich Dora nach ihrem Eintritt
in die dortige Gesellschaft, in welcher sie dank ihrer
überlegenen Erscheinung und dem väterlichen Vermögen alsbald eine ausgezeichnete Stellung einnahm, gestehen, daß sich die frühere Gefahr für sie
stark verringert habe. Nachdem sie in der Stille ihrer
Zurückgezogenheit genug unter den Widersprüchen
ihrer Natur gelitten, hatten in dem Kampfe des sinnlichen Verlangens, das jene Episode mächtig aufge-

regt, mit ihren kühlen und reflektierenden Geistes-
anlagen die letzteren den Sieg davongetragen. In ihren einsamen Grübeleien war sie dahin gelangt, ihre
Beschäftigung mit den Beziehungen der Geschlechter aus ihrem Blute fast völlig in ihr Hirn zu verpflanzen. Sie war in der Stille eine Meisterin in der
Kunst des *flirt* geworden, jener unfruchtbaren Abart
des Kampfes der Geschlechter, welche zugleich, in
ihrem eigentlichen Sinne gehandhabt, die für den
Angreifer ungefährlichste ist. Dora Linter war vollkommen in der Fertigkeit, den Grad, bis zu welchem
sich der Gegner vorgewagt, zu beaufsichtigen, um
ihr Verhalten ihm gegenüber dementsprechend einzurichten. Mochte sie nun im einzelnen Falle offen
angreifen oder sich zu verteidigen scheinen, mochte
sie sich ihm etwa als teilnehmende Freundin zeigen
oder ihn eine sentimentale Neigung ahnen lassen,
immer sah sie am Ende ihre Absicht, den Mann leiden zu machen, erreicht. Vielleicht brauchte man sie
im Grunde kaum ungünstiger zu beurteilen als andere Frauen, denen ihre Natur die Befriedigung ihrer, stets selbstsüchtigen, Sinne auf andere Weise
vorschrieb. Jedenfalls aber begann nach den ersten
Jahren ihres gesellschaftlichen Lebens das rätselhafte
und grausame Wesen ihres Umganges, die Verehrer
von ihr fern zu halten. Dies verstärkte wiederum
ihre natürliche Bitterkeit und Unlust, indem es ihr
vor Augen führte, daß man ihre Art zu leben unlieb-
sam und unumgänglich fand. Es begann an diesem

Zeitpunkte in ihrem Gesicht bereits der den Frauen des Südens früh eigene languide Zug hervorzutreten, der zwar fürs erste ihrer Schönheit einen neuen, wunderlichen Reiz hinzufügte. Ihrem Vater, der in letzter Zeit häufiger seine Besorgnis laut werden ließ, auch hier seine Absichten in betreff ihrer Zukunft nicht verwirklicht zu sehen, gestand Dora in dem ihr im Verkehr mit ihrem einzigen nahen Verwandten gewohnten eigentümlich spöttisch-gleichgiltigen und ein wenig an Cynismus erinnernden Ton, daß allerdings jetzt weniger als je die Aussicht einer Heirat für sie vorhanden sei. Auch war es nur zum Teil Eitelkeit und viel wirkliche Entschlossenheit, was sie betonen ließ, daß sie kaum noch die Neigung haben könne, einem dieser Männer die Hand zu reichen, die sie in einer fast zehnjährigen gesellschaftlichen Laufbahn zu deutlich kennen gelernt, um noch die einem Verlobten gegenüber gewiß erforderlichen Illusionen zu besitzen.

Nach einer besonders ausführlichen Besprechung dieser Art ergriff Herr Linter, Geschäftsmann von raschem Entschluß wie er war, das immer noch erübrigende und anerkannt wirksame Mittel, sich seiner Vaterpflichten zu entledigen: eine Reise nach Europa. Nach mehrmonatlichem Umherziehen hatten Vater und Tochter in Berlin Aufenthalt genommen, wo sie in bevorzugten Kreisen ohne Mühe die schmeichelhafteste Aufnahme fanden. Während ihr Vater durch neugeknüpfte, hoffnungsvolle Geschäftsverbindungen in rosige Laune versetzt wurde, war auch Doras Stimmung infolge der neuen Unregelmäßigkeit ihres Lebens und durch die ungewohnten Anregungen der Reise von dem bisherigen Druck der Langeweile und Gleichgiltigkeit befreit. So wie sie in ihrem neuen Kreise erschien, den schon bemerkbaren Mangel erster Jugendlichkeit durch den vollendeten Ausdruck der großen Dame ausgeglichen und vergessen gemacht, und auf dem Hintergrunde gedacht, welchen die Millionen ihres Vaters bildeten, stand dem jungen Mädchen alsbald die Wahl unter Männern offen, von denen mancher auch ihrem verwöhnten und etwas abgestumpften Geschmack wünschenswert erscheinen konnte. Wenn gleichwohl der bescheidenste Verehrer, der nicht mehr junge Major a. D. v. Grubeck, den Vorzug erhielt, so waren die Gründe, wie in der Mehrzahl der nicht seltenen Verbindungen eines unbedeutenden Mannes mit einer zu hohen Ansprüchen berechtigten Frau in der tieferen Natur der letzteren zu suchen.

In der That sah Dora eine Ehe, wie sie sie nun einging, als die ihren Bedürfnissen einzig angemessene an. Sie berechnete, nur durch das moralische Übergewicht über den Gatten auch die Herrschaft über die eigene Natur erlangen zu können. Das ewig unfruchtbare Reizungsbedürfnis, welches bisher fast allein ihr Gefühlsleben ausgemacht hatte, hoffte sie auf solche Weise befestigen zu können. Hierfür und für alles andere sollte ihr das Bewußtsein der Überlegenheit über die immer noch kräftige Männlichkeit Grubecks Ersatz bieten. Nebenbei, ob sie es nun eingestand oder nicht, teilte sie ein wenig den Respekt vor Herkunft und Titel, welchen ihr Vater, gleich den meisten Deutsch-Amerikanern, unter den Lebensgewohnheiten der Fremde nicht nur bewahrt, sondern sogar verstärkt hatte. So glaubte Dora damals, in der Ehe, welche nach so vielen Kämpfen doch ein Ziel und einen Friedensschluß bedeutete, jedenfalls Ruhe und vielleicht Befriedigung zu finden. Aber sehr rasch, sobald man sich in Dresden niedergelassen, und der alte Herr Linter abgereist war, um die 250000 Dollars, die er seinem Schwiegersohne hinterlegt, mit möglichster Eile wieder einzubringen, mußte die junge Frau bemerken, daß sie sich in einem Punkte verrechnet hatte. Sie hatte nicht vorausgesehen, daß das eheliche Leben das lange still gebliebene Verlangen ihrer Sinne wieder erwecken würde, ohne ihm doch genügen zu können. An der Seite des ungeliebten Gatten begannen alsbald die Kämpfe von neuem, welche jenem ersten Erlebnisse ihrer Mädchenzeit gefolgt waren. Und wie damals, war auch jetzt das Ergebnis, daß sie sich zurückzog und abschloß in einer peinigenden Furcht, in ihrem jetzigen Gefühlszustande einer Versuchung notwendig erliegen zu müssen, zu welcher sie von ihren versteckten Wünschen gedrängt ward. Auch darin wiederholte sich ihr Schicksal, daß sie, wie damals den jugendlichen Verehrer, nun den Gatten für das Unglück ihrer nie befriedigten Natur verantwortlich machte.

Herr v. Grubeck ahnte seinerseits sehr bald den Haß, der aus den zwischen seiner Gattin und ihm liegenden schweigenden Vorwürfen zuweilen in einem schnellen Wort aufleuchtete. Die Folge war, daß er sich, so viel wie es ihm unauffällig thunlich erschien, von Dora zurückzog, während er zugleich in ihrer Gesellschaft seine Aufmerksamkeiten verdoppelte, beides in einem nicht ganz unberechtigten Schuldbewußtsein, das dahin führte, ihn der Frau gegenüber stets gedrückter und willenloser zu machen.

Die Neigungen der Gatten trafen sich darin, an einem bei allen Annehmlichkeiten der großen Stadt dennoch nicht allzu verkehrsreichen Orte wie Dresden ein behagliches und möglichst zurückgezogenes Leben zu führen. Mit dem für ganz nach außen gekehrte, auf Thatkraft gestellte Naturen, wie die seine so melancholischen Gefühl des herannahenden Alters nahm das Bequemlichkeits-Bedürfnis des Majors zu, der sich mehr und mehr gegen die Pflichten einer nicht um ihrer selbst willen geliebten Häuslichkeit abschloß. Dagegen wurde die Zurückgezogenheit Frau v. Grubecks unmittelbar durch die Verhältnisse und die Stimmung ihres Ehelebens bedingt. Immer beunruhigender und aufreibender ward ihr Zustand der nervösen Angst vor der Annäherung irgend einer Versuchung. Sie fürchtete, einer

Gelegenheit eines verführerischen Umgangs nicht widerstehen zu können, so sehr hatte der aufs neue entfesselte Streit ihrer Triebe sie des notwendigen Sicherheitsgefühles beraubt. Wie die in unserer Natur begründeten Eigenschaften mit dem zunehmenden Alter stets bestimmtere Züge anzunehmen und schärfer hervorzutreten pflegen, so war jetzt die Scheu Doras vor dem geringsten Verstoß wider die gesellschaftliche Moral ins krankhafte gewachsen. Hin- und hergezerrt von ihrer leidenden, unbefriedigten Begierde und von der tiefen Angst, die sie sich selbst einflößte, gelangte sie allmählich zu den seltsamsten Widersprüchen. Sie vermochte sich den gefährlichen Träumereien nicht zu entziehen, in welchen sie die intimen Seelenschilderungen der von ihr bevorzugten französischen Romane ausspann, während sie andererseits heftig zusammenschrak, sobald die geringste Anspielung auf die Dinge, mit denen sie sich fortwährend innerlich beschäftigte, vor ihr laut wurde. Es war dies vielleicht die nämliche Regung, die den Verbrecher ergreifen mag, der erfährt, daß ein anderer bei einer That ergriffen ist, über welche er selbst seit langem brütet. –

Ihr Gatte, der in der ersten Zeit ihrer Ehe noch einigen Verkehr mit früheren Kameraden und anderen ehemaligen Berliner Bekanntschaften pflegte, glaubte sie zuweilen durch kleine Mitteilungen aus der Lästerchronik erheitern zu sollen. Einmal kündigte er Dora an, daß ein junger Offizier, mit dem er sich befreundet, ihr vorgestellt zu werden wünschte.

»Es ist ein netter, übrigens sehr verzogener Junge«, sagte er. »Man nennt ihn hier seit kurzem mit der kleinen Frau v. Wirtz zusammen, obwohl er überhaupt erst seit vier Wochen in Dresden ist. Er ist scharf vorgegangen, wie es scheint.«

»Solche Geschichten finde ich eher traurig als interessant«, fiel Dora ungeduldig ein, »und es liegt mir nicht daran, sie zu hören. Auch verlangt mich gar nicht danach, diesen Herrn hier im Hause zu sehen.« –

Herr v. Grubeck ließ unter ihrem unmutigen Blick seinen kurzen Hals ganz zwischen den Schultern verschwinden, und zu der Ratlosigkeit, mit der er die übertriebene Empfindlichkeit seiner Gattin ansah, kam in diesem Falle die Verlegenheit, dem jungen Manne den schon versprochenen Eintritt in sein Haus nachträglich versagen zu müssen.

Zu gleicher Zeit und unter den nämlichen Umständen entwickelte sich Doras Religiosität, welche, durch die ertötende Bitterkeit ihrer seelischen Erfahrungen allerdings der zarten, tröstlichen Verinnerlichung beraubt, Züge des Aberglaubens annahm.

Schließlich trug zu ihrem Bedürfnisse, jede gesellschaftliche Bewegung zu vermeiden und ihre Tage durchaus in häuslicher Ruhe zu verbringen, ein unscheinbarer Zug bei, der aber bewies, daß dieser

Frau, die unaufhörlich mit ihrer tiefsten Natur im Kampfe lag, darum die oberflächlichsten Wünsche des weiblichen Herzens nicht fremd waren. Sie konnte nur durch eine sitzende Lebensweise ein kleines Gebrechen, das unbedeutende Lahmen ihres linken Fußes, dem Gatten dauernd verbergen. Vielleicht daß sie sich diesen ihren Wunsch mit der Einsicht erklärt hätte, nur dadurch, daß sie ihren Fehler nicht sichtbar werden ließ, ihre unbeschränkte Überlegenheit über den Mann bewahren zu können. Vielleicht auch, daß diese Erklärung nur zur Hälfte unberechtigt gewesen wäre. Ihr fehlender Teil war aber in der seltsamen Eitelkeit zu suchen, sich auch diesem von Anfang an ungeliebten und auf die Dauer sogar verachteten und gehaßten Manne gegenüber nicht die geringste Vernachlässigung ihrer Haltung zu verzeihen.

Es war dies ein Hervortreten jener auffälligen Erscheinung, welche fast an eine seelische Doppelexistenz mancher Frauen glauben machen könnte. Es ist die Beobachtung, daß auch bei der eigenartig gebildeten, in gewissen Beziehungen von der Allgemeinheit abgesonderten Frau sich unter bestimmten Bedingungen ihrer Lage und ihrer Stimmung Züge der allgemein weiblichen Denk- und Empfindungsart zeigen, die ihren alltäglichen seelischen Gewohnheiten zu widersprechen scheinen. Unter der gewöhnlich sichtbaren Natur eines vielleicht höchst originellen Einzelwesens regt sich unter solchen Verhältnissen die andere Natur, das Gattungswesen. So kam es auch, daß das ursprüngliche Weib in Dora einen stillen aber heftigen Haß unterhielt gegen die erste Gattin des Mannes, an dem sie doch ihrer eigenen Meinung nach nicht genügend Interesse nahm, um eifersüchtig auf jene zu sein, die er geliebt. Den der Verstorbenen zugedachten Haß hatte sie alsbald in doppelter Härte auf das überlebende Kind derselben übertragen, wobei es besonders ins Gewicht gefallen, daß dieses ein Mädchen war. Die durchgängige Verschiedenheit der Natur, welche zwischen Mann und Frau zur Ergänzung führen kann, mußte hier ein wechselseitiges Abstoßen bewirken. Doras ganzes Wesen hatte sich von Anfang an feindlich zusammengezogen bei der Berührung mit diesem Mädchencharakter, dessen harmonische Ruhe sie nicht begriff und, vielleicht durch einen geheimen Neid, wie eine persönliche Beleidigung empfand. Trotz der unausgesetzten Rivalität der beiden Frauen war es indes zwischen ihnen nie zur offenen Aussprache gekommen. Man ging sich meist schweigend aus dem Wege. Anna, die ihrerseits ganz die gleiche instinktive Feindseligkeit seit der ersten Begegnung empfunden hatte, war dabei zu sehr an Überlegung und gerechtes Abwägen gewöhnt, um ihren absprechenden Trieb gegen ein ihr fremdes Geschöpf nicht wenigstens äußerlich zu besiegen. Dagegen fühlte Dora sich unsicher und ratlos vor der überlegenen Ruhe und Offenheit der Gegnerin, dahinter sie geheime Listen suchen zu müssen glaubte. Nichtsdestoweniger hatte sich in dem stillen und erbitterten Kampfe, der zwischen den beiden Frauen geführt ward, zumal Dora daran gewöhnt, all ihr Thun und Lassen mit Hinsicht auf die Wirkung einzurichten, welche es auf die Rivalin hervorbringen mußte. Es war, als ob ihr die Berechnung, mit der sie durch ihr ganzes Sein und Gebahren die Sympathien des jungen Mädchens verletzte, einen Teil der Befriedigung ersetzen mußte, die ihr sonst das überlegte Spiel zwischen den Geschlechtern gewährt hatte.

So hatte sie denn die Nachricht von Annas Verlobung mit sonderbar zusammengesetzten Empfindungen aufgenommen. Während sie sich einerseits durch die Entfernung eines fortwährenden Anreizes ihrer Kampflust nahezu beraubt vorkam, war es ihr doch angenehm, die Gegnerin zur Ehe bestimmt zu wissen, in welcher sie, die nie über ihre eigene Natur und über ihre persönlichen Erfahrungen hinausdachte, stets nur Leiden und Disharmonie erblickte.

Solche Überlegung war es, auf welche die einsame Frau auch an diesem Morgen zurückkam, als sie in der Stille ihres Zimmers die Bedeutung der vorhergegangenen Unterredung durchdachte. Sie sagte sich, daß die Wirkung ihrer Feindschaft wohl im stande sein werde, die Verhaßte auch in die Ehe zu verfolgen. Und doch mischte sich in das Lächeln des Triumphes, das auf der Miene der noch immer regungslos Dasitzenden erschien, ein Schatten von Zaghaftigkeit, als einen Augenblick als klares Bild die Möglichkeit vor ihr auftauchte, wie. Gleich darauf hatte sie den Gedanken von sich geschoben und mit ihm die Ängstlichkeit, die er ihr verursacht, und die sich an das unvermutet mit erschreckender Deutlichkeit vor ihr erscheinende Bild Wellkamps geknüpft hatte. Sie wiederholte sich, daß der Instinkt, der sie in der vergangenen Stunde bei ihrem Eingreifen in die Pläne des jungen Paares geleitet, ausschließlich derjenige der Feindseligkeit gegen Anna gewesen sei. Sie betonte dies mit der Hartnäckigkeit, mit der wir bei solchen Gelegenheiten uns selbst belügen können, indem wir unser Verhältnis zu den Interessen eines andern in den Vordergrund stellen, um uns zu verschweigen, daß wir uns selbst mit im Spiele befinden, mit unsern eigensten Interessen und Wünschen.

III

Es war schließlich schwieriger, als man anfangs angenommen hatte, in den vier Wochen, die ursprünglich nur noch für den Brautstand bestimmt waren,
alles Erforderliche zu beschaffen. Die jungen Leute
wurden auf ihren Wegen in der Stadt, denen sie zumeist den ganzen Morgen und nicht selten einen Teil
des Nachmittags widmeten, fast immer von dem
Major begleitet. Nun war der alte Herr ein recht ge-
schmackvoller Berater bei der Wahl der Einkäufe,
nur daß er über seinen Kunstliebhabereien etwas zu
sehr die ersten Bedürfnisse des künftigen Haushaltes
vernachlässigte. So kam es vor, daß er die luxuriöse
Ausschmückung eines Raumes bereits im einzelnen
angeordnet, über dessen praktische Bestimmung er
sich durchaus noch nicht klar war. Seine beiden Kinder ließen ihn in den meisten Fällen gern gewähren.
Es war ihnen beiden ein süßes Gefühl, sich bei jeder
Gelegenheit sagen zu lassen: »Das da ist etwas sehr
Passendes für euch.« Es hatte etwas davon, als würden sie durch ein Paradies geführt, das Gott für sie
geschaffen; sie fanden alles fertig vor, und alles war
für sie.

Auch waren sie damit einverstanden, als Herr v.
Grubeck ihnen eines Tages einen Besuch der Gemäl-

deausstellung – es war eine soeben eröffnete Aqua-
rell- und Pastellausstellung – vorschlug, da doch die
Auswahl einiger Bilder unumgänglich nötig sei.
Dann war es wie immer, so auch hier staunenswert,
wie rasch und mühelos sich das Auge eines jeden in
der Menge der ausgestellten Kunstwerke zurecht-
fand, um nach flüchtigem Vorbeigleiten an dem meisten eben auf dem haften zu bleiben, was den eigentümlichen Bedürfnissen der Seele entsprach. So war
nach einem kurzen Rundgang durch die verschiedenen Räume Wellkamp an den Eingang des Haupt-
saales zurückgekehrt, wo er sich in ein Gemälde Ga-
briel Max' vertiefte, dessen vergeistigte und doch so
sinnlich wirksame Art in der blassen und zarten
Ausführung des Pastells in erhöhtem Maße zur Geltung gelangte.

Inzwischen verweilte Anna vor einigen italienischen Aquarellen, Scenerien vom Canalo grande
oder vom genuesischen Golfe. Über den bunten und
heiteren Farben schien die geheime Melancholie des
bloß vegetierenden Lebens zu liegen, indes nur wie
ein ungewisser Duft und jedenfalls mehr gefühlt als
gesehen. Dann wurden beide junge Leute von dem
Major an den Platz geholt, den er eingenommen
hatte, »um seine Studien zu machen«, wie er sagte.
Es waren die Dessins von Illustrationen der »Flie-
genden Blätter«, und auch die beiden andern mußten
die feine und anmutige Koketterie dieser Tusch- und
Federzeichnungen bewundern. Der Major behaup-

tete, nirgends für seine eigene Kunstübung so viel lernen zu können, wie an diesen scheinbar leicht hingeworfenen Skizzen, die für ihn technische Offenbarungen enthielten. Wellkamp und Anna gingen lebhaft interessiert auf die Bemerkungen des alten Herrn ein, auch erwähnten sie sodann die Stücke der Ausstellung, welche sie selbst besonders gefesselt. Aber weder er noch sie ließen sich näher über die Art des Genusses, den sie ihnen gewährt, aus. Anna mochte wohl zu der Zahl der feiner gebildeten Beschauer gehören, denen es widerstrebt, ihre Empfindungen vor einem Kunstwerke in die dem großen Publikum geläufigen Urteile und Ausrufe zu kleiden, während ihnen zugleich der echte und persönliche Ausdruck dafür versagt ist. Wellkamp seinerseits hätte sich niemals entschließen können, die tiefen seelischen Erregungen, welche ihm zuweilen ein Kunstgenuß verschaffte, durch eine Aussprache, zumal in den Augenblicken wo er sie empfing, preiszugeben. Er hätte dies als eine Entweihung angesehen, so sehr hatte er sich, trotz seines abnutzenden äußeren und inneren Entwicklungsganges – oder aber gerade wegen desselben – in dieser Hinsicht eine empfindliche seelische Keuschheit bewahrt.

Man mußte schließlich, da die Zeit des Diners gekommen war, aufbrechen. Während der Major von seinen Lieblingen Abschied nahm, hatte Wellkamp, der sich bereits zum gehen gewandt, unweit jener Skizzen, die ihn bisher von dem übrigen Inhalt des

Saales abgehalten, ein Bild entdeckt, das im gleichen Augenblicke seine volle Aufmerksamkeit in Anspruch nahm. Dies geschah sogar in der Weise, daß er mit unwillkürlich weiter geöffneten Augen und mit einer seltsamen Spannung seines Empfindens, welche sich nach und nach zu einem förmlichen Grauen steigerte, an das Gemälde herantrat. Diese Wirkung konnte wohl durch den absonderlichen Stoff, welcher hier behandelt war, hervorgebracht werden, sie war es aber sicherlich noch weit mehr durch die das in jenem vorhandene Unheimliche noch steigernde Auffassung des Künstlers. Vor einer elenden Bauernkate, deren schmutzig braune Umrisse kaum durch den dichten, alles einhüllenden Nebel hindurchdrangen, stand ein Weib, das mit einer Miene namenlosen Entsetzens vor sich in die dicke graubraune Luft hineinstarrte. In derselben zeigte ihr »das zweite Gesicht« die Gestalt eines Mannes in bäurischer Tracht, jedenfalls ihres Gatten – vielleicht als eine Mahnung des Verstorbenen, vielleicht als Todesahnung. Die Figur hob sich nicht eigentlich in der Art einer Geistererscheinung von dem Nebel ab, sie schien vielmehr ein Gebilde dieser Luft selbst und nicht aus ihr herauszulösen. Es wurde hierdurch beim Beschauer der Eindruck bewirkt, die Luft, sowie die ganze Natur, welche sie ausfüllte, und das ganze Leben in dieser Natur vergespenstigt zu sehen. Das Ganze erschien spirituell und unkörperlich, und es mußte fast unbegreiflich dünken, wie dies mit den sinnenfälligen Mitteln der Malerei hatte erreicht werden können: auch dies mochte zu jener ersten starken Wirkung, die das Gemälde auf Wellkamp gemacht, beigetragen haben.

Letzterem blieben zur Betrachtung nur wenige Minuten, aber die seltsame Eindringlichkeit des Geschauten hatte ihn für den Heimweg schweigsam und nachdenklich gemacht. Während man im Boudoir Frau v. Grubecks die Meldung, daß angerichtet sei, erwartete, berichtete der Major seiner Gattin von der Ausstellung. Seine Stimme bekam, wenn er von der von ihm bevorzugten Kunst sprach, jedesmal eine wärmere und fast jugendliche Klangfarbe. Er redete sich auch diesmal so in Feuer, daß er schließlich Dora zu einem Besuch der Ausstellung aufforderte, wiewohl er wissen konnte, wie vergeblich es war, sie zu einer Wanderung durch sechs oder acht Säle veranlassen zu wollen. Der Major liebte die Malerei mit einer scheinbar ganz aus seinen übrigen seelischen Dispositionen herausfallenden Inbrunst, mit der alternde und unter der Erkaltung ihres Lebens leidende Menschen sich an die Heiterkeit, die Wärme und Fülle der Kunst klammern können, die ihnen ein neues und letztes Sinnbild gewährt.

Eben als sie in das Speisezimmer – ein dunkel getäfeltes Gemach, in dem ein einfallendes Licht den darunter stehenden Tisch zweckmäßig beleuchtete – hinübergingen, fragte der alte Herr seinen Schwiegersohn nach dem, was diesen in seinen Gedanken noch immer beschäftigte.

»Was war denn das eigentlich, wovor Sie ganz zuletzt stehen geblieben waren, es schien Sie sehr zu interessieren. Ich bin nicht mehr dazu gekommen, es mir anzusehen. – Übrigens müssen wir ja ohnedies noch einmal hin, wenn wir bei unserem Vorsatz bleiben, uns etwas zum Ankauf auszusuchen.«

Während man sich zu Tische niederließ, hatte der Angeredete die Absicht, seine Antwort in der augenblicklichen Gesprächspause verschwinden zu lassen und auf einen andern Gegenstand überzuleiten. Doch verspürte er plötzlich die Lust, zu sehen, welchen Eindruck die Beschreibung jenes eigenartigen Bildes auf Andere hervorbringen würde. Er meinte dabei besonders an Anna zu denken – dennoch glitt sein Blick, wie er nun mit Worten, die ihm durch eine lebendige, greifbare Vorstellung eingegeben wurden, die Schilderung jenes »Zweiten Gesichtes« gab, unvermerkt zu Dora hinüber. Und während er noch sprach, konnte er, mit einer seltsam neugierigen und widerwillig freudigen Empfindung, die unendlich nervöse Wirkung, welche er dem Gegenstande seiner Schilderung zuschrieb, auf dem Gesichte der jungen Frau wahrnehmen. Wie noch vor wenig mehr als einer halben Stunde die seinigen, so öffneten sich nun, unvermutet rasch, wie vor einer das ganze Wesen eines Menschen tiefinnerlich berührenden Überraschung, ihre Augen und ließen

Wellkamp zum erstenmale eine eigentümlich was-
serhelle Iris sehen, unter welcher in diesem Augenblicke aus einer rätselhaften dunkeln Tiefe des
Auges hervor winzige goldglänzende Funken zu
sprühen schienen. Es war eine Wahrnehmung von
wenigen Sekunden, dann sanken die breiten Augenlider wieder herab, und zugleich mußte Wellkamp
sich der andern Seite zuwenden, da Anna ihn, zum
ersten Male seit ihrer Rückkehr von der Ausstellung,
anredete.

»Es mag sehr gut gemacht sein«, sagte das junge
Mädchen in auffällig kurzem und entschiedenen
Tone, »aber ich meine, daß die Kunst besser daran
thäte, sich nicht mit der Pflege derartig romantischer
Empfindungen abzugeben, die für unsere Zeit nicht
nur überfällig, sondern hinderlich sind.«

»Aber ich denke«, erwiderte Wellkamp, der in der
Überraschung bei der energischen Stellungnahme
seiner Braut seine eigene, sonst beobachtete Vorsicht
in der Äußerung Widerspruch erregender Meinungen vergaß – »aber ich denke, daß die Kunst, wenn
sie nämlich überhaupt irgend etwas ›soll‹, es sich zur
allerersten Aufgabe machen muß, die übersinnlichen
Vorstellungen, die für das Kulturleben unentbehrlich sind und bleiben, zu unterhalten.«

Mochte Anna dadurch, daß sie in jenem kurzen
Augenblick die Wirkung der von ihr kritisierten
Vorstellungen, durch die Erzählung ihres Verlobten
hervorgerufen, in dem Auge der ihr verhaßten Frau

gesehen, erregt sein: der Klang ihrer Stimme war in ihrer neuen Antwort noch härter als vorher, und es mischte sich sogar etwas wie Spott hinein.

»Ach! Du bist also Reaktionär?«

»Wenn's nur gut gemalt ist!« Der Major versuchte, durch eine Wiederholung dieses Lenbachschen Wortes das Gespräch, welches in gefährliche Bahnen zu laufen schien, zurückzulenken. Die beiden jungen Leute drohten auf eine unheimliche Weise, politisch zu werden, was Herr v. Grubeck immer für unnütze Aufregung gehalten hatte. Er selbst war immer pflichtgemäßer Christ und Monarchist gewesen, ohne vor einigen dem Liberalismus zu machenden Zugeständnissen, die er seiner Zeit schuldig zu sein glaubte, zurückzuschrecken.

Wellkamp seinerseits war in der That »Reaktionär«, und zwar in der besonderen Weise, wie diese Richtung der Gesinnungen neuerdings Leute, welche die mehr verborgenen Zeitströmungen zu fühlen, seelische Organe besitzen, nach sich zieht. Die Reaktionäre dieser Art werden häufiger, je mehr in neuer Zeit der Liberalismus seinen ehemaligen Ruf, die Partei der Gebildeten zu sein, verliert. Vor dem Niedergange des Liberalismus nun, seiner Auflösung in die Pöbelherrschaft des Geldes, schrecken jene feiner organisierten und meist auch ästhetisierenden Menschen ebenso heftig zurück, als vor dem Hereinbrechen der ihre Instinkte nicht weniger verletzenden reellen, handgreiflichen Pöbelherrschaft.

Dabei trifft sie, mit ihren Sympathien für eine vornehme, größer gesinnte Zeit, der Fluch der seltsamen Ironie, daß ihre aus eben dem Liberalismus, den sie bekämpfen, hervorgewachsene Bildung ihnen nicht gestattet, an die Möglichkeit zu glauben, als würde sich die Welt heute, mit einer willkürlichen Unterbrechung ihres unvermeidlichen Entwicklungsganges, auf einen einmal überwundenen Kulturstand zurückführen lassen. So sind sie nichts weniger als ursprüngliche, geborene Konservative. Ihr Verhältnis zu diesen letzteren wird vielmehr dadurch bezeichnet, daß sie nicht »noch«, sondern »aufs neue« konservativ sind.

Unter einem ähnlichen inneren Widerspruche leidet ihr Verhältnis zur Religion, da sie, ohne selbst durchaus gläubig zu sein, es für ihre Forderung erklären, daß »dem Volke die Religion erhalten bleibe«. Wenn sie in letzterer allerdings eine erste und am letzten Ende vielleicht die einzige Stütze der bestehenden gesellschaftlichen Verhältnisse erblikken, so würden sie es doch andererseits mit Recht leugnen, aus bloßen Nützlichkeitsrücksichten dem Volke eine seelische Nahrung bewahren zu wollen, von der ihnen selbst bekannt wäre, daß sie verfälscht sei. Wohl werden sie, ihrem Bildungsgange entsprechend, mehr oder weniger wissenschaftlich unterrichtet und überzeugt sein; aber eben die Wissenschaft muß sie, je ernster sie ihr Bewußtsein ergriffen hat, desto eindringlicher daran erinnern, daß ihr selbst die letzten, entscheidenden Fragen immer unlösbar bleiben werden. Und unter den Vermutungen, mit welchen diese einzig beantwortet werden können, ist die religiöse, zu welcher sie auf solche Weise zurückkehren, eine so schöne und für die Mehrzahl der Menschen befriedigende. Vielleicht auch, daß viele von ihnen es zuerst an sich selbst erfahren, wie sehr das von der Zeit niemals abgeschwächte Bedürfnis der Seele nach den Vorstellungen und Hoffnungen verlangt, welche die Religion verleiht.

Wellkamp hatte sich über alles dies niemals ausdrücklich Rechenschaft abgelegt. Er hatte selbst keine Ahnung, wie stark er innerlich an den von Anna berührten Gegenständen interessiert war, und so mußte ihn der Eifer, mit dem er auf ihre herausfordernden Bemerkungen einging, selbst überraschen. Doch vermochte er das junge Mädchen durch ein Andeuten seiner Absichten jetzt nicht zu einer weiteren Darlegung der ihrigen zu veranlassen. Es schien ihm, daß sie ihm eine Erläuterung in Abwesenheit von Zeugen zu geben wünschte. Mit ihren Gedanken beschäftigt, ließen die beiden jungen Leute während des Restes der Tafel den Major fast allein das Gespräch unterhalten. Während er und seine Gattin sich nach Beendigung der Mahlzeit in ihre Zimmer zurückzogen, begaben sich Anna und Wellkamp in stillem Einverständnisse gemeinsam in den, Doras Boudoir gegenüber, auf der andern Seite des Speisezimmers gelegenen kleinen Salon, Annas gewöhnlichen Aufenthalt, wo sie sich ungestört über ihr Verhältnis zu den angeregten Fragen verständigen konnten. Der Major kam noch einmal herüber, um sich zu erkundigen, ob man nicht eine Tasse Thee nähme. Als diese abgelehnt ward, entfernte sich der alte Herr, dem es schließlich bei dem Charakter seiner Tochter unumgänglich dünken mochte, gelegentlich die Geister aufeinanderplatzen zu sehen.

Der Vater besaß, wie in den meisten ähnlichen Fällen, mehr Verständnis für die Art seines Kindes, als dieses selbst ihm zuschrieb. Er ahnte wohl, daß die Ruhe und Abgeschlossenheit, welche das Wesen der Tochter trotz ihrer großen Jugend kennzeichnete, mit den außerordentlich festen Meinungen, die sie sich über gewisse Dinge gebildet, verknüpft war. Wovon er dagegen nicht wußte, waren die schweren, stillen Kämpfe, unter denen jene Ruhe erworben war.

Anna war damals zur Welt gekommen, als die junge Frau, welche ihr Gatte schon jetzt zu vernachlässigen begonnen hatte, still und bitter die ersten Leiden ihrer immer freudloser werdenden Ehe durchlebte. Es war, als sei von jener Stimmung der Mutter etwas in das Wesen des Kindes übergegangen. Es suchte später in dem heranwachsenden Mädchen, das die Krankheit der Mutter sich steigern und steigern sah, ein dumpfes Gefühl nach seinem Ausdruck, welches den Vater beschuldigte – wessen doch? Wenn sich dann das Herz, das den gütigen und frohen Vater liebte, gegen solche Pietätlosigkeit empörte, so ergaben sich aus diesem ersten Widerspruch ihrer Natur die ersten Kämpfe. Dann starb die blasse Frau, an deren Lager Anna fast ein Jahr lang den größten Teil ihrer Tage zugebracht, und zu dem Schmerz über diesen trotz der langsamen Vorbereitung ungeahnt und unbegreiflich schrecklichen Verlust gesellte sich der für die Zurückgebliebene nicht weniger empfindliche, die innige religiöse Überzeugung, welche das teuerste Erbteil von der Verstorbenen bildete, den jetzigen Prüfungen nicht standhalten zu fühlen.

Letztere hatten, mit dem schmerzlichen Nachdenken, das sie erregten, zweifellos in hervorragendem Maße auch die seelische Entwickelung des jungen Mädchens begünstigt, welches jetzt kaum erst achtzehn Jahre zählte. Es war ihr, ohne daß der Vater, den eine Art Scham davon zurückhielt, ihr darüber Erklärungen gegeben hätte, deutlich, daß die schwierigen häuslichen Verhältnisse ihr künftig eigene Arbeit notwendig machen würden, und sie begann sich alsbald auf eine geeignete Thätigkeit in aller Stille vorzubereiten. Ihr Vater ließ sie, erfreut über ihre verständige Schickung in die unvorhergesehene Lage, den Weg betreten, welcher sie schnell weiter und weiter von den Grundbedingungen seiner eigenen Anschauungen entfernen sollte. Von der pädagogischen und philosophischen Litteratur, welche sie anfänglich zu ihrer wissenschaftlichen Ausbildung gewählt, geriet sie, infolge textlicher Hinweise, welche sie darauf aufmerksam machten, und durch eine seltsame, ahnungsvolle Neugierde geleitet, an die Lektüre volkswissenschaftlicher, sozialistischer Schriften. Ganz natürlich stießen die Auffassungen, welche sie dort antraf, und welche, mit der Begeisterungsfähigkeit und idealistischen Gerechtigkeitsliebe eines jugendlichen Geistes kennen gelernt, ohne weiteres bereits so viel Verführerisches in sich schließen, in dem Gemüte des jungen Mädchens auf einen besonders günstig vorbereiteten Boden. Gleich unzähligen Mühseligen und Beladenen von heute nahm sie mit allem Vermögen ihres Geistes und ihrer Empfindung die neue, weltliche Religion in sich auf.

Es waren nun zwei Jahre, daß auf solche Weise der seelische Zwiespalt jener Zeit in ihr ausgeglichen war, die sie jetzt selbst als Übergangsjahre ansah, und das junge Mädchen schrieb sich seither in ihrem ganzen Wesen die Abgeschlossenheit zu, die ein unverrückbares inneres Ziel verleiht, dem nachzugehen ein volles Leben befriedigen kann. Je mehr sich dies Ziel in ihr befestigt, desto mehr mußte ihr jetzt daran gelegen sein, es mit der unerwarteten neuen Wendung, die ihr Weg genommen, zu vereinigen, sich mit dem Manne, ohne den sie ihre Zukunft nicht mehr dachte, über einen so wichtigen Bestandteil ihres Denkens und Empfindens zu verständigen.

So hatte sich Anna allerdings auf die nun bevorstehende, für sie so wichtige Unterredung vorbereitet, und die innere Ruhe, die sie ihr entgegenbrachte, war so vollständig, daß sie die kleine Störung, welche ihr die Erwähnung des fatalen Bildes verursacht, jetzt bereits überwunden hatte.

Wellkamp verstand wohl schon so viel in ihrem Gesichte zu lesen, um die Festigkeit, welche daraus sprach, zu erkennen und zu fühlen, wie sie über alles, womit das junge Mädchen in Berührung kam, eine eigentümliche Macht gewann.

Dies erschien ihm auch in der Einrichtung des stillen, von den übrigen, untereinander verbundenen Räumen der Wohnung abgeschlossenen Zimmerchens ausgedrückt zu liegen, in dem sie einander gegenüber saßen, sie auf einem altmodischen geschweiften Sopha, er in einem weiten, mit einer verblichenen Tapisserie bekleideten Korbstuhl. Überall waren zwischen das ursprüngliche moderne Ameublement des Raumes solche ältere Stücke gestellt, welche von der Mutter des jungen Mädchens und aus deren Mädchenzeit stammen mochten, so eine große, mit Perlenstickerei gefertigte Landschaft, die als Schirm vor dem Kamin stand, und das Klavier von einer längst außer Anwendung gekommenen Form. Die hier und da angebrachten Photographien und Stiche wiesen einen besonderen, ein wenig strengen Geschmack auf. Alles dies stimmte gut zu der Erscheinung der jungen Bewohnerin des

Raumes. Auch in der schlichten Art, wie sie ihr volles dunkles Haar trug, auch in dem einfachen, wiewohl thatsächlich nicht merklich von der Mode abweichenden Schnitt ihres Kleides schien etwas Fremdes, in gewisser Weise Altmodisches zu liegen, und in ihrem Gesichte prägte sich bei aller frischen Jugendlichkeit ein seltsam ernster, strenger Grundzug aus. Es war der in dieser Umgebung überraschende Typus eines russischen Steppengesichtes mit der nicht breiten, doch reinen, vornehmen Stirn, der feinen und dabei energischen Nasenwurzel, den vollen Lippen des schöngeformten, nicht kleinen Mundes und der aus dem allen redenden Anlage zum Befehlen und der Willensstärke, welche unter Umständen bis zur einseitigen Beschränktheit gehen kann.

Den Eindruck einer eigenen, geschlossenen Persönlichkeit, dem er immer aufs neue im Verkehr mit seiner Braut unterlag, empfand Wellkamp in diesen ersten Augenblicken der schweigenden Beobachtung stark und bis zu einer förmlichen Entmutigung, seine Meinungen jetzt noch den ihrigen entgegenzusetzen. Er hörte ihren Auseinandersetzungen, die sie in ruhiger, gar nicht aufdringlicher und vielleicht darum jeden Widerspruch nahezu ausschließender Weise gab, in der träumerischen, behaglichen Stimmung zu, in die nervöse und nicht willensstarke Menschen in der Gesellschaft ruhiger und überlegener Persönlichkeiten verfallen können.

Gelegentlich nur ward er aus seiner schweigsamen Hingabe herausgerissen durch eine ihrer Fragen, eine der naiven Fragen, die einem weniger beeinflußten, ruhigen Zuhörer ohne weiteres die vollständige Jugendlichkeit der Denkweise der Fragestellerin verraten hätten; denn für sie bedeutete die von ihr besessene Wahrheit und der Irrtum der Andersgläubigen die schroffsten Gegensätze, die sie nicht in der Idee zusammenfaßte. Sie vermochte nicht vermittelnd zu denken und kannte keine Vielheit der Gesichtspunkte.

Einmal wenigstens, als sie ihm seine Beweise für das Dasein eines Gottes, an welches zu glauben er vorgäbe, abverlangte, vermochte er eine abgerundete, gelegentlich einmal zu eigenem Troste zurückgelegte Antwort vorzubringen.

»Siehst Du«, sagte er, »Du kannst alles, was in unserm Empfinden und in unseren Schicksalen für das Dasein eines persönlichen Gottes zu sprechen scheint, trügerisch nennen. Auch ich empfinde es im Grunde als einen Trug, aber es scheint mir einer in der Art etwa der Fata Morgana zu sein. Hinter der phantastisch schönen Luftspiegelung, welche sie uns vorzaubert, gibt es doch immer, in weiter Ferne, etwas das gespiegelt wird und ohne das keine Spiegelung möglich wäre.«

»Nur daß eben dies Dahinterliegende Dir den Gegenbeweis an die Hand gibt: es ist immer etwas sehr Irdisches und häufig sogar etwas ganz Unansehnliches, was in der Luft – oder in Deinem Empfinden – gespiegelt so große Wirkungen hervorbringt.«

Wie Wellkamp nach diesem leicht und wie selbstverständlich ausgesprochenen Einwande in die vorige passive Stimmung zurücksank, tauchte unvermutet mit seltsamer Deutlichkeit ein Bild vor seinem Geiste auf, worin er sich selbst in einer Situation erblickte, die in eigentümlicher Weise den Vergleich mit der augenblicklichen herausforderte.

Er sah sich als zehn- oder elfjährigen Knaben im Hause seiner alten Großmutter, in dem sogenannten Sommerzimmer, welches weniger nach seiner Aussicht auf den schattigen alten Garten so benannt war, als nach den die Wände zierenden altmodischen Tapeten, auf denen die wechselnden Scenen des sommerlichen Landlebens dargestellt waren. Der kleine Erich, der auf einem erhöhten Schemel an dem ungeheuer breiten und soliden Tische saß, richtete seine Blicke von dem violetten Abendhimmel nach dem Muster des Claude Lorrain, der in der Reihe der Landschaften immer wiederkehrte, auf die alte Frau ihm gegenüber. Zu ihrem graugestreiften Seidenkleide und der Spitzenhaube, unter der ihr welkes, gütiges Gesicht hervorblickte, saß sie, ohne sich anzulehnen, gerade aufgerichtet in dem steiflehnigen Sopha von rotem Damast und kannte keine Ungeduld bei der Menge von Fragen, die der Enkel ihr mit dem Anspruch auf alsbaldige Lösung vorlegte. In einer Pause gewissenhaften Nachdenkens strich sie wohl mit ihrer knochigen und auch wie Knochen weißen Hand über die gleich dem Sopha rotdamastene Tischdecke hin und her, um dann aufs neue den Wissensdurst des Kindes zu befriedigen.

»Wie die Welt einmal untergehen wird, mein Kind«, hörte Wellkamp sie sagen, »das wissen wir sicher, denn die Schrift sagt es uns: es wird durch Feuer vom Himmel geschehen.«

Dann legte sie ihre weiße Hand auf die vor ihr aufgeschlagene dicke, messingverzierte Familienbibel, während ihre ruhigen, niemals fragenden Augen noch zuversichtlicher blickten als vorher. Der Knabe pflegte in den seelischen Nöten eines ersten kindlichen Skeptizismus sich an die alte Frau zu wenden, und wenn die Krankheit dieses frühen Unglaubens trotz ihrer Heilungsversuche in ihm fortwuchs, so kannte er doch in diesen Augenblicken, wenn in der nun eintretenden Stille nur das leise, klingende Tikken der Stutzuhr auf dem Schreibtische der Großmutter hörbar war, schon damals das weiche, süß einschmeichelnde und schläfernde Gefühl der Sicherheit und des Beruhigtseins, das heute den Mann, der soviele Anschauungen und Überzeugungen nacheinander angenommen und als ungenügend wieder von sich abgethan, bei dem Klange der festen, durch keinen Zweifel getrübten Stimme seiner Braut mit seinen Schauern berührte.

Das plötzliche Auftauchen jener seit langen Jahren kaum mehr belebten Erinnerung zeigte, ob er sich nun ausdrücklich darüber klar ward oder nicht, zur Genüge, wie innig seine Empfindung die beiden Situationen, die jetzige und die von damals, mit einander verband. Hier wie dort war er, der auf offener See von widerstreitenden Winden Umhergetriebene, zur Rast in einen stillen Hafen eingelaufen, wie ihn Seelen wie die in beiden Fällen mit ihm in Berührung gekommenen zu bilden schienen. Die fremden Wellen, welche in das keineswegs stagnierende Wasser hineinfließen, vermögen dennoch an seiner festabgegrenzten, tiefinneren Ruhe nichts zu ändern.

Zugleich aber knüpfte sich für ihn an die soeben wieder durchlebte Kindheitsscene die wie nie vorher sichere und ausgeprägte Erkenntnis der Mittel, mit denen eine solche »Hafenruhe« in einer Seele hergestellt wird. Daß das Leben eines Menschen zu seinem sinnlichen Glück geführt war – und es hatte eine Zeit gegeben, wo Wellkamp allein in dem Mangel eines solchen den Grund für die Disharmonie seines Daseins erblickt hatte – war nicht alles. Ebenso unerbittlich forderte jene unerklärliche Sehnsucht ihre Befriedigung, die man ehemals als die »übersinnliche« zu bezeichnen gewohnt war, und die, mit etwas verändertem Wortsinne, vielleicht thatsächlich etwas Übersinnliches, das heißt den denkbar feinsten und gleichsam über die Sinne hinaus verlangenden Ausdruck des sinnlichen Verlangens darstellte.

Diese Überlegung hatte indes die heimliche, hingegebene Stimmung aufgelöst, in der ihn die Nähe und das Gespräch seiner Braut bisher unterhalten. Der Zauber, den sie auf ihn ausübte, war zuletzt einfach auf ihre Gesundheit und Natürlichkeit zurückzuführen. Davon strömte mit jedem ihrer Worte eine Fülle zu ihm hinüber, der gleichsam in geistiger Krankenluft zu leben gewohnt war. War nicht dies der größte, entscheidende Vorzug, den Anna von Anfang an für ihn gehabt? Durchaus im Widerspruch hiermit fand er nun plötzlich diesen Einfluß unbehaglich und störend und fühlte sich versucht, ihn von sich abzuschütteln. Es war etwas von dem Trotze des Kranken, der sich nur ungern zum erstenmale zum Verlassen des Lagers bewegen läßt und keinen Gefallen mehr an dem Leben der Gesunden findet, dessen ihn sein Zustand seit so langer Zeit entwöhnt hat. Wellkamp fühlte sich in unbestimmter Weise gedrängt, diesem liebgewonnenen Zustande in irgend etwas nachzugeben und ihn zu unterhalten; es war ihm freilich nicht klar, wodurch? Doch widerstand er nicht dem Triebe, der ihn hinderte, auch nur eine Minute länger diese Unterhaltung fortzusetzen.

Mitten in einer weiteren Bemerkung des jungen Mädchens sprang er, fast wider seinen eigenen Willen, auf und verabschiedete sich eilig, indem er eine ihm plötzlich eingefallene Angelegenheit in der Stadt vorschützte. Wenngleich er mit seinem Benehmen nicht zufrieden war, atmete er doch leichter, als er die Thüre des kleinen altmodischen Zimmers hinter sich geschlossen hatte. In Frau v. Grubecks Boudoir, das er passierte, obwohl er einen andern Ausgang vom Speisezimmer aus hätte benutzen können, fand er Dora an ihrem gewohnten Platze. In dem Halbdunkel des Gemaches – von der hohen bronzenen Lampe hing über dem Schirm noch eine seidene Draperie – konnte Wellkamp, der aus der hellen Beleuchtung, welche Anna liebte, herausgetreten war, nur undeutlich die lichtgrau gekleidete Gestalt unterscheiden; doch fühlte er, wie gewöhnlich in ihrer Nähe, ihre Augen auf sich gerichtet. Sie schien heute noch keines der Bücher geöffnet zu haben, die auf dem Tischchen neben ihr lagen; ihre Hände ruhten müßig im Schoße. Um ihm, der nach der Begrüßung einen Augenblick unschlüssig vor ihr stand, ihre Beschäftigungslosigkeit zu erklären – er fragte sich später, ob es nur deswegen geschehen sei –, erzählte sie dem jungen Manne, daß sie sich die verflossene Stunde in ihren einsamen Gedanken noch immer mit dem Inhalt des wunderlichen Bildes beschäftigt, von dem er während des Diners erzählt.

»Ich grübele gern über solchen geheimnisvollen Dingen«, fügte sie auf seine verwunderte Frage hinzu, »und ich glaube auch an sie.«

Und als er noch immer schwieg, – »vielleicht gerade darum, weil man sie niemals zu sehen bekommt.«

»Also wäre es Ihnen etwa angenehm«, fragte Wellkamp, »die Austellung zu besuchen, um das Gemälde kennen zu lernen?«

»Durchaus nicht«, erwiderte sie rasch und mit einer abwehrenden Bewegung; »wahrscheinlich wäre der ganze Reiz für mich verloren, wenn ich es sehen würde. Möglichenfalls ist die Malerei viel zu – natürlich. Ich könnte gewiß nicht mehr so – so meine Andacht halten, wie heute.«

Obwohl Wellkamp bisher nicht an die Möglichkeit gedacht, vielmehr einen wiederholten Besuch der Ausstellung als selbstverständlich angenommen hatte, regte sich bei Doras Worten ein Gefühl in ihm, das ihr eifrig zustimmte. Auch ihm erschien es nun unbedingt geboten, die tief innerliche Berührung, die er empfangen, nicht durch häufigere Anwendung des äußeren Mittels, das sie ihm verschafft, abzuschwächen und, was in diesem Falle unvermeidlich sein würde, äußerlicher zu machen.

»Sie haben recht«, sagte er mit gesenkter Stimme, »das liegt wohl im Wesen des Geheimnisvollen.«

Während ihn die in dieser besondern Weise erfolgte Erwähnung des letzten Wortes die leichten Schauer empfinden ließ, denen er in nervös angeregter Stimmung wie der dieses Abends häufig unterworfen war, gewahrte er in ihren Augen, zu denen er die seinen eben jetzt wieder erhob, den nämlichen außergewöhnlichen Ausdruck, der ihn das erste Mal während der Tafel betroffen gemacht. Und zugleich fühlte er mit völliger Sicherheit, daß die Mischung von leisem, verhaltenem Grauen und tiefinnerer, suchender und verlangender Hingebung, die er in ihrem Auge gewahrte, genau dasjenige war, was im nämlichen Augenblicke in seinem eigenen ausgedrückt sein mußte.

In der nächsten Minute, während welcher ihre Augen aneinander geheftet blieben, war es, als ob jene suchende Hingebung einen Gegenstand zu finden auf dem Wege sei. In einer augenblicklichen Willenslähmung bemerkte Wellkamp, ohne es doch hindern zu können, wie die unsicheren Schauer, von denen er berührt war, die bestimmtere Gestalt von Verlangen und sogar Begehrlichkeit annahmen. Der Vorgang war ohne Zweifel bei Dora ohne Unterschied der gleiche; denn als der junge Mann sich endlich von dem seltsamen Banne befreien konnte, nahm er auch bei ihr das plötzliche Erschrecken, wie beim Auffahren aus einem halben Traumzustande, wahr. Auch war die darauf folgende peinliche Verlegenheit bei beiden gleich stark. Sie wechselten, an einander vorübersehend, noch einige wenige Worte, worauf Wellkamp sich verabschiedete.

Im Vorzimmer fiel ihm unvermittelt ein, daß der gedankenlos gesprochene Vorwand, mit dem er sich entschuldigt, zufällig der gleiche gewesen, mit dem er kaum eine Viertelstunde zuvor Anna verlassen. In hastiger Gedankenverbindung drängte sich ihm ein Vergleich der beiden hinter ihm liegenden Unterredungen auf. Und die soeben empfundene Verlegen-

heit wurde zur Scham und zu stillen, heftigen Selbst-
vorwürfen, als er sich das Ergebnis dieses Abends
gestehen mußte, welches darin bestand, daß er das
Gespräch mit seiner Braut beendet hatte, weil ihre
ruhige und verständige Auffassung der Dinge, wie
sehr sie ihn damals angezogen haben mochte, ihn
heute erkältet hatte – während er im Gegenteil dasjenige mit Dora abgebrochen, weil sein Interesse
allzu stark, sein Blick zu heiß geworden.

IV

Wie oft Wellkamp sich in den nächsten Tagen wiederholte, daß er an jenem Abend durch die Art, wie er die Scene mit Dora beendigt, völlig korrekt gehandelt habe, daß ihre beiderseitigen Empfindungen während jener seltsamen Minuten in sich selbst versunken und ohne wechselweisen Zusammenhang gewesen – so war er doch ohnmächtig gegenüber dem rätselhaften Bewußtsein, das eine seit jener Stunde zwischen ihm und der jungen Frau eingetretene Annäherung feststellte. Er ertappte sich darüber, daß er sie in seinen Gedanken, die sich jetzt häufiger um eine Vergleichung von Wesensäußerungen seiner Braut und Frau v. Grubecks zu drehen begannen, mit ihrem Vornamen nannte. Blieben diese seine Gedanken zuweilen an einem Punkte stehen, über den er in Träumereien versank, so bemerkte er später, daß sie, mit der er sich auf diese Weise unbewußt beschäftigt, Dora gewesen.

Noch mehr. Einmal unerwartet ins Zimmer getreten, hatte er seine Braut mit Frau v. Grubeck beim Austausch der halb unterdrückten Feindseligkeiten überrascht, die den Verkehr der beiden Frauen bezeichneten, und von Anna ein ungeduldiges Wort aufgefangen. Er konnte sich in diesem Augenblick nicht entschließen, sie anzureden, aus Furcht, unfreundlich zu sein.

»Warum ist sie so ungerecht? Welch alberne Eifersucht in diesen häuslichen Dingen, über die sie doch sonst hinwegzublicken den Anschein hat!« So dachte er im Vorübergehen.

Er bemerkte nachher selbst, daß seine erste Regung ohne weiteres Anna Unrecht gegen ihre Gegnerin gegeben hatte.

Seine Stellung zu Dora war dadurch eine schwierigere geworden, die ihm Rätsel aufgab und zuweilen sein Benehmen verwirren konnte. In ihrer Gegenwart, welche jedesmal, wie bei ihrer ersten Begegnung, so viele Gegensätze, so viel seine Sympathien Verletzendes zu Tage förderte, war es ihm unbegreiflich, wie dennoch seither eine engere Beziehung zwischen ihnen hergestellt sein konnte. Denn es kam, als neues Rätsel, die Bemerkung hinzu, daß sie dieses Bewußtsein mit ihm teilte. Er mochte sich bei einer Gelegenheit, die ihm dies deutlich machte, ungeduldig und zornig fragen, was sie dazu berechtigte – ohne doch zu wagen, ihr Unrecht zu geben.

Unter ihren nächsten Gesprächen war eines, welches darum besonderen Eindruck auf ihn machte, weil er darin den Unterschied ihres Verhältnisses jetzt und früher angedeutet fand. Dora hatte, worauf sie die Unterhaltung mit Vorliebe hinausführte, wieder ihre eigene Lebensweise zur Sprache gebracht, die Zweck- und Freudlosigkeit ihrer Tage.

»Zuweilen«, sagte sie, »wenn ich meine Toilette mache, was für uns Frauen, wie Sie wissen, die eigentliche Arbeit des Tages ist, möchte ich alles beiseite schieben, so zwecklos kommt es mir vor. Denn Zweck verleiht uns überhaupt erst die Gesellschaft.«

Und auf eine Bewegung des jungen Mannes:

»O, seien Sie nicht gekränkt! Aber Sie sind Bräutigam und zählen nicht mit.«

»Es hängt doch ganz von Ihnen selbst ab«, schob Wellkamp ein, der ihre letzte Bemerkung zu überhören schien.

»Glauben Sie? – Ich finde, daß ich etwas von einem Geizhals habe, der mit all seinem Reichtum in seinem einzigen Zimmer wohnen bleibt. Meinen Sie, daß er sich nicht doch zuweilen nach dem Palaste sehnt, den er bewohnen könnte? Das sind widerstreitende Bedürfnisse; die stärkeren halten uns fest.«

Mochten ihre Äußerungen zur Hälfte kokett sein, so war doch wohl auch viel von wirklichem Selbstmitleiden darin enthalten, ihrer Natur eine vertraute Empfindung, in deren besonderen und starken Schauern sie bisweilen augenblickliche nervöse Befriedigung fand. Dem entsprach auch der Ton ihrer Rede, welcher weniger sentimental als spöttisch und ein wenig bitter war. Vielleicht hätte jeder nicht Voreingenommene, der ihr in diesem Augenblick gegenüber gesessen, eine gewisse Rührung verspürt. Es wäre für einen solchen Beschauer ein Bild von

Blässe und Wehmut gewesen, die junge Frau in den tiefen, gegen das Licht geschobenen Sessel geschmiegt zu sehen, in ihrer Morgenrobe, deren Farbe hell und matt war wie die der bewegungslos in ihrem Schoße ruhenden Hände; wie ihr Gesicht, dessen Züge ein wenig verwischt erschienen in der geringen Beleuchtung, die aus den halbgeschlossenen Fenstervorhängen darüber zu gelangen vermochte, und wie ihr weiches Haar, dessen aufgenommene Frisur von ein paar leise spielenden Sonnenlichtern gekrönt wurde.

Wellkamp war am allerwenigsten gegen den Zauber einer solchen pastellartigen Erscheinung unempfindlich, aber er fühlte mit einer Art von trotziger Genugthuung, wie es ihm gelang, den Eindruck, den sie auf ihn machte, niederzukämpfen. Seine abwehrende Regung steigerte sich bis zu wirklichem Widerwillen, als Dora nun in Verbindung mit ihren halb ironischen Klagen über ihre eigene Ziel- und Thatlosigkeit Herrn v. Grubecks Erwähnung that.

»Er hat wenigstens noch das Porzellan bis zu Ihrer Hochzeit auszumalen, lebt also doch zu einem bestimmten Zweck«, sagte sie und gab dadurch seiner lauernden Antipathie Gelegenheit, jene erste Situation, in welcher sie sein Gefühl durch eine spöttische und leicht verächtlich machende Bemerkung auf Kosten ihres Gatten beleidigt hatte, mit der jetzigen zu vergleichen. Damals war der stumme Widerstand, den er der aus ihren Worten herausgefühlten Intimität entgegensetzte, berechtigt, – aber war er es heute noch? Er vermochte hierauf nur auf die eigentümliche Weise zu antworten, daß er sich das Recht, jenen Widerstand nach wie vor leisten zu dürfen, zusprach – ohne doch davon Gebrauch machen zu können. So offenbarten mehrere durcheinander redende Stimmen die Unklarheit seines Innern und die Schwierigkeit des Charakters, in dem er mittlerweile dieser Frau gegenüberstand.

Das Gespräch fand in der Morgenstunde statt, in welcher Anna mit ihrem Vater ihre Promenade zu machen pflegte, und in der Wellkamp seit der ersten Begegnung mit Frau v. Grubeck nie mehr das Haus betreten hatte. Aber unter den peinigenden Erwägungen, die sich in ihm nach dem Auftritt mit Dora, der jener Unterredung mit seiner Braut gefolgt war, gekreuzt hatten, war auch die Frage aufgetreten, warum er sich jedem vorherzusehenden Alleinsein mit der jungen Frau seither entzogen hatte. Er beargwöhnte sich selbst bereits so sehr, daß er in dieser Zurückhaltung sofort Furcht oder sogar etwas dem Schuldgefühl Ähnliches erblickte. In dem Trotze, sich selbst seine völlige Unbefangenheit beweisen zu wollen, hatte er sodann den Morgenbesuch erneuert.

Er fuhr dennoch ummerklich zusammen, als er nun aus dem Nebenzimmer Annas Stimme kommen hörte. Und es half nichts, daß er sich sogleich aufs neue ausforschte:

»Warum erschrecke ich, da ich mir nichts vorzu-
werfen habe?«

Dora begrüßte indessen die Eintretende.

»Da Du Deinen Bräutigam den ganzen Morgen
vernachlässigst«, sagte sie, »ist er so liebenswürdig
gewesen, mir ein wenig Gesellschaft zu leisten.«

Während Anna, ohne ihren Vater erschienen, antwortete, gehörte schon ein sehr scharfsichtiger Be-
obachter dazu, um die leise Verdüsterung ihres beim
Eintritt so klaren Auges zu gewahren, die Doras
Worte hervorriefen. Wellkamp hatte in dieser Minute den außerordentlich klaren Überblick über die
Situation mit allen in ihr liegenden Möglichkeiten,
welche gleicherweise dem Feldherrn eignet, der eine
Entscheidung nahen sieht, und dem armen Sünder,
der seine Aburteilung erwartet. So hörte er aus Frau
v. Grubecks Anrede diejenige Deutung seines Besu-
ches heraus, welche der von ihm beabsichtigten genau entgegengesetzt war, die Auffassung desselben
als eine Annäherung. Zugleich konnte er sich die Bewegung seiner Braut, mit wie schmerzlichem Widerstreben er es auch that, nicht anders denn als das
Symptom eines aufgetauchten Verdachtes erklären.
Er verstand noch so wenig die vornehme Reinheit
ihrer Natur, welche sie zu den heftigsten inneren
Kämpfen gezwungen haben würde, bevor sie einen
Verdacht auf den Mann, der ihr Verlobter war, werfen konnte. Andererseits wußte er auch nicht, daß
das junge Mädchen trotz ihrer großen Seelenrecht-

lichkeit dazu neigte, hier wie überall ihrer gehaßten Feindin für jede Bewegung wie für jedes Wort, ja für jede kleinste Äußerung ihres Wesens die unedelsten Beweggründe unterzulegen. Was auch Wellkamp, wenn er die ganze Schärfe des Verhältnisses der beiden Frauen geahnt hätte, daraus zu schließen versucht gewesen wäre, so bildete es doch nur eine natürliche Ergänzung der übrigen Charakteräußerungen des jungen Mädchens. Gerade weil sie als jugendliche Ideologin in ihrer geträumten Welt alle Menschen schlicht und ohne bösen Willen erblickte, mußte ihr die erste, ihr selbst ganz und ausschließlich unsympathische Persönlichkeit, welcher sie im wirklichen Leben begegnete, als eine unwahrscheinlich krasse Ausnahme von der Regel erscheinen, der gegenüber sie außer stande war, ihrem Widerwillen irgend einen Zügel anzulegen.

Die scharfen, wenn auch in falscher Richtung abgelenkten Beobachtungen, welche Wellkamp in jener kritischen Sekunde gemacht, gaben ihm ein gewisses Mitleid mit seiner Braut ein. Es war jenes Mitleid mit den Opfern unserer eigenen Fehler, das zumeist wenig Reue, aber gewöhnlich mehrere Gran Pharisäertum enthält. Die unausgesprochene Logik dieses Gefühls geht dahin, daß uns unmöglich eine Schuld an dem Unglück, zu dem wir der Anlaß gewesen sind, treffen könne, da eine böse Absicht unsererseits mit eben dem Mitleid, das wir nun doch mit dem Betroffenen empfinden, im Widerspruch stehen müßte. Die Unehrlichkeit dieses Gefühls wird am besten dadurch bewiesen, daß unsere nächsten Handlungen meist dennoch durch das geleugnete Schuldgefühl diktiert sind.

So gab sich Wellkamp in der folgenden Zeit dem Bemühen hin, seiner Braut mehr als vorher bemerkbar zu machen, in welchem Grade ihn der Verkehr mit ihr von der Pflege anderweitigen Umgangs abhielt. Vor allem schränkte er die mit Dora zu wechselnden Worte auf das notwendigste ein und vermied jedes Alleinsein mit der jungen Frau. Zugleich beruhigte es ihn, daß seine unvermittelt eingetretene Entfremdung von ihrer Seite so gut wie unbeachtet blieb. Er sagte sich, daß, wenn sie ihn in seinem Rückzug nicht störe, keine Ansprüche geltend mache, dadurch alles, was er sich von falschem Benehmen ihr gegenüber vorgeworfen habe, widerlegt sei.

In den nun häufiger als vordem herbeigeführten Unterhaltungen mit Anna verflossen ihm halbe Nachmittage in der friedlichen, hellen Stimmung des kleinen Mädchenzimmers. Das erste Mal, daß er es wieder betrat, vertiefte sich plötzlich das zum Teil hypokritische Gefühl, das ihn zunächst zum engeren Anschluß an Anna bestimmt, zu einem echten, warmen und überwallenden Mitleid, darin nun volle Reue enthalten war über das Viele, das er ihr in den vergangenen Wochen schuldig geblieben, und dessen er sich selbst beraubt.

In der Not, die er seine Bewegung zu verbergen

hatte, nahm er den kleinen Kopf der Geliebten in seine beiden Hände, um ihre Stirn zu küssen. Sie ergriff eine seiner Hände und streichelte sie mit den ihrigen. Unter dieser schlichten Liebkosung nahm sie unbefangen jene Plaudereien wieder auf, die das erste Mal für Wellkamp einen so verhängnisvollen Abschluß gefunden hatten. Nun befand er sich sogleich wieder unter dem Zauber ihrer Vertraulichkeit, in der, ihr selbst sicherlich unbewußt, immer diese vage aber unbestreitbare Überlegenheit schlummerte, die den jungen Mann in seiner jetzigen Gemütsverfassung von neuem so unsäglich heimlich und erwärmend berührte. Alle voraufgegangenen Störungen dieser einzigen Stimmung waren ihm so gut wie entfallen. In diesen Stunden des schweigenden, wunschlosen, vergessenden Glückes meinte er die Vergangenheit unwiederherstellbar abgeschlossen zu fühlen. Und stand nicht dieser Abschluß auch thatsächlich und sichtbar in nächster Nähe? Die Glücklichen begannen die Tage bis zur Hochzeit zu zählen.

»Es sind noch sechs«, sagte Anna, »wenn wir den heutigen mitrechnen. Das brauchen wir aber nicht mehr; also nur noch fünf.«

Wellkamp hatte einen andern Einfall.

»Weißt Du, was ich mir an unserer Reise am schönsten vorstelle? – die Heimkehr.«

»O«, fuhr er fort, »natürlich werden wir prachtvoll zusammen reisen – bedenke doch, wie mir, der ich immer allein herumgefahren bin, das vorkommen wird – aber ich finde, man macht sich doch dort draußen nur müde, um sich nachher zu Hause recht behaglich ins eigene Nest zu setzen. Das ist am Ende der Zweck.«

Anna lachte, und ihr Lachen versicherte, daß sie an keine Müdigkeit denke.

»Aber einen Plan, wohin wir gehen, hast Du Dir unterdessen wohl zurechtgelegt?«

»Ich habe keine Ahnung.«

»Und Du hast recht«, sagte das junge Mädchen. »Es ist besser, in der letzten Stunde irgend eine passende Richtung einzuschlagen und sich dann vom Zufall weiterführen zu lassen. An Plan und Einteilung liegt nichts und erst recht nichts an dem Ziel. Nicht wahr? Die Ziele gehören in den Alltag, aber das Glück ist planlos.«

Wellkamp sah sie an, voll der zärtlichen Bewunderung, die wir immer aufs neue für die Liebe besitzen, die wieder einmal genau dasjenige ausgesprochen, was wir selbst gefühlt – oder doch nun gefühlt zu haben meinen.

So vergingen den Verlobten die nächsten Tage halb in träumerischem Erwarten und halb in gegenseitiger Mitteilung kleiner praktischer Bemerkungen und Wünsche, hinter deren unscheinbarem Wortlaut so viel von der Seele hervorblickte, mit ihren Lebensbedürfnissen, ihren Sympathien und ihrer Sehnsucht. Sie waren in ihren Phantasien von »künftig« gleich den Kindern, welche vor Weihnacht über die Geschenke bestimmen, die sie erwarten.

Betreffs der Vermählungsfeierlichkeit hatte der Major den Vorschlag gemacht, völlig unter sich zu bleiben, und er war mit der stillen Zustimmung aufgenommen worden, mit der in dieser kleinen Gesellschaft jeder den Neigungen und Eigentümlichkeiten des Andern begegnete. Während dieser Zug bei Anna einer natürlichen Diskretion der Seele entsprang – wie überhaupt das junge Mädchen ungeachtet ihrer Ahnung einer geistigen Überlegenheit gesellschaftlich stets bereit war, sich den Ältern unterzuordnen –, mochte bei den übrigen drei eine solche Schonung der Eigenheiten Anderer zum Teil aus dem Bewußtsein hervorgehen, selbst genug und übergenug zu verbergen zu haben. Es stellen sich in jedem Familienkreise, dessen einzelne Mitglieder aus irgendwelchen Gründen die volle Intimität, welcher alles Geschehende selbstverständlich ist, noch nicht oder – nicht mehr besitzen, Momente ein, über die man am klügsten unter Schweigen und mit einem verbindlichen Lächeln hinweggeht. In dieser Weise hatte unter anderm Herr v. Grubeck, der nach der ersten ausweichenden Antwort, die Wellkamp auf die Frage nach seinen Familienbeziehungen gegeben, den Gegenstand ruhen gelassen, die Mitteilung aufgenommen, die der junge Mann kurz vor der Hochzeit ihm nun dennoch über das Verhältnis zu seinem Vater machen zu müssen meinte.

Dann standen die Verlobten, an dem entscheidenden Tage, in Erwartung der feierlichen Handlung
neben einander, er etwas nervös, sie völlig ruhig, und
nur unmerklich blässer das Gesicht, dessen matter,
wie vergoldeter Glanz sich überraschend und reizend von dem schlichten weißen Kleide abhob, welches ebenso wie ihr duffes schwarzes Haar ganz mit
duftigen Orangenblüten übersäet war.

Der Major hielt sich, fortwährend bemüht, seine
Bewegung unter straffer gesellschaftlicher Haltung
zu verbergen, zur Seite seiner Gattin, die ihren gewohnten Platz eingenommen hatte. Die junge Frau
zeigte ihre eigentümliche Halbdunkel-Schönheit in
einer überlegen geschmackvollen Toilette von grauer
Seide.

Der Geistliche trat ein, ein älterer Mann, dessen
Gesicht, unter seiner stillen Würde, nichts mehr von
der halben Verlegenheit verriet, der jüngere Leute
seines Standes in solchen Augenblicken unterliegen
können, wo sie in eine kleine, feierlich vorbereitete
Gesellschaft fremd eintreten, um sogleich eine
Handlung vorzunehmen, welche wie keine andere in
das Leben dieser Menschen bestimmend eingreifen
soll.

Hinter ihm erschien der Hauswirt, Herr Bright,
welcher neben Herrn v. Grubeck als Trauzeuge zu
fungieren gebeten war.

Während des religiösen Aktes war Anna, ohne
Bewegung, in ein stilles, halb nachdenkliches Träu-

men versunken. War es ihr doch durch ihre seelische Reife mehr als wohl andern an diesem Punkte ermöglicht, durch die Äußerlichkeiten hindurch in die Tiefe dieser Wandlung ihres Lebens zu sehen. Was sie an Möglichkeiten in diesen Minuten erblickte? Ach, es waren für sie – gleichviel ob sie darum bedauerns- oder beneidenswert sein mochte – lauter Gewißheiten, glückliche Gewißheiten.

Wellkamp, für den jede Feierlichkeit an sich etwas schwer Erträgliches bedeutete, verfiel nach der nervösen Erwartung jetzt stellenweise in eine Art von Betäubung, aus der er alsdann mit irgend einem absonderlichen Einfall wieder auffuhr. Einmal erinnerte er sich unvermittelt einer unbedeutenden Einzelheit an Doras Toilette und spürte zugleich das unbezwingliche Verlangen, seine Augen so weit nach links zu richten, um seine Vermutung bestätigt sehen zu können. Dann wieder glaubte er ihren beobachtenden Blick auf sich gerichtet zu fühlen, ja er meinte zu unterscheiden, wie derselbe zwischen ihm und seiner Braut hin und her wanderte. Dadurch ward plötzlich ein beißender, giftiger Haß gegen Frau v. Grubeck in ihm erregt, der kaum einem Moment anhielt; gleich darauf horchte er mit einer ebenso unvermittelten Rührung auf die Schlußworte des Redners.

Das unruhige Spiel seiner Einfälle und Stimmungen beschränkte sich auf wenige Augenblicke. Der Geistliche besaß die Diskretion, seine Rede abzukürzen.

Unter den Hochzeitsgaben Herrn und Frau v. Grubecks, welche von dem Major mit künstlerischem Geschmack geordnet, nun besichtigt wurden, stach ein kleines hölzernes, einer menschlichen Karikatur ähnliches Götzenbild seltsam hervor, das Dora für Wellkamp bestimmt, und das, wie sie ihm mit ihrem unter der leichten Ironie so manches Rätsel bergenden Lächeln sagte, ein Andenken aus ihrer Heimat, das Geschenk einer alten Negerin war. Während Wellkamp das alberne kleine Monstrum in der Hand hielt, fühlte er von neuem jenes jähe, tief-feindliche Gefühl in sich aufsteigen, das ihn noch soeben während der Trauung berührt. Er empfand in diesem Geschenk wieder etwas Außergewöhnliches und, in irgendwelcher Weise, etwas Lästiges. Als er jedoch, dicht davor, das Stückchen Holz heftig aus der Hand zu legen, sich auf die nötigste Höflichkeit besann, schlug seine Stimmung wiederum unvermittelt um. Dora erschien ihm plötzlich so bemitleidenswert, daß ihn der Gedanke wie ein Schauer berührte. Er sah sie auf einmal von der Höhe seines Glückes an; denn er hatte wie nie zuvor das Bewußtsein, sich dort zu befinden und alles Vergangene endgiltig unter sich gelassen zu haben. Wozu sollte er also noch Groll hegen, welcher ihm vergangene Kämpfe und Leiden immer aufs neue ins Gedächtnis rufen mußte. Er fühlte das Bedürfnis, auf jeder Seite in gutem Einvernehmen und ohne irgendwo einen gewaltsamen Bruch zu hinterlassen, abzuschließen, bevor er mit seiner jungen Frau die Hochzeitsreise antrat. Diese friedliche und halb wehmütige Stimmung ergriff ihn soweit, daß es eine ausgesucht verbindliche Bewegung wurde, mit der er Frau v. Grubecks Hand ergriff, um sie zu küssen.

Das Mahl verlief sehr schweigsam, und nur zum Schluß war ein leises Aneinanderklingen der Gläser ein diskreter Ausdruck all des Unausgesprochenen, das jeder in sich trug an Empfindungen oder Gedanken, an Wünschen oder Besorgnissen. Wenn zwei Gläser zusammenklingen, kann es schwieriger sein als man glauben mag, herauszuhören, was jedes von ihnen sagen will.

Der Wagen stand vor der Thüre, und der Major mahnte zum Aufbruch. Er geleitete seine beiden Kinder zur Bahn.

Dora blickte dem eleganten Gefährt nach, das lautlos über eine ganz leichte, allererste Schneedecke rollte. Sie stand, das Spitzentuch in ihrer blassen Hand ein wenig zusammengedrückt, am Fenster.

V

Für die Übergangszeit, welche die Reise des jungen
Paares bildete, war keine bestimmte Dauer in Aussicht genommen, jedenfalls mußte sie aber verlängert werden, bis Herr und Frau Wellkamp ihre neue,
inzwischen unter Oberaufsicht des Majors her-
zurichtende Wohnung beziehen konnten. Von dem
gemächlichen Umherwandern, an welches Anna gedacht, hatte man in Anbetracht der ungünstigen Jahreszeit am Ende doch Abstand genommen und auf
Herrn v. Grubecks Vorschlag einen Aufenthalt in
Berlin beschlossen. Besonders Wellkamp hatte diesen Plan schnell erfaßt. Die nächste Großstadt erschien ihm das rechte, und in ihrem lautesten und
fremdesten Trubel das Leben für zwei Zusammen-
gehörige am ungestörtesten. Und wie viele wech-
selnde Eindrücke würden sie sich nicht mitzuteilen
haben in diesem Berliner Treiben, dem jeder von
ihnen, da er es nicht zum erstenmal sah, seine besonderen Neigungen und Neugierden entgegenbrachte. Für Anna, die ihre ganze Kindheit hier ver-
lebt, war es eine wehmütiglockende Aussicht, an den
bekannten Plätzen das Andenken ihrer Mutter her-
vorzurufen, gleichsam der Erinnerung an ihre Kin-
derfreuden, die dort für sie in der Luft lag, nun ihr

Frauenglück vorzuführen – und beide in einem zu genießen.

Wellkamp brachte im Gegenteil der Stadt, die für ihn vor allem der Schauplatz eines starken Leides war, eine Art von Trotz entgegen. Jeder Ort, den er berührt, mochte er ihn im übrigen bisweilen nahezu vergessen haben, pflegte ihm ein deutliches Andenken an die Stimmung zu hinterlassen, mit welcher er an ihm verweilt, so daß er ihn am Ende nur noch durch den Schleier solcher persönlichen Erinnerung sah. So wurde ihm sein jetziger froher und hoffnungsreicher Einzug in Berlin gleichsam zu einem Triumph über die traurigen Erfahrungen, die er hier während seines letzten Aufenthaltes durchlebt.

Um so inniger ergriff ihn gerade jetzt der Zauber von Annas Herzensreife, die stets durch die häufig so jugendlich einseitigen Äußerungen ihres Verstandes hindurch fühlbar wurde. Er betrachtete es als ein Glück, keiner ganz naiven Frau das großstädtische Treiben erläutern zu müssen. Es vermehrte ihre Intimität noch um das Gefühl wohliger Kameradschaft, wenn er die Sicherheit bemerkte, mit der sie sich in der fremden, nicht mehr gewohnten Umgebung bewegte. Sie brachte allem Neuen ihre ruhige, in ihrer Selbstsicherheit wurzelnde Urteilskraft entgegen. Sie empfing weniger leicht und weniger fein unterschiedene geistige Eindrücke als er, aber sie durchlebte das einmal Aufgenommene gründlicher und bewahrte es besser. Ihre Betrachtungsweise war, ohne darum innerlich teilnahmslos und fischblütig zu sein, immer weniger auf das Bildliche, Sinnenfällige einer Sache als auf ihren Ideengehalt gerichtet.

Dies zeigte sich besonders im Theater, wo sie mit Vorliebe ihre Abende verbrachten. Verrät sich doch hier, ganz wie auf der Bühne das Leben zusammengezogen und in eine starke Essenz verarbeitet erscheint, auch im Zuschauerraum so viel rascher und stärker als anderswo die Verschiedenheit der Anlagen; der Bildung und des Geschmacks. Sie verriet sich etwa im Zwischenakte eines lustigen Pariser Stückes, während des ungewissen, summenden Geräusches, das aus dem Plaudern und Lachen des ganzen Saales, aus dem Klappen der Sessel, dem Schließen der Logenthüren, dem Gehen und Kommen zusammengesetzt war. Eine kleine nachlässige Bemerkung, über den Fächer hinweg und das Glas auf die gegenüberliegende Loge gerichtet, zeigte sie.

»Sehr unterhaltend«, sagte Wellkamp. »Ein Feuerwerk von guten Worten. Aber ist es nicht doch etwas zu frivol? Man muß nicht egoistisch sein; ich bedauere vielleicht doch, Dich hergeführt zu haben.«

»Aber nein«, erwiderte die junge Frau eifrig; »die Frage, die zu Grunde liegt, interessiert mich aufrichtig. Das hat ja viel größere Bedeutung als man meint.«

Ein anderes Mal war es, als man sich zum Ausgang den engen Wandelgang entlang schob, inmitten des hin- und herwehenden charakteristischen Duftes, den so viele aneinandergedrängte Frauenkörper und ihre Toiletten, die parfümierten Bärte der Herren und ihre an den Rock gehefteten Blumen ausatmeten.

»Diese laxe Moral«, bemerkte Anna, draußen in der frischen Luft aufatmend, »braucht man wirklich nicht mehr von der Bühne zu predigen. Sie ist ohnedies üblich genug.«

»Wie meinst Du? Ich muß sagen, daß ich mich schrecklich gelangweilt habe. Mir war die Wohlanständigkeit etwas zu groß für ein Stück, das keinen tieferen Reiz besitzt.«

Die Oper besuchten sie selten. Anna verstand es wenig, Musik zu genießen. Sie kannte durchaus nichts von der Hingabe an eine Phantasie und Empfindung anregende und auch wohl aufreizende Musik. So konnte ihr die Mehrzahl der in Opern gehörten Vokal- und Orchesterkompositionen nichts sagen. Doch fand sie Geschmack an einer gewissen schwereren Gattung von Konzertmusik; vor allem liebte sie Beethoven. Die Art ihres Musikgenusses bestand vorzugsweise darin, die Tonreihen zu verfolgen, ihre Wiederkehr und ihre Abstufung, gleichsam ihre Logik zu studieren, wodurch auch hier wieder ihr Vergnügen ein mehr geistiges wurde, als man im allgemeinen aus der Musik zu schöpfen pflegt.

Im ganzen war die Art, wie die junge Frau sich zu Leben und Tod stellte, sicherlich sehr verständig und hatte hier und da selbst einen leisen Beigeschmack von Trockenheit. Durch diese ihre Art wurde auch das Verhältnis zu ihrem Gatten mit bestimmt. In ihrer ruhigen, liebevollen Hingabe an ihn, die sich vom ersten Tage an gleich geblieben, war wenig von dem mehr nervösen Verständnis für leisere und unmerklichere Augenblicksempfindungen enthalten, denen er seinerseits so leicht zugänglich war.

Gelegentlich teilte er sie ihr indes mit. Auf ihren häufigen Spaziergängen im Tiergarten waren sie einmal stehen geblieben, um den Schlittschuhläufern zuzusehen. Sie verfolgten mit den Blicken das flinke, gleitende Durcheinander der graziösen Gestalten und kleidsamen Sporttrachten und das Lachen auf all den frisch geröteten Gesichtern. Das Bild, in die dünne, klare Winterluft gestellt und in der blendenden Eisfläche gespiegelt, war fast zu scharf für die Augen, die den Atemhauch, der um alle Köpfe wehte, als eine wohlthuende Milderung empfanden.

Wellkamp deutete auf die schneebeladenen Büsche und Bäume ringsumher.

»Die Sonne bricht durch«, sagte er. »Sieh, wie sie auf den Zweigen ganz denselben spitzen, kurzen Glanz hervorbringt wie dort auf den Säbelscheiden der Offiziere.«

»Wirklich!« stimmte Anna bei.

»Sie macht alles nur noch kälter. Aber wenn man in all die Kälte mit unsern Augen hineinsieht – mir wird innerlich nur noch wärmer. Was meinst Du?

Zwei Herzen vermögen eine ganze Landschaft zu erwärmen.«

Er hatte die Hand, die Anna unter seinen Arm geschoben, in die seine genommen. Die junge Frau sah bei dieser Berührung auf mit einem Blick, in dem dieselben warmen Schauer erzitterten, wie in dem Ton seiner Worte. Sie gingen, für beide fühlbar, aus seinem Körper in den ihren hinüber.

Wellkamps Liebe hatte während des Berliner Aufenthaltes den Zusatz einer Sentimentalität erhalten, die ihm ehemals unter allen Umständen fremd gewesen war. Diese Erscheinung mochte zum Teil an den Umständen des jetzigen Verhältnisses liegen, die von denen seiner früheren, flüchtigen Abenteuer so völlig verschieden waren. Das Gefühl von jetzt konnte seiner Natur nach nichts von jenem übermütigen oder leidenschaftlichen, immer aber gedankenlosen Für-den-Augenblick-leben haben. Jedenfalls mußte dies bald hinter die ruhigeren, auf die Zukunft bedachtsamen Bestandteile der ehelichen Empfindungen zurücktreten. Aber es trug zu jener neuen Regelung ebensosehr etwas anderes bei, das von außen her auf den zunächst durch die Art ihrer Beziehungen gestimmten Seelenzustand einwirkte. Es lag in der Luft und war kaum näher zu erklären denn als die Verlockung zu einer weicheren, mehr schwärmerischen Hingabe, die sich dann am ehesten einstellte, wenn das geräuschvolle, gefühllose und auch wohl brutale Straßenleben sie am heftigsten umbrandete.

Es war die seltsame Sentimentalität der Großstadt-
liebe, in welcher so viel von einer süßen Melancholie
des Fremd- und Alleinseins liegt. Wie sehr fühlte
man sich mit den sanften Geheimnissen seiner Seele
verschieden von dem seelenlosen und harten Getriebe ringsumher, und wie ganz nur auf einander
angewiesen!

Wellkamp sollte später oft einer Stunde gedenken,
in welcher er von dieser Stimmung besonders stark
und vollständig eingenommen war. Es war an jenem
Dezember-Nachmittag eine stille, sonnig-milde
Luft, so daß sie für ein paar Minuten auf den schmalen Balkon des Café Bauer hinaustraten. Sie waren
seit einigen Augenblicken schweigsam geworden.
Nur wie ein unendlicher Schwarm summender und
schwärmender Insekten stieg von unten das Geräusch der Stimmen und des Lachens, der Pferdehufe, der knirschenden Räder zu ihnen hinauf. Es
war so seltsam ineinander gesponnen und besänftigt
unter den weichen Schleiern, die die Träumerei dar-
überdeckte. Wie gewöhnlich, waren indes Annas
Sinne die ersten, die sich wieder schärften. Sich wie
aus Gedanken aufrichtend, erklärte sie, halb unbewußt, die Stimmung des Augenblicks durch einen
Hinweis auf ihre Einsamkeit inmitten des sich drängenden Lebens.

»Wenn wir nun Papa bei uns hätten. Er würde sich
gewiß freuen, Berlin gerade jetzt wiederzusehen,
nun er wieder glücklicher ist als bislang.«

Auf ihre Worte folgte wieder ein kurzes Schweigen, während dessen jedes von ihnen fühlte, daß es das natürliche gewesen wäre, auch Frau v. Grubecks zu gedenken. Anna vermied dies überhaupt so viel als es anging; sie liebte es, sich unangenehmer Erinnerungen und Gedanken möglichst zu entschlagen. Wellkamp seinerseits war durch eine vage Verlegenheit daran verhindert, auszusprechen, woran er dachte. Sie hatten zu verschiedenen Malen bei gleichgiltigen Anlässen und in ganz unbefangener Weise Doras Erwähnung gethan. Heute war es das erste Mal, daß ihr Name zwischen ihnen absichtlich ungenannt blieb. Das Bewußtsein von etwas Unausgesprochenem, das solange in der scheinbar grenzenlosen Intimität dieser ersten Wochen ihrer Ehe untergegangen und nun wieder aufgetaucht war, wuchs in Wellkamp während weniger Sekunden rapid an und verdoppelte seine Befangenheit. Er richtete den Blick gespannt, um zu erfahren, ob sie seine Gedanken erriete, auf Anna, die den ihrigen auf das Straßenbild gesenkt hielt. Dann schauerte sie ein wenig zusammen, als empfände sie erst jetzt die frische Luft. Wellkamp richtete sich vom Geländer, gegen das er sich leicht gestützt, auf, und während sie in den Saal zurücktraten, suchte er ein belangloses Gespräch anzuknüpfen.

Auf rätselhafte Weise hatte so der unruhige und zweifellose Zustand wieder begonnen, der für Wellkamp schon der letzten Zeit vor der Hochzeit einen

Teil ihres Duftes und ihres Reizes genommen. Hatte nicht gerade die große Aufrichtigkeit und Schleierlosigkeit ihres Verhältnisses das Glück dieser ersten Berliner Wochen ausgemacht? Dieses konnte sich noch für einzelne Stunden einfinden, und zumal in der Vereinigung ihrer Liebe war es mit ihnen und hatte ein Vergessen alles Störenden mitgebracht. Aber allzu häufig fühlte er von nun an wieder einen an sich ganz bedeutungslosen Gedanken an Dora oder etwas mit ihr im Zusammenhang befindliches wie ein verbotenes Geheimnis auf sich lasten.

Etwas anderes machte bald seinen Zustand noch schwieriger. Nachdem der Bann des glücklichen Vergessens einmal gebrochen war, konnten auch die durch ihn unterdrückten schmerzlichen Erinnerungen, die Wellkamp mit Berlin verbanden, zur Geltung gelangen. Es geschah dies derart, daß sich in seiner Vorstellung zeitweilig die beiden ihn wie Nebelbilder beunruhigenden Figuren gleichsam ineinander schoben. Wenn er, was sich ihm häufig unwiderstehlich aufzwang, Frau v. Grubeck, in einer Unterhaltung begriffen, sich selbt gegenübersah, so kam es vor, daß die Einrichtung des Gemaches der seiner ehemaligen Berliner Geliebten glich. Dann bemerkte er wohl an Doras Toilette Einzelheiten, deren er sich genau von der Andern her erinnerte. Auch waren die Stimmen zuweilen vertauscht, und er hörte deutlich den wohlbekannten, mit seiner

Frechheit wehrlos machenden Ton, der ihn damals in der Abschiedsstunde begleitet, nunmehr aus Doras Munde.

Seine nervösen Vorstellungen dieser Art erreichten einen Grad, wo er, mit Anna durch die Straßen schlendernd, fortwährend eine Begegnung mit der früheren Geliebten gewärtigte. Manchmal sah er sie im Gedränge vor sich auftauchen; dann war sie wieder verschwunden, oder diejenige, die er für sie gehalten, war ihm in der Nähe völlig fremd. Einmal erkannte er mit einer zweifellosen Sicherheit, die ihn abwechselnd heiß und kalt werden ließ, das wohlbekannte Gesicht, in dem jeder Zug für ihn ein Leid und eine Leidenschaft bedeutete. Die Dame blieb in geringer Entfernung vor einem Schaufenster stehen. Wellkamp vermochte ein erregtes »Ah!« nicht zu unterdrücken und berührte zugleich mit einer heftigen Bewegung den Arm seiner Gattin. Als er ihren ruhig verwunderten Blick auf sich gerichtet fühlte, setzte er mit möglichster Beherrschung seiner Erregung eine erklärende Bemerkung hinzu:

»Eine merkwürdige Ähnlichkeit –.«

Anna sah der Richtung seiner Augen nach.

»Ach ja!« sagte sie dann mit leichter Ungeduld in der Stimme. Hierdurch aufs neue betroffen, betrachtete Wellkamp im Vorübergehen noch einmal gespannt aufmerksam das Profil der Fremden, um jetzt zu finden, daß es nicht dem der Berlinerin, sondern den Zügen Doras glich. Dies mußte in der

That eine wirklich vorhandene Ähnlichkeit sein; auch Annas Zustimmung schien darauf hinzudeuten. Er war überrascht und erschreckt; wie war es möglich, daß er diese beiden Gesichter nicht mehr aus einander zu halten vermochte. Im selben Augenblick ward er von der fieberhaften Unruhe erfaßt, seine Frau den Zusammenhang nicht merken lassen. Um unzweifelhaft zu machen, daß er nur an Frau v. Grumbeck erinnert worden sei, und zugleich seine dabei verratene Erregung zu vertuschen, ließ er sich verleiten, die ungeschickteste Äußerung zu thun, die er in diesem Augenblick hätte finden können.

»Sie hat eben ein Gesicht, das man öfter sieht«, sagte er. »Das Deine wiederholt sich nicht so leicht.«

Als er an der unwilligen Bewegung, mit welcher sie ihre Hand aus seinem Arm halb zurückzog, die Wirkung seiner Phrase wahrnahm, fuhr er, auf unpersönliches Gebiet überleitend, hastig fort zu sprechen.

»Mit Ähnlichkeiten ist es seltsam; man begegnet, scheint mir, den meisten auf der Straße, und ich glaube bemerkt zu haben, daß das am Gange liegt. Er trägt überraschend viel dazu bei, zwei Menschen einander ähnlich zu machen. Und außerdem – hast Du nicht auch beobachtet, daß, was Ähnlichkeiten betrifft, Gang und Gesichtsausdruck – nicht die einzelnen Züge natürlich – eng zusammengehören? Wo der Gang der gleiche war, habe ich meist auch Ähn-

lichkeit der Miene und des Charakters gefunden –
häufig auch der Sprache, nicht gerade in der Klangfarbe des Tones, aber im Tonfall und Ausdruck.«

Anna erwiderte auf seine Worte, die er, unter ihrem Schweigen einigermaßen verlegen, zu Ende gesprochen, kaum mit einer flüchtigen Zustimmung.
Sie blieb während des Restes der Promenade verstummt, und als Wellkamp einmal ihren Blick suchte,
fand er nur die tiefe Falte, zu der sich ihre vollen
Brauen zusammenzogen. Auch während des Diners
und später beschränkte sich das Gespräch auf wort-
karge und erzwungene Bemerkungen. Es war das erste Mal, daß ein Mißverständnis zwischen die Gatten
getreten war, und diese erste Spannung der ehelichen
Beziehungen pflegt ja so viel schmerzhafter empfunden zu werden, als selbst die weit schwereren unter
den späteren. Wie damals vor der Hochzeit stand
Wellkamp nun ratlos vor der vermeintlichen Eifersucht Annas, die er zu verdienen leugnete, während
er sich dennoch bewußt war, sie erregt zu haben.
Und wie damals täuschte er sich über die ihm in ihrer
Schlichtheit rätselhafte Empfindungsweise seiner
Gattin. Für ein reines Vertrauen wie das ihre hatte in
der Scene dieses Morgens nichts Falsches mitgespielt
als jenes in der Verlegenheit von Wellkamp gesprochene entschuldigende Wort. Anna gehörte zu der
nicht überwiegenden Zahl der Frauen, welche eine
ungeschickte und gewollte Schmeichelei gleich einer
Beleidigung empfinden.

Sie trug an dieser bis zum Abend, wo sie mit ihrem Instinkt der Aufrichtigkeit eine Aussprache herbeiführte, die noch einmal alles zum Frieden beizulegen vermochte. In der Freude, den Anlaß ihrer augenblicklichen Entfremdung sich als so harmlos herausstellen zu sehen, vergaß der bewegliche Wellkamp alsbald den tieferen Grund seiner Beunruhigung. Auch blieb die kurze Störung ihres Glückes während des Restes ihres Berliner Aufenthaltes vergessen. Während dieser unvergleichlichen, nur zu kurzen Wochen schien sich ihre Liebe ganz und gar verjüngt zu haben. Wellkamp fand wie nie vorher eine volle und zarte Hingabe an das ganze Wesen der Geliebten. Bei seiner Feinfühligkeit für die Empfindungsweise anderer, welche ihn ja andererseits leicht beeinflußbar und schwach von Willen machte, erschloß sich ihm in diesem Falle das liebenswürdigste Verständnis für die unausgesprochenen Neigungen und Liebhabereien der jungen Frau.

»Hast Du bemerkt«, fragte er sie einmal, »daß es hier für uns manche verlorene Vormittagsstunde gibt, die wir nützlich anwenden könnten? Wie wäre es, wenn wir einmal eine Vorlesung hörten oder ein Hospital, ein Arbeitshaus besuchten? Ich würde mir schon die nötigen Empfehlungen verschaffen, und ein wenig ›soziale Studien‹ können nicht schaden – wie?«

An ihrer erfreuten Zustimmung erkannte er, daß er einen Wunsch getroffen, den sie vielleicht nur aus

Furcht, ihn zu langweilen, nicht auszusprechen gewagt.

Man mag hart über den moralischen Zustand eines Augenblickscharakters seiner Art urteilen, der mit einer gleichsam halsbrecherischen Behendigkeit von einem seelischen Standpunkt zum genau entgegengesetzten überzuspringen gewohnt ist. Jedenfalls aber belog Wellkamp weder sich selbst noch die Menschen, an die er sich jedesmal in aller Aufrichtigkeit anlehnte, um ein inneres Gleichgewicht zu suchen, das ihm niemals vollständig zu teil geworden war. Er glaubte in Wahrheit stets, wenn er einem neuen Eindruck unterlag, in diesem Falle endlich ein Ziel und einen Ruhepunkt gefunden zu haben. Man hätte glauben sollen, daß der ewig schwankende Dilettantismus, der sich immer neuen Einflüssen mit immer gleicher Ausschließlichkeit hingab, eine Künstlernatur voraussetzte. Indes war Wellkamp das bewußt Spielende der Künstlernatur fremd, die alle möglichen seelischen Lebensarten durchläuft, ohne eine von ihnen für ihre eigene, ursprüngliche zu halten oder etwas anderes in ihr zu sehen als eine Station ihres Studienganges. Es war vielleicht nichts anderes als seine zu große Aufrichtigkeit und der damit verbundene Mangel an Selbstkritik, der seinen Geist für eine seiner Natur entsprechende Kunstübung untauglich machte. Damit war er eines Zweckes beraubt, der, einmal in seiner Existenz vorhanden und wirksam, vermutlich etwas ganz Verschiedenes aus ihr gemacht haben würde.

In diesem Falle indes wäre ohne seine wohl zu fühlende Aufrichtigkeit die volle Herzlichkeit ihres Verhältnisses gar nicht möglich gewesen. Die wohlige Stimmung des auf sich selbst Gelassenseins nahm zu mit dem sie umwogenden und fest aneinander drängenden Leben, das in dieser Zeit noch so viel mächtiger geworden. Denn Weihnacht stand dicht bevor, die Menge der Menschen hatte sich besonders in den Hauptverkehrsstraßen verdreifacht, und die beiden jungen Leute ließen sich gern von ihr treiben. Sie sahen sich zuweilen mit einem Kinderlächeln an, wenn sie einmal nicht viel mehr nötig gehabt, als einen Fuß vor den andern zu setzen, um von ihrer Umgebung den Weg, den sie zurückgelegt, entlang geschoben zu werden. Dazwischen betrachteten sie es jedesmal als eine angenehme Überraschung, vor einem oder dem andern Schaufenster anzuhalten, an das sie der Zufall herangedrängt. Ein willenloses Sichgehenlassen und zufriedenes Abwarten des Kommenden entsprach ganz ihrer doppelten, weil aus der besondern Bedeutung der Zeit und ihrer Liebe hervorgegangenen Feststimmung. Daher waren sie auch sofort übereingekommen, genau nach dem Wunsche des Vaters zu handeln, von dem sie die Mitteilung erhalten, er könne sich wohl denken, daß sie sich zur Zeit dort besonders gut unterhielten, aber ohne drängen zu wollen, möchte er doch bitten, daß sie wenigstens gerade zu Weihnacht heimkehrten.

Demnach brachen sie, nach Voraussendung einer Depesche, am Morgen vor der heiligen Nacht nach Dresden auf. Der Major, der sie am Böhmischen Bahnhof mit seinem fröhlichen guten Lachen empfing und nacheinander in die Arme schloß, führte die jungen Leute in ihre neu eingerichtete Wohnung, welche gleich der daranstoßenden des Grubeckschen Paares geschmackvoll mit Tannen geschmückt war. Die sehr gelungene, größtenteils von Herrn v. Grubeck selbst angeordnete Ausstattung und dazu der festliche Schmuck des kleinen hübschen Appartements war ganz geeignet, die weihnachtliche Illusion der Beiden zu vollenden. Sie kamen sich für die ersten Augenblicke wie Kinder vor, die vor dem Aufbau der Bescherung zu einem Spaziergang fortgeschickt sind, um, nun zurückgekehrt, durch die plötzlich weitgeöffnete Thür die Überraschungen anzustaunen, welche die Eltern vorbereitet haben.

In der That entsprach der Major aufs beste seiner Rolle als Weihnachtsvater. Er stand stets hinter seinen glücklichen Kindern, um aus nächster Nähe die Äußerungen froher Überraschung zu hören, die immer häufiger und herzlicher wurden, während sie die einzelnen Räume musterten. Zugleich befriedigte es den alten Herrn ungemein, bei verschiedenen Einzelheiten die aufrichtige Anerkennung seines künstlerischen Geschmackes zu vernehmen.

Er hatte diesen in Wahrheit mit vieler Liebe bethätigt, und besonders der Kaminwinkel in Annas Boudoir, vor dem die kleine Gruppe Halt machte, war ein kleines Meisterstück dekorativer Anordnung, mit der diskreten Abstufung der verschiedenfarbigen japanischen Seidenstoffe, welche hier die Wand bekleideten, mit den in originellen Haltern steckenden, darübergesäeten Photographien größeren und kleineren Formats, mit dem Phantasietischchen, das über und über mit eleganten Spielereien beladen war und in dem hier doppelt gebreiteten, weichen Teppich versinken zu wollen schien, und mit der hohen bronzenen und rot beschirmten Salonlampe, deren Gestell sich dahinter vom Boden erhob, endlich mit den kostbaren Kaminaufsätzen, riesigen orientalischen Vasen von ausgezeichneter Arbeit.

»Die habt ihr noch nicht gesehen, was?« fragte Herr v. Grubeck, der seine große Hand gemütlich auf die Schulter seines Schwiegersohnes gelegt hatte.

»Ich habe die Dinger ganz zufällig noch bekommen, nachdem ihr schon fort waret, und habe mir erlaubt, sie ohne eure Genehmigung anzuschaffen; war sicher, daß sie euch als kleine Begrüßungsgabe angenehm sein würden.«

Dann wies der alte Herr rasch auf das hübsche, hell hinter den Messingstäben spielende Kaminfeuer und auf die beiden davorgeschobenen und mit Kissen aller Art beladenen Sessel.

»Auf die Ecke hier«, erklärte er, »mußte ich natürlich besondere Sorgfalt verwenden. Ich weiß, welch eigene Anziehungskraft im ersten Jahr so ein Kaminfeuer übt. Später pflegt man dann zu dem mehr praktischen Ofen überzugehen.«

Durch ähnliche, mit kleinen humoristischen Seufzern gesprochene Bemerkungen hatte der alte Herr seine beiden Begleiter mittlerweile ein wenig aus ihrer anfänglichen Märchenstimmung erweckt. Auch folgte seinen letzten Worten von seiten Wellkamps ein anerkennendes Lachen, während dessen der Thürvorhang, welcher das trauliche kleine Gemach abschloß, zurückgeschlagen wurde, um Frau v. Grubeck eintreten zu lassen. Sie entschuldigte sich, durch ihre Toilette so lange verhindert worden zu sein, und begrüßte zugleich aufs herzlichste die Zurückgekehrten, indem sie mütterlich die Stirn ihrer Stieftochter küßte, während sie die Hand des jungen Mannes in ruhig freundlicher Weise drückte. Aus ihrem Wesen schien etwas Unbestimmtes, Rätselhaftes, das früher bei jeder Begegnung mit ihr befremden und selbst quälen konnte, verschwunden, und ihr Benehmen statt dessen durch eine gewisse Entschlossenheit geleitet zu werden. Dies mochte auch ihre Toilette andeuten, welche, anstatt von der hellen und fast mädchenhaften Art wie ehemals, heute wieder von der dunkleren Farbe war, die sie auch an dem Hochzeitstage des jungen Paares getragen. Von der ersten Minute an prägte sich in ihrem Auftreten unverkennbar etwas Mütterliches aus, das auf Well-kamp, der in den vergangenen Augenblicken ihrem Erscheinen doch mit einer gewissen Bangigkeit ent-gegengesehen, eine durchaus beruhigende Wirkung übte. Seine Unbefangenheit wurde mehr und mehr wieder hergestellt, als er jetzt auf die beiden Frauen herniederblickte, die in den Sesseln vor dem Kamin Platz genommen hatten. Der Altersunterschied ward noch sichtbarer, wie nun dicht neben Annas von der Winterfrische gerötetem Gesicht sich Doras blasses Profil zeigte. Es war, bei aller weichen Zart-heit, ein Leidenszug, vielleicht nur wenn sie lächelte, darin kenntlich. Dazu kam, daß oben auf ihrem vollen Haar, wo Wellkamp so häufig goldene Licht-reflexe hatte spielen sehen, heute ein ganz winziges Arrangement künstlicher Blumen befestigt war, das aber dennoch etwas wie ein Matronenhäubchen an-zudeuten schien.

Inzwischen war das Theegeschirr vom Diener auf den Kaminsims gesetzt. Frau v. Grubeck überließ es Anna, ihren Gatten zu bedienen, während sie selbst dem Major seine Schale reichte. Sie blickte dabei zu dem alten Herrn auf und redete ihn mit einem Ton schlichter Vertraulichkeit an, den weder Anna noch Wellkamp früher in dem Verkehr der Eltern gehört hatten.

»Wer weiß, mein Lieber«, sagte sie »ob wir beide nicht auch gelegentlich noch einmal einen Abstecher nach Berlin unternehmen. Man bleibt auf die Dauer doch allzu sehr in der Kultur zurück, wenn man einmal aus dem Centrum heraus ist.«

»Nehmen wir es also in Aussicht«, erwiderte der Major mit einer zuvorkommenden Verbeugung. Er schien sich seinerseits in seiner Haltung nicht verändert zu haben. Er sprach stets wie über ein Respektsgitter hinweg, wenn er das Wort an seine Gattin richtete. Letztere fuhr fort, nunmehr an Anna und halb zu Wellkamp hinüber gewendet.

»Übrigens kann ich nicht behaupten, daß ich für den Berliner Ton schwärme, so freundlich man mich dort aufgenommen hat. Er ist mir zu burschikos und dabei doch zu greisenhaft, wie mir scheint. Das heißt in der Art von blasierten Jungen; es ist, als ob eben diese den Ton angeben. Wenn man dann wirklich in ein vernünftiges Alter kommt, so sagt einem diese Scheinreife nicht mehr zu. – Ihr habt euch jedenfalls um andere Dinge zu kümmern gehabt?«

Wellkamp ward durch ihre Worte aufs lebhafteste an jene früher des öfteren von ihr gehörten Äußerungen über ihr Altern und über ihre freudlose Ruhe erinnert. Er vergegenwärtigte sich die kokette Art, wie sie damals ihre Klagen vorgebracht, er sah deutlich die ironisch-sentimentale Neigung ihres feinen Kopfes. Und heute berührte sie plötzlich den gleichen Gegenstand mit fast unpersönlichem und ganz schlichtem Ausdruck, gleichsam als selbstverständliche Voraussetzung hinwerfend, was sie damals als etwas zu stark betonte und zu artigem Widerspruch herausfordernde Behauptung vorgebracht. Der junge Mann machte diese Beobachtung schon nicht mehr in der beruhigten und uninteressierten Weise, wie er noch vor weniger als einer halben Stunde die mit Frau v. Grubeck vorgegangene Veränderung bemerkt. Mit den Erinnerungen an die vor der Reise liegenden Vorgänge stieg wieder eine unbestimmte Unruhe in ihm auf; es war, als ob sich aufs neue eine Frage in ihm bildete. Diese ward ihm noch peinlicher in ihrer Unfaßbarkeit, als er die Erwiderung seiner jungen Frau auf die von Dora an sie gerichteten Worte vernahm.

»Ich habe in Berlin viel lernen können«, sagte Anna in ihrer ruhigen, sinnenden Weise und sie nickte bestätigend, als der Major ihr jovial zurief: »Du kannst das Studieren also immer noch nicht lassen?«

Für Wellkamp wehte aus ihren Worten etwas überraschend Fremdes und Kaltes. Es war ihm, als müsse er sie plötzlich mit veränderten Augen ansehen, nicht nur in diesem Augenblick, wie sie da saß, sondern auch seine Gefährtin in den jüngst vergangenen Wochen. War sie denn nun die Frau, die er an seiner Seite zu haben geglaubt, als er halb träumend und voll von heimlichem süßem Glück mit ihr in einer treibenden Menge durch die langen Gassen geschritten war? Er hatte davon nichts als die sehnsüchtig-schöne Erinnerung an einen begehrenswerten Traum mitgebracht, den sie gemeinsam durchlebt, und jetzt mußte er hören, wie sie von Studien, die sie gemacht, redete in einem Tone, als sähe sie in diesen den Zweck ihrer Reise. Vielleicht hatte sie gar Journal darüber geführt und jedesmal die Stunde herbeigesehnt, wenn er sie allein ließ, um ihre Notizen zu machen!

Er hatte während dieser innerlichen Bemerkungen ein erschreckend kaltes Gefühl des Erwachens, worin er den ganzen herben Unterschied durchkostete zwischen der kurzen Illusion, die er hinter sich gelassen, und der Wirklichkeit, in der er sich nun wiederfand. Aus seinen traurigen Gedanken heraus hatte er auf einige an ihn gerichtete Fragen zerstreute Antwort erteilt, und jetzt hörte er Dora vorschlagen, in die andere Wohnung hinüberzugehen, wo das Abendessen sofort bereit sein werde. Doch kostete es ihr selbst am meisten Mühe, sich von dem reizenden Kaminplätzchen zu trennen, um das sie, wie sie sagte, Anna aufrichtig beneidete.

»Nicht dort!« rief der Major, als seine Tochter die Thür zum Korridor öffnete.

»Ihr habt noch gar nicht bemerkt, daß ihr vom Vorzimmer gleich in unsere Wohnung eintreten könnt. Unser liebenswürdiger Wirt hat mir ohne weiteres erlaubt, die Verbindungswand durchbrechen zu lassen.«

Im Vorzimmer zu Doras Boudoir, das man demgemäß zu passieren hatte, wurde indes die kleine Gesellschaft durch eine Überraschung aufgehalten, in deren Erwartung Herr v. Grubeck sich schon längst vergnügt die Hände gerieben hatte.

»Für uns Kinder!« rief der alte Herr aus, während er die Seinen vor einen zur Decke rankenden Tannenbaum führte, dessen strahlender Lichterglanz nach der schwachen Beleuchtung der Räume, aus denen sie gekommen, besonders Dora und Wellkamp überraschte und blendete. Anna kannte die besondere Weihnachtspassion ihres Vaters, der jedes Jahr mit ihr zusammen selbst seinen Baum zu schmücken liebte. Diesmal hatte er es also ganz ohne Hilfe unternommen und wirklich durch die geschmackvolle Verteilung von Silberflitter und großen weißen Papierlilien mit goldenen Blütenstengeln eine reizende Arbeit ausgeführt. Er betrachtete nun, während er die Glückwünsche dafür empfing, sein Werk mit glänzenden, ganz veränderten Augen. Es war zu merken, wie sehr für ihn Weihnacht ein Ereignis war, das jedesmal wieder alle seine alltäglichen Stimmungen für kurze Tage auseinander zu treiben und mit ein bißchen Kinderglück aufzuklären vermochte. Wie wenig mehr als die gebräuchliche, fast gleichgiltige Anerkennung er sonst der Religion entgegenbringen mochte, so fand er doch stets in dieser einzigen Zeit die wehmütig-glückliche Anhänglichkeit an die alten geheiligten Gebräuche, welche das Erbteil der inmitten von Traditionen und Familiensinn Aufgewachsenen bleibt. Auch dauerte es eine Weile, bis er die Veränderungen der Anordnung, die er hie und da am Baum noch vornahm, beendet hatte, um endlich seine Aufmerksamkeit auf das zur Seite stehende Tischchen zu lenken. Anna hatte Sorge getragen, hier das für den Vater in Berlin Ausgewählte im voraus ausbreiten zu lassen. Herr v. Grubeck war entzückt über die verständnisvolle Gabe seiner Kinder, die ihm einige der Kunstblätter widmeten, die unlängst auf der Ausstellung seinen besondern Beifall gefunden und ihm jetzt aufs neue Ausdrücke innerster Befriedigung entlockten.

Es hatte jeder bei Auswahl der kleinen Geschenke, die er dem andern unter den Baum legte, weniger auf die Kostbarkeit oder Originalität des Gegenstandes als auf den Wert einer besonderen persönlichen Aufmerksamkeit gesehen, mit der Familienmitglieder untereinander ihren Geschmack, in den sie sich gegenseitig genügend eingeweiht haben, treffen können. Dabei waren dann doch wieder zum Teil die unerwartetsten Dinge herausgekommen. So war Wellkamp überrascht, für sich ein neues Werk eines seiner Lieblingsautoren zu finden, für das er Frau v. Grubeck zu danken hatte.

Dora kam ihm entgegen, als er auf sie zuging.

»Ist es recht?« fragte sie mit dem ruhigen Lächeln, das er seit heute an ihr kannte.

»Sie haben es in Ihrer Güte mit Ernst Renan ganz überraschend gut getroffen. Ich habe den ›Priester von Nemi‹ wirklich noch nicht gelesen, habe ja auch in jüngster Zeit kaum ein Buch und besonders keine neuen Erscheinungen in die Hand genommen.«

Sie wollte schon mit leichtem Nicken an ihm vorbei und zu ihrem Gatten hinübertreten, dessen neue Kunstschätze sie noch nicht näher besichtigt. Als sie jedoch den Kopf erhob, streifte sie ein Blick Annas, den diese, neben ihrem Vater stehend, über die Bilder hinweg auf sie gerichtet hielt, und der sie unwillkürlich ihren Schritt anhalten ließ. Vielleicht täuschte sie sich, aber sie hatte eine tief feindliche Regung in diesem kurzen Blick bemerkt, und es war gerade infolge dieser Bemerkung, daß sie das Gespräch mit dem jungen Manne wieder aufnahm.

»Ich fürchte, ich habe es viel zu gut getroffen«, sagte sie, »Sie wissen doch, wie gefährlich ich den Einfluß Ihres verehrten Meisters Renan finde. Er hat mit seinem »Dilettantismus‹, mit seinem Allesgeltenlassen und seiner geistigen Seiltänzerei schon genug Unheil unter unserer heutigen Generation angerichtet.«

Sie hatte ihr Lächeln nicht verloren während dieser Worte, aus denen ein leiser Tadel klang, wie von einer Mutter, die den geistig über sie hinausgewachsenen Sohn mit halb scherzhafter Überlegenheit maßregelt.

Für Wellkamp hatte indes ihre veränderte Verkehrsart die anfängliche beruhigende Wirkung völlig verloren. Er hatte im Gegenteil begonnen, etwas wie eine Koketterie herauszufühlen, die in ihrer

Heimlichkeit dem jungen Mann doppelt unwiderstehlich deuchte. Jetzt unterlag er vollends der Verwirrung, die sich, zugleich peinigend und berückend, seit Viertelstunden in ihm vorbereitet hatte. War ihm aus dem unschuldigen Glücksrausch der jüngsten Wochen noch ein Rest des Bewußtseins geblieben, als sei eine endgiltige Heilung seines Lebens vor sich gegangen, so hielt er nicht dieser Minute stand, in der er sich aufs neue schuldig werden fühlte.

Von den Blättern des Buches, welche von seinen plötzlich heißen Fingern feucht geworden waren, erhob er in steigender Ratlosigkeit seinen Blick zu dem der Frau, die ihm nun schweigend gegenüberstand. Er meinte auch den ihren verändert, die Ruhe daraus verschwunden, und das Lächeln, das sie noch immer festhielt, willkürlich und starr geworden zu sehen. Seine Augen schweiften augenblicklich weiter zur Seite, um hier Annas Blick auf Doras Gesicht gerichtet zu finden. Und für seine Empfindlichkeit, die wie immer in Augenblicken, wo sich in uns eine Entscheidung vorbereitet, ungewöhnlich geschärft war, mußte dieser Blick von außerordentlicher Wirkung sein.

Wirklich war der Ausdruck der Antipathie, den Dora in dem Auge ihrer Feindin wahrgenommen, in den einer kaum verhohlenen Verachtung übergegangen. Was ihr Gatte auch darüber denken mochte, so war es doch Thatsache, daß die junge Frau, nicht weniger als er, heimlich gepflegte Illusionen von ihrer Reise heimgebracht. Auch sie hatte in jener Zeit des friedlichen Glückes ihren bisherigen Leidenschaften und Vorurteilen ins Angesicht gesehen und hatte, bei dem Gedanken an Dora, den aufrichtigen Wunsch und eine starke Hoffnung empfunden, ihre Natur überwinden zu können. Aber nach der Rückkehr hatte sie sich, ebenso wie der Mann, im Alltag wiedergefunden. Einmal im Gespräch mit Dora, war sie alsbald von neuem und ganz unverändert der Abneigung unterlegen, die ihr gegen diese Frau wie gegen die Angehörige einer feindlichen Rasse innewohnte.

Alles in ihr widersprach der Persönlichkeit Doras, ihrem ganzen Sein und Auftreten und jeder ihrer Äußerungen. Auch zeigte sich bei der jetzigen Gelegenheit nur die fast unvermeidliche Verachtung des überlegenen weiblichen Geistes für die Unselbständigkeit der Frau, von der sie ahnte, daß sie ihren geistigen Unterhalt mit dem bestritt, was ihr etwa von den in ihrem Kreise lebenden Männern überkommen war. Sie war häufig genug dem Verstande Doras begegnet, der ihr niemals in sich selbst vertieft und immer nur oberflächlich die Gedanken anderer nachzudenken schien. Mehr als einmal hatte sie ehemals Einwände von Frau v. Grubeck zu hören bekommen, die allzu deutlich im Geiste ihres eigenen Vaters gewesen waren, und in ihrer Voreingenommenheit hatte sie niemals die Entschuldigung zugelassen, daß solche Übertragungen durch die ehelichen Beziehungen, durch die tägliche Gewohnheit des Verkehrs, selbst bei fehlender Sympathie zwischen den Gatten so natürlich herbeigeführt wurden. Noch soeben meinte sie die gleiche Beobachtung bei Doras Äußerung über das Berliner Leben zu machen, die ihr ebenfalls Herrn v. Grubeck entlehnt schien. Nun machte sie sie bei ihren Bemerkungen über das Renansche Buch. Sie hielt dafür, daß Dora in die Fragen, die sie berührt, viel zu wenig eingeweiht sei, um die Kritik abgeben zu können, wie sie es gethan. Sie hatte überdies Ausdrücke gebraucht, welche auch Wellkamp bevorzugte, und zweifellos war es dieser selbst, der ihr die betreffenden Ansichten in gelegentlichem Gespräch, vielleicht ohne daß sie selbst es bemerkt, eingeflößt hatte.

Dadurch waren die Gefühle bestimmt, die Annas Blick ausdrückte, in welchem Wellkamp, mit seinem lauernden Schuldbewußtsein, anderes und mehr las.

Jedoch unentschlossen und nicht imstande, auch nur einen Augenblick bestimmt und einseitig zu urteilen, hatte er selbst für seine ehrlichsten, unwillkürlichen Regungen sofort wieder ein »Es ist nicht wahr!« Sobald sein Schuldgefühl eine Bestätigung erhielt, leugnete er es vor sich selbst nur um so eifriger. Er sträubte sich alsbald dagegen, die Berechtigung des Vorwurfes anzuerkennen, den er in Annas Augen ausgesprochen glaubte.

»Zuerst das Hervorkehren der ärgsten Verständnislosigkeit,« so durchblitzte es ihn, »nachdem ich wochenlang ein wahrhaft gemeinsames Leben mit ihr zu führen geglaubt, und jetzt noch ein offenes Mißtrauen!«

Das abweisende Gefühl gegen Anna, das sich seiner bemächtigt hatte, artete für eine Minute soweit aus, daß er alle Bedenken unterdrückte.

»Und wenn sie recht hat,« sprach eine wilde und verzweifelte Stimme in ihm, »– um so schlimmer für sie, wir sind alle gegen das Schicksal machtlos!«

Aber noch bevor er den Gedanken zu Ende gedacht, biß er sich auf die Lippen, um seine Miene gewaltsam ruhig zu halten in dem wilden Sinnentaumel, den die bloße Vorstellung in ihm hervorbrachte, es könnten seine bisher vor ihm selbst namenlosen, aber von jeder Minute, die er atmete, höher geschwellten Wünsche verwirklicht werden. Die verbrecherische, quälende Süßigkeit dieser Vorstellung, in der er die Unendlichkeit durchkostete, zwang ihn, sich seine Rettungslosigkeit zuzugeben. Er wußte nun, daß das, was er noch soeben in zorniger Ungeduld »Schicksal« genannt, für ihn in Wahrheit die Unerbittlichkeit eines solchen erlangt hatte.

Die jähe Gewißheit machte ihn unfähig, den Blick zu erheben. Er hatte ihn von neuem auf das Buch gesenkt, das er noch immer in der Hand hielt, und in dessen Blättern seine Finger nervös umherstöberten. Nach der angespannten Thätigkeit der letzten Augenblicke waren seine Sinne in eine tiefe Erschöpfung verfallen. Seine apathisch abschweifenden Gedanken gingen sonderbarerweise zu jenem ersten Geschenk zurück, das er von Dora empfangen.

»Das merkwürdige Stück Holz,« dachte er, jedes einzelne Wort im Innern langsam nachsprechend, »– und jetzt dieses Buch. Sie hat unheimliche Einfälle.«

Die Scene, die nun zu Ende gespielt, hatte mit ihrer Schicksalsentscheidung, die keinen Widerspruch mehr zuzulassen schien, auf Wellkamp die Wirkung von langen Stunden seelischer Erregung geübt. Aber sie war, wie so häufig die Entscheidung solcher intimen Dramen, durch nichts anderes als durch einige Blicke und durch Momente des Schweigens vor sich gegangen, und sie hatte nur wenige Minuten in Anspruch genommen. Es wurde dem jungen Manne durch das Erscheinen des aufwartenden Dieners, der das Souper anmeldete, ermöglicht, sich aus seiner Erstarrung aufzurichten. Er bot Dora, welche er noch immer vor sich stehen sah, den Arm, um sie ins Speisezimmer zu führen.

Bei Tische hatte Wellkamp, dessen Gedanken immer aufs neue in der verbotenen, unvermeidlichen Richtung abzuschweifen drohten, Mühe genug, einigermaßen den Ausführungen Herrn v. Grubecks zu folgen, der seine Meinung über die künftige Einrichtung ihres häuslichen Lebens zum besten gab. Der alte Herr sprach in seiner frohen Laune lebhaft den Wunsch aus, daß die jungen Leute sein und seiner Gattin Leben, so wie sie es sich gestaltet, teilen möchten. Es war ja eben geschehen, um die Unbequemlichkeiten eines Haushaltes, mit Doras Gewohnheiten und Neigungen durchaus unvereinbar, zu umgehen, daß man ein *boardinghouse* bezogen hatte. Dank der Bereitwilligkeit des Vorstehers konnte man unabhängig von der übrigen, ausschließlich englischen Gesellschaft die Mahlzeiten in den eigenen Räumen gereicht erhalten, wie ja auch die Bedienung eine private war. Überdies wurden alle besonderen Wünsche ohne weiteres berücksichtigt.

»Und schließlich,« fuhr der Major, dem der Wunsch, mit der einzig geliebten Tochter in fortwährendem Verkehr zu bleiben, den Gegenstand besonders wichtig machte, fort, »und schließlich müssen wir etwas zu einander halten, damit wir auch wirklich merken, daß unsere Familie jetzt statt aus dreien, aus vier Gliedern besteht – fürs erste,« konnte er sich nicht enthalten, leiser hinzuzusetzen, während er sich vertraulich zu Wellkamp neigte.

Letzterer hatte den Worten seines Schwiegervaters hin und wieder mit höflichem Lächeln zugestimmt. Sie waren fast ausschließlich an ihn gerichtet gewesen. Bei seiner Tochter setzte Herr v. Grubeck, wie er schon früher zuweilen, halb scherzend, angedeutet, die größte Unlust voraus, ihre intellektuellen Beschäftigungen zu gunsten einer selbständigen

Wirtschaft zu unterbrechen. Es mußte ihr am Ende der größte Gefallen damit gethan sein, wenn sie, der Sorgen einer eigenen Küche überhoben, samt ihrem Manne die Mahlzeiten gemeinsam mit den Eltern einnahm. Zuweilen schielte der alte Herr indes mit einem etwas ängstlichen Blick, der um Zustimmung bat, zu seiner Tochter hinüber. Diese saß fast ganz schweigsam und in sich selbst versunken da. So verkehrt auch dieses Mal die Deutung war, die ihr Gatte ihrer Haltung gegeben, so litt doch auch sie unter der Nachwirkung jener Scene. Sie bereute es bitter, ihrer Abneigung gegen die Frau ihres Vaters, die sie nun, in ihrer aufrichtigen Selbstverurteilung, ganz und gar aus kleinlichen Beweggründen herleitete, nicht besser die Zügel angelegt zu haben. Dazu war ihr das Bewußtsein, sich ihrem Gatten in einer so schwachen, ganz von dieser Leidenschaft beherrschten Minute gezeigt zu haben, unendlich beschämend. So nickte sie, aus ihren unzufriedenen Grübeleien, nur zuweilen eine nachlässige Antwort dem Vater zu, der nicht aufhörte, sich um ihren Beifall für seine Pläne zu bemühen.

»Du findest doch nicht, daß durch diese Ordnung der Dinge Deinen Rechten als Hausfrau zu sehr Abbruch gethan ist?« fragte er, ihre Unaufmerksamkeit bemerkend.

Anna zeigte ein etwas mühsames Lächeln.

»Ich? Nein. – Natürlich muß sich jeder von uns Ausnahmen von der Regel vorbehalten.«

Wellkamp sah den alten Herrn eine kleine Grimasse unterdrücken.

»Ich werde meine Fürbitte für Sie einlegen,« sagte er.

Der Major hatte immer den Wunsch seiner Tochter geteilt, sie möchte von der Berührung mit den falschen Verhältnissen seines eigenen Ehelebens befreit werden. Aber der Wunsch des Vaters wurde beiseite geschoben von der Selbstsucht des alten Mannes, der vor einem gänzlichen und immerwährenden Alleinsein mit der Frau, die ihm sein böses Gewissen verkörperte, zurückschreckte. Die Aussicht darauf war ihm unheimlicher als je geworden mit der eigentümlichen Wendung, die sein Verhältnis zu seiner Gattin und die Stimmung zwischen ihnen beiden in den Wochen der Abwesenheit der jungen Leute genommen.

An jenem Nachmittage war Dora von dem Fenster, aus welchem sie dem Wagen nachgeblickt, darin ihr Gatte seine beiden Kinder an den Bahnhof geleitete, zögernd und in Gedanken versunken zurückgetreten. Sie hatte sich in ihrem gewohnten Winkel niedergelassen, um sich in langen Stunden nicht wieder zu erheben. Die Lampe, welche der Diener auf das Tischchen setzen wollte, worauf ihre blasse Hand, wie versteinert, ruhte, hatte sie zurückgewiesen und war im Dunkel, in das nur der Schnee von draußen einen unbestimmten Schimmer warf, den Rest des Abends sitzen geblieben, um zu

träumen, unendlich und ohne das Vermögen, aufzuhören.

Sie hatte damals zum erstenmal eine in ihrer Klarheit erschreckende Vision des Kommenden, wie es
sich nach dem, was in der letzten Zeit mit ihr und
durch sie vor sich gegangen, vorbereitete. Die ganze
durchgreifende Veränderung, die ihr Leben und alles, was seinen Inhalt ausmachte, erfahren, lag in
plötzlicher Beleuchtung vor ihr, als sie sich den
Mann, mit dem all das Fremde, Aufrührerische in ihren Kreis eingedrungen, vorstellte, wie er mit einer
Andern, mit ihrer Feindin, in die weite, freie Welt
hinausfuhr, um mit jener zusammen zu genießen,
ohne Reue zu genießen. Sie haßte bei diesem Gedanken ihn nicht weniger als die Frau. Er hatte ihr,
durch sein bloßes Erscheinen, Leid zugefügt, und
ohne es zu teilen, ging er nun davon, um vielmehr
ein Glück zu finden, wie sie es niemals kennen lernen konnte.

Seit ihrer ersten Begegnung mit Erich Wellkamp
hatte sich in die verdrossene Resignation, in der sie
in der Ehe mit dem schnell alternden Gatten dahin-
lebte, ein Lichtschein von neuen unvernünftigen,
unwiderstehlichen Wünschen, wie der eines Irr-
lichts, geschlichen. War es nicht natürlich, daß sie es
unternahm, sich an dem Störer ihrer Ruhe zu rä-
chen? Es verstand sich ebenso, daß dieses Verlangen
immer heftiger wurde, je mehr sie die Stärke des
Rückhaltes erkannte, den der Gegner an der gehaß-

ten Andern besaß. Thatsächlich waren so die Plän-
keleien, in der sie der Unterwerfung des Mannes
vorarbeitete, von einer zur andern immer heftiger
geworden. Sie hatte das gefährliche Spiel gewagt,
ohne je aufzuhören, vor sich selbst immer wieder
das Motiv zu betonen, den Haß gegen ihre beiden
Feinde. Ach, sie hatte selbst heute noch versucht, ihr
Gefühl auf diese Weise zu täuschen, bevor nun ihre
Kraft erschöpft war und das Bewußtsein der Wahrheit sie überwältigte. Jetzt, da sie ihn, ohne ihm
kaum je in kurzen Stimmungsmomenten überlegen
gewesen zu sein, aus ihrem Machtbereich hatte ent-
lassen müssen, war die Stimme nicht länger nieder-
zuhalten gewesen, welche wahnsinnig laut und mit
jeder Minute heftiger in ihr rief: »Ich muß, ich muß
ihn demütigen, aber nicht der bloßen Rache wegen,
sondern um ihn zu besitzen.«

Sie begriff sich selbst nicht, wenn sie daran dachte,
daß für sie der Verkehr mit Männern immer nur
darin bestanden, die Stelle auszufinden, wo der Gegner zu treffen war, und sobald die Wunde beige-
bracht war, sich zurückzuziehen. Niemals hatte sich
in das berechnende, grausame Spiel, das für sie die
Beziehungen der Geschlechter bedeutet, ein tieferes
Empfinden als das der geschlechtlichen Eitelkeit ein-
geschlichen. Was hatte sich inzwischen verändert?
Waren es die langen, einsamen Träumereien der letzten Jahre gewesen, in denen sie sich mit der oft in
Wonneschauer ausartenden Selbstquälerei, welche

Naturen ihrer Art eignet, ein Eheleben ausgemalt, wie vielleicht andere Frauen es führten? Es war zu denken, daß sie, die als Mädchen einen nervösen Widerwillen gegen die körperlichen Beziehungen der Geschlechter besessen, und die ihn in der Ehe mit einem Manne, der sein Recht auf solche hätte geltend machen wollen, nicht abgelegt hätte, daß sie in der ständigen Gesellschaft des alternden und zu jeder Intimität unlustigen Gatten einen paradoxen Widerspruch gegen diese ihre Natur kennen lernte. Es war, durch die Angst vor dem Kommenden nur noch willkürlicher gemacht, ein rasendes Glücksverlangen, was das Blut so fieberhaft durch den noch immer mädchenhaft zarten Körper der Frau trieb, die bewegungslos, wie in der Erwartung ihres Schicksals, dasaß.

Tagelang war es die gleiche furchtbare Stimme des Blutes, welche von ihr heischte, diese vielleicht letzte Möglichkeit zu ergreifen, das Zärtlichkeitsbedürfnis zu befriedigen, das, spät genug, nun auch sie zum wahren Weibe gemacht. Inzwischen aber war auch die Angst vor dem Unbekannten, dem sie entgegenging, gewachsen und überfiel sie mit der Macht aller ihrer Einwände. Die religiöse Glut, welche als schwacher Funke immer seit ihren Kindertagen in ihr fortgeglüht, flammte plötzlich zwischen ihrem Wunsch und seinem Ziele auf. Vielleicht war sie darum nun noch mächtiger, daß sie nicht aus dem wahren, schlichten Glauben stammte, sondern ein mystischer Rausch war, verbunden mit der Furcht vor Gestalten des Aberglaubens, an die sie in ihrer Heimat glauben gelernt. Zudem aber stellte sich, ebenfalls fast ohne Überlegung und mit der Macht eines Instinktes, die Furcht vor den Folgen ein, die vorauszusehen waren, falls sie ihrem Verlangen folgte. War sie doch von jeher eine der Haupttriebfedern in ihrem Leben gewesen, die Furcht, Aufsehen zu erregen, beobachtet und besprochen zu werden. Ihre nervöse Natur, die sie schon so früh gewöhnt hatte, sich in sich selbst zurückzuziehen, um den Wirkungen ihres eigenen Temperamentes zu entfliehen, ward nun, inmitten ihrer streitenden Begierden, von der Aussicht eines vollständigen Skandales doppelt verstört. Die beängstigend genaue Vorstellung von der Ungeheuerlichkeit des Vorauszusehenden brachte in ihr eine fieberhafte Hast hervor, keinen Augenblick mehr unentschieden zu bleiben. Sie glaubte wahnsinnig werden zu müssen, wenn es ihr nicht augenblicklich gelänge, einen bestimmten Entschluß zu fassen. Daß sie dazu die Macht besäße, daß es ihr, und sollte sie darüber zu Grunde gehen, gelingen müsse, ihm, dem Feinde, ihre Wunde zu verbergen und den Ausgang des Zusammentreffens mit ihm ganz nach ihrem Belieben zu lenken, daran zweifelte sie selbst in ihrer jetzigen Verfassung nicht. Sie war zu sehr jedem Manne gegenüber an das Gefühl der Überlegenheit gewöhnt worden. Vielleicht zweifelte sie gerade jetzt weniger als je daran: sie befand sich in einer Ekstase der Furcht, in der die unwahrscheinlichsten Rettungsmittel herbeigezogen werden und durch die Kraft des Glaubens, den man ihnen entgegenbringt, sich zuweilen sogar bewähren können. Die Frau des Mannes, zu dem es sie so unheilvoll hinzog, war die Tochter ihres eigenen Gatten. Dies war der Punkt, der sich inmitten ihres inneren Aufruhrs immer tiefer in ihr Bewußtsein eingebohrt hatte. Das, falls sie unterlag, so unerhörte Verhältnis schien ihr andererseits den einfachsten Ausweg darzubieten. Wenn sie, die seine Stiefmutter war, es durchsetzte, das Verhältnis zu dem jungen Manne fortan ein unbefangen mütterliches werden zu lassen, so war alles in das natürliche Geleise gebracht. Es mußte ihn entwaffnen und es konnte niemand befremden. Vorerst war demnach ihre Aufgabe – der jähe, rastlose Trieb zu handeln, zu verhindern und zu ordnen, lenkte ihren Gedankengang sofort in dieser Richtung weiter –, sich hierzu jede mögliche Berechtigung zu erwerben. Sie begriff ohne weiteres, daß sie, um das beabsichtigte Ansehen und die Autorität einer Älteren zu erlangen, ihre Gegensatzstellung zu Herrn v. Grubeck aufgeben müsse. Sie mußte mit ihrem so viel älteren Gatten gleichgestellt sein, mit ihm kameradschaftlich Hand in Hand gehen, um ihrerseits als Matrone gelten zu können. Daß die gequälte Frau dieses Ziel, welches eine so grausame Überwindung der natürlichsten Eitelkeit erforderte, so ganz ungestört im Auge behielt, bezeugte noch einmal, wie aufrichtig und wie unwiderstehlich ihr Trieb war, den einzigen, ihr möglich erscheinenden Ausweg aus allen Irrgängen einzuschlagen. War hierfür noch irgend ein Beweis nötig, so wurde er sicherlich auch durch die Rücksichtslosigkeit und Selbstüberwindung erbracht, mit welcher sie eine Annäherung an ihren Gatten einleitete, von dem sie in der Zeit ihres Nebeneinanderlebens durch Alles, durch Temperament, Sympathien und Anschauungen getrennt und mit dem sie durch nichts anderes als durch das rein äußerliche Band ihrer Ehe verbunden gewesen war. Auch wurde sie durch den Mißerfolg ihres Versuches, die Kluft, welche sie von ihrem Gatten trennte, zu überbrücken, kaum überrascht.

Bei der geringen Achtung, welche Dora für den Charakter ihres Mannes hegte, hatte sie bei ihm nicht einmal den Wunsch vorausgesetzt, eine Verbesserung des Verhältnisses herbeigeführt zu sehen. Thatsächlich hatte Herr v. Grubeck indes nie aufgehört, auf das drückendste all das Peinliche zu empfinden in seiner Ehe mit der für ihn unverständlichen und zudem jungen Frau, die ihm, den armen Offizier, alles, was er jetzt Sein nannte, gebracht, und der er nichts dagegen bieten konnte. Doch war der natürlicherweise in dieser Empfindung ruhende Wunsch, das Falsche, das in sein Leben geraten und es umgewandelt, auszuscheiden, ein höchst platonischer: Herr v. Grubeck war stets einer Überlegung seiner Verwirk-

lichung ausgewichen. Bei derartigen Lebensbedingungen eines Mannes liegt der Vergleich mit der Erscheinung nahe, daß auch die Frau, nachdem sie sich
einmal verkauft hat, das Bewußtsein ihrer Unehre
nie völlig zu verlieren pflegt, aber dennoch kaum je
über ihre gänzliche Unfähigkeit mit sich streitet, jemals eine Rückkehr aus ihrem moralisch verarmten,
aber materiell verbesserten Leben anzubahnen. So
sehr der Major namentlich in der Zeit, als er den Gegensatz und die häusliche Rivalität seiner Tochter
mit seiner zweiten Gattin sich immer mehr verschär-
fen sah, unter dem Mißverhältnis seiner neuen Häuslichkeit, in der er sich förmlich »gesunken« vorkam,
gelitten, hatte er doch immer gefühlt, daß er die Annehmlichkeiten seiner jetzigen Lebenslage nie mehr
werde entbehren können. Dabei war es bemerkens-
wert, daß der Mann, der diese moralisch bedrückte
und gekrümmte Existenz führte, nicht eine gewalt-
same Umformung des Charakters erfahren hatte, der
ehemals den jüngeren Offizier von so offener, solda-
tisch gerader Männlichkeit erscheinen ließ. Sein
Charakter hatte nur durch die veränderten Lebens-
umstände eine neue und mehr verräterische Beleuchtung erhalten. Viele andere sind darin glücklicher, als
er es war. Es gibt Menschen, deren Schwäche nie richtig offenbar wird, weil das Leben sie niemals auf die
Probe stellt, wie es andere gibt, welche ehrlich geblieben sind, weil sie niemals Ursache und Gelegenheit
zur Unehrlichkeit gehabt haben.

Herrn von Grubecks Ansprüche an das Leben, die Forderungen seiner Natur waren bis zu dem Tode seiner ersten Gattin und in seinem Offiziersleben ganz befriedigt worden. Er hatte nicht nötig gehabt, sie mit Gewalt und unter Verletzung der Interessen anderer durchzusetzen. Mindestens hatte er nie das Bewußtsein, dies zu thun, gehabt, da er seine persönliche Freiheit nicht durch die Ehe gebunden fühlte. Wenn er seine Frau täuschte wie ehemals seine Geliebten, so war dies eine nur zu natürliche, weil alltägliche Fortsetzung des Junggesellen- und Kavalierlebens, über die er sich niemals ausdrücklich Rechenschaft ablegte. Zudem war seine Gattin meist kränklich, sie lebte so gut wie getrennt von ihm, ohne seinem Leben irgendwelche Anregung oder einen bestimmten Inhalt zu geben. Hätte er sich jemals nach dem Stande ihres Verhältnisses gefragt, so wäre er für seine Person zu dem Ergebnis gelangt, der Frau nichts schuldig zu sein. Aber damals lagen ihm solche Reflexionen fern, und als er sie später anstellte, stand ihr Ergebnis doch nicht mehr ganz fest. Der Tod seiner Gattin hatte sein Gewissen weicher gemacht; er konnte nun zuweilen eine niederschlagend klare Vorstellung haben von all dem, was er der Verstorbenen hätte sein sollen und was er ihr nicht gewesen. Seine Lebensbegierde zwar und die Gewohnheit seines Lebens bäumte sich nur noch heftiger auf bei dem Eindringen dieser ersten, hoffnungslosen Melancholie. Damals war es, daß er sich einem letzten, heftigen Anfall von Unregelmäßigkeiten und Ausschweifungen ergab, der die bis dahin noch immer kernhafte Gesundheit des nicht mehr Jugendlichen untergrub. An einem Spielabend setzte er den größten Teil des Vermögens zu, das seine Frau ihm hinterlassen. Und fast zur selben Zeit traf ihn ein anderes Unglück. Grubeck war immer ein forscher Reiter und ein guter Kamerad, aber nicht eben ein hochbefähigter Offizier und jedenfalls kein Taktiker gewesen. Nach einem unglücklichen Manöver ereilte ihn das Schicksal der Verabschiedung. Sodann war es erstaunlich, wie schnell die veränderten Lebensbedingungen ihm die jugendliche Elastizität nahmen, von der er wenigstens noch den Anschein besessen, so lange er die Uniform trug.

Wie er aber nach dem Tode seiner Gattin entdeckt, daß mit der stillen, meist unsichtbaren Frau dennoch ein Stück seines Lebens dahingeschwunden, daß die Atmosphäre, die ihn umgab, sich verändert hatte, so bemerkte er nun andererseits, einmal aus seinem letzten, schweren Rausche erwacht, daß es ein anderes Stück seines Lebens gab, das ihm bisher so gut wie fremd geblieben: seine Tochter. Wenn er in der stillen, mehr als je vorher nachdenklichen Zeit, die nun für ihn folgte, den Umgang Annas auf sich wirken ließ, so fragte er sich mehr als einmal, wie ihm dieses sein eigenes Fleisch und Blut so grenzenlos fremd hatte bleiben können, wie es ihm jetzt erschien. Woran die Mutter die längste Zeit durch ihren leidenden Zustand verhindert worden war, das hatte er selbst stets vergessen, seine Pflicht, die Entwicklung des heranwachsenden Kindes zu führen, ihre Seele und ihren Geist zu formen. Jetzt traf ihn das Ergebnis dieser Entwickelung, das er bei der ruhigen und ernsten, wenig kindlichen Siebenzehnjährigen vorfand, überraschend genug. Wenn sich bei den einsamen Mahlzeiten Vater und Tochter gegenübersaßen, versuchte er nun häufig, die gewöhlich Schweigsame aus sich herausgehen und ihr Inneres aussprechen zu machen. Es gelang ihm leicht; sie antwortete auf alle seine Fragen in ihrer ruhigen, sichern Weise, und er fühlte wohl, daß, was sie redete, nichts Zufälliges war, sondern daß alles in ihrer tiefsten Natur begründet lag, daß aus allem ihr Geist und ihre Seele blickte. Und diese hatten, auch das empfand er deutlich, Bahnen eingeschlagen, die ihm selbst fremd waren, die er nicht einmal zu überblikken vermochte. Er erkannte, daß ihm hier nichts mehr zu thun blieb. Dann war er nicht imstande, die Tochter anzusehen, er blickte schweigend auf seinen Teller nieder und hörte ihren Worten zu, die mit so schlichter Natürlichkeit und wie zu einem Freunde gesprochen wurden, und ganz leise schlich sich so auch in seine Seele, wie später in die Wellkamps, der alles besänftigende Frieden ein, den dies in seiner prunklosen Selbstsicherheit so überlegene Geschöpf um sich verbreitete. In solchen Stunden fühlte er sich besser werden.

Freilich war eine durchgreifende Umwälzung seiner Natur hierdurch so wenig wie durch irgend welche andern Einflüsse ermöglicht. Der schwächliche Egoismus, der durch sein früheres Leben, in dem er keinerlei Hindernisse zu überwinden gehabt und verborgen bleiben konnte, verwöhnt war, wirkte gleichwohl in ihm fort. Die von Anna einst ihrem Verlobten gegebene Erklärung, als habe ihr Vater seine zweite Ehe ihrer selbst wegen geschlossen, war gewiß nicht unberechtigt. Es hatte Herrn v. Grubeck aufrichtig bekümmert, eingeschränkte, fast ärmliche Verhältnisse auf ein ganzes Leben hinaus mit Wahrscheinlichkeit für seine Tochter vorauszusehen. Da die Schuld für ihre Vermögenslage ihn selbst traf, mochte er sich sogar einreden, sie auf diese Weise gut machen zu können. Es war nur die Frage, ob dieser Grund hinreichend gewesen wäre, wenn nicht auch er selbst, blieb alles wie es damals stand, unter den trüben Empfindungen des Alterns einem gegen seine Lebensgewohnheiten herb abstechenden Rest seines Daseins hätte entgegenblicken müssen.

Daß sich seine Wahl auf Fräulein Dora Linter gelenkt, war wohl vor allem der Gelegenheit zuzuschreiben, welche ihm durch die ihm selbst – er war nicht ganz ohne Selbstkritik – unerklärliche Bevorzugung seitens des vielumworbenen jungen Mädchens geboten ward. Außerdem sagte ihm das Alter der Dame zu, in dem er beinahe eine Entschuldigung für sich sah, und ihr noch über dies Alter hinausgehendes, stillvornehmes, allen jugendlichen Aufregungen abgeneigtes Wesen.

In den neuen Verhältnissen nahm dann alles seinen notwendigen Gang. Die Frau, die er nicht liebte, vermochte er ebenso wenig zu verstehen. Nachdem einmal die stetigen Rücksichten, die der halb gesellschaftliche Ton der ersten Zeit ihres Zusammenlebens mit sich brachte, ein wenig beiseite geschoben waren, förderte die offenere Verkehrsart zwischen den Gatten sofort Grundantipathien zu Tage, aus denen die einschneidendsten Konflikte zu erwachsen drohten. Dies hatte zur Folge, daß Herr v. Grubeck zu einem formellen, abgemessenen Wesen zurückkehrte. Ihr ehelicher Verkehr verringerte sich schnell und hörte ganz auf. In dem Maße aber, wie der Major sich von der Gattin zurückzog, vermehrte sich sein Schuldbewußtsein ihr gegenüber. Thatsächlich war dies die durch den veredelnden Verkehr der Tochter mit ihm vorgegangene Veränderung: sein Gewissen war verfeinert worden. Wenn zu gleicher Zeit der Egoismus seiner Lebensführung nur immer noch rücksichtsloser wurde, so zeigte dies, daß auch bei ihm eine Krankheit des Willens zum offenen Ausbruch gelangt war. Nur außergewöhnliche Charaktere werden in unserer unfruchtbar kritischen und zu schlichten Handlungen unfähigen Zeit ganz frei von dieser seelischen Krankheit sein, welche in ihren Opfern die Empfindsamkeit gegen sich selbst, die Selbstkritik zu immer schwächlicherer Verfeinerung ausarten läßt, während zugleich die Fähigkeit, ihre Handlungen nach ihrer besseren Einsicht zu lenken und zu regeln, in ihnen immer mehr erlahmt. Bei weicheren, von vornherein zur Reflexion und zum Empfindungsdilettantismus bestimmten Naturen pflegt die Krankheit des Willens zu einem vollständigen Aufgeben der Initiative zu führen; die Selbstkritik nimmt eine so virtuose Vielseitigkeit an, daß: die einfachste Entscheidung nach einer bestimmten Seite hin dem Betroffenen unmöglich wird und sein Leben sich in einer ewig schwankenden Ratlosigkeit verliert. War dies etwa Wellkamps Fall, so lag der des Majors v. Grubeck anders; denn es war der einer mit starken eigensüchtigen Trieben ausgerüsteten Natur. Die Krankheit war hier viel später zum Ausbruch gelangt, durch Unglücksfälle äußerer Art, welche jäh zur Besinnung brachten und zur Rückschau aufforderten, noch mehr, wenn sie wie hier in die Zeit fielen, wo die Triebe bereits hinlänglich abgeschliffen waren, um die Genußfähigkeit erlahmen zu lassen. Das beginnende Alter ist mit der sozusagen körperlichen Melancholie der Ernüchterung ganz geeignet, das Schuldbewußtsein zu wecken. Letzteres wächst unaufhaltsam, mit seiner Reflexion das gegenwärtige Leben nicht weniger als das vergangene angreifend und zersetzend. Aber der eigensüchtige Wille des Triebmenschen ist darum nicht gebrochen. Er wirkt mit der Reflexion zugleich fort, gegen die er sich mit immer wachsender Heftigkeit empört. So entsteht der Trotz des mehr oder weniger moralisch Entgleisten dieser Art gegen das, was er selbst als sein besseres Ich empfindet.

In solcher Stimmung des selbstquälerischen Trotzes also war es, daß der gealterte und durch den inneren Unfrieden der letzten Jahre verbitterte Mann die ihm noch einmal dargereichte Hand der Gattin zurückwies. Er zog sich vor ihrer unvermittelten Annäherung mit dem Gefühl des Unbehagens zurück, das ihm die Störung seiner selbstsüchtig abgeschlossenen Bequemlichkeit verursachte, selbst wenn sie thatsächlich zum Besseren führen konnte. Ob dies überhaupt möglich gewesen wäre, ob die tiefen Gegensätze, die in der stummen Feindschaft dieser ganzen Zeit zwischen den Gatten aufgerissen waren, je auszuheilen waren, daran hatte Dora in der Lage, welche ihr jenen Entschluß abnötigte, schwerlich gedacht. Sicher war es jedoch, daß der Widerwille des Gatten, auf ihre Absichten einzugehen, ohne für sie ein Hindernis zu bilden, ihr vielmehr eine gewisse Genugthuung bereitete. Der Mann, auf den sie herabgesehen, obwohl oder weil das Zusammenleben mit ihm genau so ausgefallen, wie sie es von Anfang berechnet, gab ihr bei dieser Gelegenheit das Recht zu noch rücksichtsloserer Verachtung. Auch wurde ihre Absicht durch sein Verhalten am Ende nicht durchkreuzt. Ob er ihr entgegenkam oder nicht, in jedem Falle war es ihr ermöglicht, den vertraulicheren Ton, den sie ihm gegenüber in Abwesenheit der jungen Leute eingeleitet, auch nach deren Rückkehr anzuschlagen.

Ihr Entschluß, den sie unter der treibenden Notwendigkeit, sich vor sich selbst zu retten, gefaßt, war alsbald zur fixen Idee geworden. Auch sagte ihr der Instinkt, welcher uns zuweilen eine Wahrheit über unsere innerste Seelenbeschaffenheit verrät, und welcher wohl kein anderer als der der Selbsterhaltung ist, daß diese Idee ganz so, wie sie sich ihr aufgedrängt, bestehen bleiben müsse. Jede Überlegung konnte nur Zweifel, Unsicherheit und somit die allergrößte Gefahr zur Folge haben. Sie vermied daher aufs sorgfältigste die einsamen Träumereien, die so lange ihre liebste, schmerzlich-süße Gewohnheit gewesen waren. Zur Lektüre, die ihr sonst stets den Eingang zu einem Reich geheimnisvoller Empfindungen geöffnet, in welchem sich ihre Träume verirrten, suchte sie jetzt nicht die gefährliche Muße. Dagegen nahm sie Beschäftigungen verschiedener Art, die sie lange vernachlässigt, wieder auf. Lange Zeit liegen gebliebene Korrespondenzen wurden nun plötzlich mit großer Hast erledigt. Auch begann die junge Frau in einer zufälligen Laune sich mit der seit Jahren nicht mehr geübten Musik zu beschäftigen. Sie besaß kein ausgesprochenes Talent und hatte sich auch früher niemals eine nennenswerte Übung erworben. Inzwischen waren ihre Finger für das

Klavier ein wenig steif geworden, und um sie aufs neue einzuüben, war sie nun veranlaßt, sich halbe Tage und bis zu einer angenehmen Ermattung mit den einfachsten Exerzitien zu beschäftigen. Allmählich ging sie, ohne eine besondere Auswahl vorzunehmen, zu den schlichten Schubertschen Melodien über, die ihr unter ihren Noten gerade in die Hände fielen. In die tiefe und ganz vergeistigte Melancholie des Meisters intim einzudringen, war sie wohl nicht imstande, doch weckte dieselbe etwas wie einen physischen Widerhall in ihr. Bei irgend einem schmerzlichen Mollakkord geschah es, daß sie zusammenschauerte, und Thränen in ihre Augen traten. Es überschlich sie dann ein ganz unbestimmtes, wesenloses, aber aufrichtig gefühltes Selbstbedauern und zugleich eine stille Ergebung in die Notwendigkeiten, unter denen sie lebte. Wenn sie sich nach solchen Stunden vom Flügel erhob, so fühlte sie sich im Innern ruhiger und ernster geworden und der Aufgabe, die sie sich gestellt, besser gewachsen.

Besonders in diesen Augenblicken liebte sie es, hauptsächlich um sich ihre still-pflichtbewußte Stimmung ausdrücklich zu bestätigen, die Geselligkeit ihres Gatten aufzusuchen. So ungelegen dem alten Herrn, den sie meist in seine Sammelmappen vertieft oder mit eigener Kunstübung beschäftigt traf, die Störung kommen mochte, war er doch zu sehr Kavalier, dies merken zu lassen. Er erklärte dann der ihm gegenüber Sitzenden einen oder den andern seiner zeichnerischen Versuche und hörte mit vollendeter Aufmerksamkeit zu, wie sie von ihrer Musik sprach oder des Briefes irgend eines gemeinschaftlichen Bekannten Erwähnung that, um den sich beide seit Jahr und Tag nicht gekümmert. Rein äußerlich schien es so, als sei das Verhältnis der Gatten von Grund aus umgestaltet, und als sei alles durch die Art dieses Verhältnisses etwa Vorbereitete unmöglich geworden, so ruhig-familiär war die Redeweise der Frau und so höflich besorgt diejenige des Mannes, der allerdings seinerseits derartige Unterredungen niemals herbeiführte und nach ihrer Beendigung ein Unbehagen wie nach einer unnütz verlorenen Stunde zu überwinden hatte.

Bei einer dieser Gelegenheiten hatte Dora ihm, im Anschluß an ihr Musikgespräch, nahegelegt, sie gelegentlich in die Oper zu führen. Auch dieser so außergewöhnliche Wunsch vermochte, neben ihrem auch sonst veränderten Betragen, Herrn v. Grubeck wohl zu überraschen, ohne ihn aber in Verwunderung zu setzen. Einerseits war ihm selbst, seit er die gewohnte Gesellschaft der Tochter entbehrte, das Haus verödet und sein eigenes Leben zuweilen unheimlich still erschienen; und im Zusammenhang damit kam ihm leicht der Gedanke, daß Dora, deren unerträgliches Verhältnis zu Anna ja auch ihn fortwährend bedrückt, jetzt, da sie ihn von dem Einflusse der Rivalin frei sah, eine Annäherung an ihn suchte. Die männliche Eitelkeit, die auch in einem

Verhältnis wie diesem nicht gänzlich außer Wirkung gesetzt war, machte ihm den Gedanken einleuchtend genug. Andererseits war er von jeher gewohnt gewesen, alle auffallenden Äußerungen der Frau auf ihre nervös-launische und, dessen war er zu seinem Unglück gewiß, unbefriedigte Natur zurückzuführen. Ohne ausdrücklich über den neuen Wunsch Doras nachzudenken, kam er ihm nach. Die paar klassischen, ihm aus seiner Jugend in der Erinnerung gebliebenen Opern, in die er sie führte, blieben nun zwar auf sie ohne Eindruck. Indes hatte gleich der erste Abend, den sie so außer Hause zugebracht, einen für sie selbst überraschenden Erfolg. Sie war als eine der Gesellschaft bisher fast unbekannte und ungewöhnliche Erscheinung in ihrer Loge viel beachtet worden. Sie hatte Gelegenheit, wieder die ihr ehemals so geläufige Augen- und Fächersprache zu reden und, wie dies in großer Gesellschaft der Fall ist, ohne besonderes Interesse an der einzelnen Person, das große Publikum auf sich wirken zu fühlen, ebenso wie sie den Eindruck verspürte, den sie selbst auf den Saal machte. So war sie nach Jahren einmal wieder zu dem ungestörten Selbstgenuß gekommen, dessen Frauen ihres Schlages sich nicht ungestraft dauernd berauben. Sie begriff nicht, wie sie dies so lange Zeit fast vollständig hatte thun können. Mit dem ersten Ausfluge, den sie gewagt, und den sie nun häufig zu wiederholen beschloß, war viel von dem innern Fieber verschwunden, das nur in der fortwährenden Einsamkeit des Hauses eine so beängstigende Höhe hatte erreichen können.

Nun aber schien alles so gut geregelt, daß sie selbst an dem Tage, als die jungen Eheleute ihre Rückkehr für den Abend anzeigten, eine fast heitere Ruhe bewahrte. Als sie Wellkamp endlich gegenübertrat, hatte sie wirklich die Genugthuung, ganz ungezwungen die Haltung zu finden, die sie beabsichtigt. Noch mehr hatte es sie befriedigt, die Wirkung davon auf den jungen Mann wahrzunehmen; wie er anfangs erstaunt war, um sich dann schnell und mit einer sichtlichen Beruhigung, in das veränderte Verhältnis zu finden, und wie es durch seine fernere Unterhaltung wie ein endgiltiges Aufatmen ging. Dies alles zu fühlen, hatte ihr eine süß-melancholische, aber so sichere und zufriedene Stimmung gegeben. Warum mußte diese so schnell und so schrecklich gestört werden? Sie hatte in ihren hastigen, ganz von dem unwiderstehlichen Trieb zur Handlung bestimmten Berechnungen, welche sich ausschließlich mit dem Manne beschäftigten, die Frau überhaupt fehlen lassen. Dies war es, was jetzt das Verhängnis beschleunigte. In all den Wochen, in denen ihre fixe Idee ihr immer von neuem die Vision eines ersten Wiedersehens mit Wellkamp gezeigt, hatte sie sich Annas kaum ein- oder zweimal in unbedeutender Weise erinnert. So mächtig war die Voreingenommenheit, welche sie der neuen Situation entgegenbrachte, daß sie auch noch in jener halben Stunde vor dem Kamin, während sie jede unmerklichste Äußerung von Wellkamps Stimmung erhaschte, für die junge Frau, selbst wenn sie einige Worte mit ihr wechselte, ohne jede innere Aufmerksamkeit war. Um so schwerer war der Schlag, der sie wenige Augenblicke später traf, während sie ahnungslos dem jungen Manne entgegenschritt, dessen Absicht, ihr seinen Dank abzustatten, sie bemerkte. Als sie bei einer zufälligen Kopfwendung jenem beleidigenden Blick Annas begegnete, war es ihr thatsächlich, wie wenn sie einen heftigen Stoß vor die Stirn erhalten, der sie während einer Sekunde den Schritt anhalten ließ. Auch ihr Blut stockte einen Augenblick, um gleich darauf wie entfesselt seinen Kreislauf fortzusetzen. Sobald der Taumel, der sie ergriff, und in dem sie dennoch die Energie finden mußte, ihre ruhig-lächelnde Miene zu bewahren, niedergekämpft war, machte sie die Entdeckung, daß sie die letzten Wochen hindurch alles anders gesehen als es war, nun sie die grausame Wirklichkeit wiederfand. Mit völliger Klarheit des Gefühls, welches wenigstens in solchen entscheidenden Momenten keinen der sonst so häufig verwirrenden und trügerischen Sophismen zuläßt, erkannte sie die Bedeutung des tollen Hasses, der sich mit einer nie geahnten Zügellosigkeit in ihr gegen jene Frau, gegen die Besitzerin des Mannes bäumte, dem jeder ihrer armen gequälten Gedanken galt. Die heiße Wallung war sofort der eiskalten Entschlossenheit gewichen, nunmehr mit ganzer Rücksichtslosigkeit gegen alle und gegen alles ihre Macht zu brauchen. Denn nicht die Andere, sondern sie selbst war es, welche die Macht über den Mann besaß, welche sie in der ersten Minute des ersten Zusammenseins mit ihm in jedem ihrer Worte, in jeder Bewegung ihrer Stimme, in der ganzen Berührung ihres Wesens mit dem seinen verspürt hatte. Und nun ließ sie diese geheimnisvollen Kräfte spielen, um mit einer fast wilden Freude die Wirkung zu beobachten, die ihre äußerlich so unbedeutenden Worte auf ihn hervorbrachten. Das nervöse Spiel seiner Stirn, seines Mundes und die namenlose sinnliche Anspannung, mit der sie selbst jeder Bewegung seines geliebten, für sie so durchsichtigen Gesichtes folgte, brachten ihr einen letzten Beweis, wenn ein solcher hier noch von nöten war, daß alles entschieden sei.

Während sich die beiden Menschen nun an dem weihnachtlichen Familientisch gegenübersaßen, streifte inmitten der Unterhaltung, die trotz allem aufrecht erhalten werden mußte, zuweilen einer des andern Blick, um sich nur aufs neue zu vergewissern, daß die müde Traurigkeit in diesem schuldigen Blick die gleiche sei, in die ihn selbst diese traurige Leidenschaft versenkt hatte.

VI

Waren die Vorgänge des Weihnachtsabends Wellkamp von solcher Endgiltigkeit erschienen, daß er
unter der Wucht der Entscheidung dem Zusammen-
sinken nahe gewesen war, so sollte er unmittelbar
darauf noch einmal den der Seele eingeborenen moralischen Willen kennen lernen, in dem gerade
schwache Charaktere zu ihrem instinktiven Fatalismus ein seltsames Gegengewicht zu besitzen pflegen. Das Gewissen weiß sie allemal zur Anerkennung seiner Ansprüche zu zwingen, ehe sie diese
dennoch verletzen. Die innere Stimme wird auch
noch im lautesten Toben ihrer Leidenschaft hörbar,
sei es auch nur, um sich von der Logik ihrer Begierde
sogleich widerlegen zu lassen. Ohne sie ihren Wünschen nachzugehen, vermögen sie ebensowenig, wie
schließlich ihr zu gehorchen. Nirgends in ihrer In-
nenwelt gibt es einen geraden Weg, der nicht von
irgend einem Sophismus durchkreuzt und umgebo-
gen werden könnte. Ihr Denken und Empfinden be-
wegt sich in Winkelzügen; man sollte meinen, daß
ihr Wesen der Selbstbetrug sei.

Für Wellkamp stellte sich nach dem Vorgefallenen die Gewissenspflicht mit völliger Klarheit so
dar, daß er sofort mit seiner jungen Frau Haus und

Stadt zu verlassen hatte, um in absehbarer Zeit nicht dorthin zurückzukehren. Es war dies ganz offenbar das einzige Mittel, um die thatsächliche Vollendung dessen, was an jenem verhängnisvollen Abend innerlich entschieden war, unmöglich zu machen. Im Vergleich mit dieser Aussicht erschien alles andere als Nebensache und mußte demgemäß kurz behandelt werden. Wie er Anna gegenüber, wie er ihrem Vater seinen schnellen Entschluß begründen sollte, mußte sich finden, wenn es der Zweck einmal so wollte.

»Ob aber der Zweck der Abreise wirklich erreicht werden würde?« fragte er sich, und er fand leicht eine seinen Wünschen dienende Antwort, wobei in diesem Falle seine vielseitige Betrachtungsweise durch eine nicht unbeträchtliche Belesenheit unterstützt ward. So kam ihm im Augenblick fast wörtlich eine Stelle eines seiner Lieblingsbücher, der Wahlverwandtschaften, ins Gedächtnis.

»Wenn Dein Entschluß«, so wiederholte er innerlich, »so fest und unveränderlich ist, so hüte Dich nur vor der Gefahr des Wiedersehens. In der Entfernung von dem geliebten Gegenstande scheinen wir, je lebhafter unsere Neigung ist, desto mehr Herr von uns selbst zu werden, indem wir die ganze Gewalt der Leidenschaft, wie sie sich nach außen erstreckte, nach innen wenden. Aber wie bald, wie geschwind sind wir aus diesem Irrtum gerissen, wenn dasjenige, was wir entbehren zu können glaubten, auf einmal wieder als unentbehrlich vor unsern Augen steht!«

Es wäre also, folgerte Wellkamp, vor allem eine unwiderrufliche Trennung nötig, die ohne starke Auffälligkeit und vielleicht Verdacht nicht zu erreichen war. Und wäre sie möglich, welches Mittel gab es sodann gegen die Leidenschaft, die nicht anders können würde als wachsen, in demselben Maße wie in der Entfernung ihr Gegenstand von seiner Phantasie gereinigt und idealer werden würde. Wie mußte die Leidenschaft, deren ganze Gewalt sich »nach innen« wenden würde, sein Verhältnis zu Anna gestalten? Es würde langsam und nie ausgesprochen, aber unvermeidlich in gänzlicher Entfremdung enden. Dies Schlimmste aber ließ sich vielleicht, ja sicher, abwenden, wenn er den Dingen ihren notwendigen Lauf ließ. Es würde dann so oder so zu einer befreienden Aussprache zwischen seiner Gattin und ihm kommen. Damit würde zugleich gewonnen sein, daß Anna einen tieferen Einblick in seine Natur erhielte, eine Bedingung, deren Fehlen ja ihm selbst ehedem als ein Hindernis für eine dauernde Befestigung ihres Verhältnisses erschienen war.

Wie leicht wir eine solche Scheinlogik erfinden in Lagen, wo unsere Leidenschaft bereits vorweg die Entscheidung gesprochen hat! Wellkamp hatte niemals das Bewußtsein, diesem seinem Gedankengange, darin er eine Aussprache mit Anna als wünschenswert bezeichnete, geradwegs entgegenzuhandeln, wenn er zu gleicher Zeit begann, seiner Gattin gegenüber weit ängstlicher als früher seine Bewegungen zu überwachen, seine Miene wie seine Worte zu überlegen, und vor allem in seinem ganzen Benehmen auch den leisesten Zusammenhang mit Frau von Grubeck gleichsam schweigend abzuleugnen. Gleichwohl war auch diese Wendung, die er ihrem Verkehr gab, nur zu natürlich. Wie regelmäßig in der Entwickelung von Verhältnissen dieser Art, wuchs in dem Maße, wie der innere Entscheidungskampf jedes einzelnen der beiden Schuldigen ermattete, die Heftigkeit desjenigen, den sie gemeinsam gegen die Gegner in der Außenwelt zu führen hatten, gegen die Gläubiger, die sie schädigen, denen sie sich selbst entziehen mußten, um sich einander darzubringen.

Die Gereiztheit, in welcher Wellkamp in diesen, wie ihm schien, unruhigsten Wochen seines Daseins lebte, wurde vor allem auch dadurch hervorgerufen, daß es für ihn galt, eine Gelegenheit zu dem Schritte abzuwarten, zu dem alles in ihm als zu einer Lebensnotwendigkeit drängte. Denn ihn zu beschleunigen, war er immer noch nicht im stande, ebensowohl von der allgemeinen Unentschlossenheit seiner Natur zurückgehalten, wie von einer tief in seinen Instinkten begründeten Mutlosigkeit gegenüber den erschwerenden familiären Verhältnissen, wie sie hier vorlagen. Da gleichwohl die Begierde, mit der geliebten Frau auf irgendwelche Weise in Berührung zu kommen, überhandnahm, geschah es nunmehr zuweilen, daß er in ihrer Abwesenheit und möglichst unbeobachtet ihr Boudoir aufsuchte, um lange, lange an dem Orte sich ganz seinen Wünschen zu überlassen, wo er sie einst verwirklicht zu sehen hoffte. Aus der Luft dieses Raumes, den er hin und her durchmaß, wehte ihm gleichsam ihr Wesen entgegen, an jedem der Gegenstände ringsumher haftete etwas davon. Er konnte dann etwa das Buch öffnen, in dem sie, wie er vermutete, zuletzt gelesen, und die Seiten durchfliegen, die sie noch kürzlich in sich aufgenommen haben mußte, um so Geist von ihrem Geiste einzusaugen. Dann wieder blieb er in der Mitte des Gemaches stehen, um mit ängstlich pochendem Puls, ob niemand ihn belauschte, nach dem Sessel, in dem sie zu ruhen pflegte, den Namen der Geliebten hinüberzuflüstern:

»Dora ...«

Als das wilder werdende Spiel seiner Phantasie ihn wieder einmal so sich selbst vergessen ließ, sank er vor jenem Sessel nieder und preßte seinen Kopf in die Kissen, in denen er den Duft ihres Kleides, ihres Haares spürte. Dabei hatte er beängstigend deutlich ihre Antwort im Ohr, er hörte ihre geheimnisvolle Stimme »Erich!« rufen, und es klang wie ein Schicksalsruf. Als er in vollständiger Verwirrung lauschte, ob es nicht Wirklichkeit sei, vernahm er seinen Namen von einer andern Stimme ausgesprochen, und er hatte kaum noch Zeit, aufzuspringen, gehabt, als Anna bereits die Portière zurückgeschlagen hatte.

»Nun!?« rief er ihr sofort entgegen, und seine Stimme war, um seine Überraschung zu verbergen, unwillkürlich überlaut und heftig geworden. »Man bleibt nicht einen Augenblick allein. Ich habe Kopfschmerzen.«

»Dann solltest Du Dich nicht dem einnehmenden Parfüm aussetzen, das hier im Zimmer liegt. – Ich habe Dich von Papa zu fragen, ob Du uns statt seiner heute Abend in den ›Tannhäuser‹ begleiten willst. Das heißt, ich bleibe für meinen Teil auch gern zu Hause. Du weißt, ich bin nicht für Wagner.«

»Laß Dich nicht abhalten«, sagte er rauh und während der Ärger in ihm aufstieg, welcher ihn jetzt öfter bei der Berührung mit Anna erfaßte, die er innerlich bereits als Hindernis für seine Wünsche anzusehen gewöhnt war.

»Also Du sagst zu?« fragte sie, während sie den Blick, der ein stilles Erstaunen bei seiner Heftigkeit ausdrückte, auf ihn geheftet hielt.

Natürlich reizte ihn ihre Ruhe noch mehr.

»Jedenfalls. Man hockt hier ohnehin zu viel beieinander. Das macht languid auf die Dauer.«

»Du langweilst Dich, lieber Junge«, sagte sie begütigend. »Ich glaube, Du solltest Dir eine Beschäftigung wählen.«

Sie sah den Grund seiner häufiger auftretenden Launen einzig in seiner Beschäftigungslosigkeit, wobei es wahrscheinlich war, daß sie im letzten Grunde Recht behielt. Ihm konnte ihre einmal fixierte Auffassung, die ihre Aufmerksamkeit ablenkte, für seine augenblicklichen Zwecke nur vorteilhaft sein. Doch ward er jetzt bloß erbittert durch dasjenige, was er als »Schulmeisterei« an ihr empfand.

Er wandte sich mit einer so deutlich beleidigenden Bewegung ab, daß sie es bemerken mußte. Anna war besonnen genug, ihn ohne weitere Entgegnung zu verlassen. Sie sah solche kleinen Szenen, die in letzter Zeit nicht selten waren, ruhig an. Es würde ihr morgen ein leichtes sein, dachte sie, alles wieder zu ordnen, wenn er nicht von selbst käme. Er ergab sich leicht genug, wenn ihm Zeit gelassen wurde; auch schien er wirklich etwas gelangweilt, und die Oper würde ihn anregen, sie kannte seine Empfänglichkeit für Musik. Indessen pflegte sie auch ihre eigene Würde in solchem Falle in ihrem Verhalten abzumessen. Nach dem Vorgefallenen mit Wellkamp in die Oper zu gehen, erschien ihr nicht thunlich. So überbrachte sie Herrn v. Grubeck ihre eigene Entschuldigung und die Zusage ihres Gatten.

Der Hauptgrund, weshalb Anna dem Besuch des »Tannhäuser« von vornherein abgeneigt gewesen, lag darin, daß er von Frau v. Grubeck angeregt und ihr zu Gefallen beschlossen war. Dora hatte die Kleinlichkeit in Bezug auf ihre eigene Person, welche die junge Frau niemals verleugnen konnte, richtig berechnet, als sie die Verantwortlichkeit des ersten Schrittes, vor welchem der Mann zurückscheute, auf sich nahm. Sie konnte, während sie ihn that, das Gefühl triumphierender Rache durchkosten bei dem Gedanken an die Frau, die für den Besitz des Mannes von ihr so beleidigend wenig fürchtete. Doch war dies Gefühl nicht die eigentliche Triebfeder ihres Entschlusses gewesen, noch war ihr dieser leicht geworden. Sie hatte all diese Zeit umsomehr gelitten, als sie die Erfüllung ihres Schicksals nunmehr völlig in der Hand des Mannes glauben mußte. Je länger sie ihn unentschlossen sah, desto fieberhafter ward der Zustand, der sie zugleich zu einer erschöpfenden Aufmerksamkeit gegen ihren Gatten verdammte. Denn mit welcher Heftigkeit nach der Entbehrung ihres ganzen Lebens der Trotz gegen alles, Personen und Verhältnisse, die sie umgaben, in ihr zum Ausbruch gelangt war, blieb sie doch immer unfähig, sich ihrer Leidenschaft rücksichtslos und ohne Besinnung hinzugeben. Sie hatte sich ängstlich gehütet, die Besuche im Arbeitskabinet Herrn v. Grubecks, welche sie seit der Abwesenheit des jungen Paares zu machen begonnen, seltener werden zu lassen, und es war ihr gelungen, den freundschaftlichen Ton im Verkehr mit ihrem Gatten zu erhalten und zu befestigen. Heute nun, da sie ihn stark beschäftigt gefunden und von ihm gehört, daß er den ganzen Tag reichlich zu thun haben werde, hatte sie die Gelegenheit genützt, seine Begleitung in die Oper zu erbitten. Er hatte gefürchtet, sich tagsüber allzusehr zu ermüden, und ihr angeboten, sich von Wellkamp begleiten zu lassen. Der Ablehnung Annas war sie hinreichend sicher gewesen.

Das Ganze hatte sich zufällig und wie absichtslos gemacht; doch hätte sie, falls sich nicht jene Gelegenheit geboten, an diesem Tage irgend eine andere gesucht und gefunden. Es gibt in dieser Weise einen Steigerungsgrad in jedem lange ausgehaltenen und dabei außerordentlichen seelischen Zustande, wo eine plötzliche Abspannung notwendig wird. Sie tritt häufig in einer, bei großer geistiger Ermattung besonders mächtigen Stimmung auf, die uns späterhin als Ursache vieles Geschehenen erscheinen kann. Gleichwohl ist sie meist nicht an sich bedeutend oder verhängnisvoll und hat ihre Bestimmung nur als Ruhepunkt, der zur Vorbereitung auf künftige Stürme notwendig ist. Denn das Fahrwasser, welches wir einschlagen, braucht nicht ruhiger zu sein, als das, welches wir verlassen, nur wissen wir sicher, daß es ein anderes sein muß. Dora erhielt mit jenem Augenblick die Gewißheit, daß die Zeit der Erwartung für sie zu Ende sei.

Der Ruhemoment wurde in diesem Falle geradezu durch körperliche Abspannung herbeigeführt. Frau v. Grubeck hatte die Nacht, ebenso wie manche der voraufgegangenen, fast ganz schlaflos verbracht. Aus einem vor Übermüdung unruhigen Schlummer war sie nach Mitternacht unter Schluchzen aufgefahren. Es hatte sich wieder der Weinkrampf eingestellt, dem sie in letzter Zeit öfter unterlag. Die fieberhafte

Sehnsucht, welche in solchen Stunden bis zur Unerträglichkeit wuchs, wurde durch den bittern Trotz verschlimmert, der die gequälte Frau bei dem Gedanken erfaßte, daß dieser unmenschliche Zustand recht eigentlich die Folge und das Ergebnis ihres bisherigen Lebens sei. Darum hatte sie so lange die Widersprüche ihrer Natur gewaltsam unterdrückt, sich in Abgeschlossenheit und künstlicher Ruhe erhalten, um am Ende dennoch die unbezwinglichen Grundtriebe hervorbrechen zu sehen. Sie hatte bis zu ihrem neunundzwanzigsten Jahre jenes Dasein geführt, um nun die Arme krampfhaft nach dem Leben auszustrecken, von dem sie bisher nichts anzunehmen gewagt. – Dazu war, wie eine ausdrückliche Erinnerung an ihr verflossenes Dasein, durch ihr Ankleidezimmer, das die beiden Schlafgemächer verband, das Geräusch, welches ihr Gatte im Schlafe verursachte, zu ihr herübergedrungen.

An diesem Morgen nun hatten sich die Folgen all der seelischen Anstrengungen endlich in einer halben Bewußtlosigkeit geltend gemacht. Dora saß, das kaum berührte Frühstück noch neben sich, fröstelnd am Kamin, in dem ein starkes und schnelles Tannenholzfeuer brannte. Es kam der jungen Frau darauf an, möglichst viel Wärme auf einmal zu erhalten; sie bog sich zuweilen ungeduldig gegen die Glut vor, wenn die kalten Hände, die sie im Schoße ruhen ließ, sich immer noch nicht erwärmen wollten. Dabei schoben sich die weiten Ärmel des Nerz-Jaquets, das sie über dem hellen Morgenkleide trug, zurück und ließen den Feuerschein über ihre feinen, wiewohl etwas zu knochigen Arme, sowie über das Gesicht gleiten, das mit starren Augen und festgeschlossenem Munde in die Glut sah. Dann saß sie aufs neue bewegungslos, die Füße in den schmalen Lackschuhen, an die der schwarzseidene Strumpf über dem Knöchel elegant ansetzte, gegen das Kamingitter gestützt. Ihr Haar, bereits vollständig geordnet, vermochte nicht so wie die meisten Schattierungen des Blond, im Feuerschein Funken zu sprühen. Es bewahrte seinen matten Glanz, gleich der Hautfarbe, die unter der hin und her huschenden Beleuchtung weiß hervorblickte. Das Zimmer erhielt sein Licht nur von dem flackernden Feuer, da die grelle Sonne des Wintermorgens durch doppelte Fenstervorhänge fast vollständig abgewehrt war. –

In der tiefen Dämmerung des übrigen Raumes, die sie noch mehr in ihre wohlthuende Betäubung einlullte, vermochten die Vorstellungen ihres ermüdeten Geistes kaum an etwas anderes anzuknüpfen als an die Flamme, die sie vor ihren Augen abwechselnd heller leuchten, rauchen, zusammenfallen, wieder aufflackern sah. Und auch dies würde sie ohne Anregung gelassen haben, wenn es nicht Thatsache wäre, daß wir jede vor uns sich abspielende Erscheinung, zumeist unbewußt, mit bestimmten Vorstellungen und Ideen begleiten, die in dem Vorrate unserer früheren, ähnlichen Eindrücke und Erfahrungen bereit lagen und ihrer Anwendung warteten. Jene, uns häufig genug irgendwie von außen eingegebenen Ideenfragmente sind es ihrerseits erst, die die eigentlichen, uns als solche bewußten Empfindungen in uns hervorrufen. Mögen diese uns später den Vorgang als ein starkes Seelenerlebniß erscheinen lassen, wie wenig naiver und ursprünglicher Art sind sie dennoch nur zu häufig gewesen! Sie lassen den uns lieben Anspruch, unser eigenstes Leben zu leben, unberechtigt genug erscheinen.

Wie oft mochte dieser Frau der Vergleich des sich aufbäumenden, spielenden, kämpfenden und ersterbenden Feuers mit den analogen Vorgängen im menschlichen Leben begegnet sein, ehe ihr innerer unbewußter Sinn ihn hier auf die Leidenschaften anwenden konnte, die sie selbst durchlebte. Wie oft hatte sie ihn in sich aufgenommen als Gesprächsphrase, als Scherz, vielleicht als Dichtung. In ihrer Träumerei fanden sich Bruchstücke von Versen zusammen, die ihr in ihrer New-Yorker Zeit ein junger Mann, der eine Weile in ihrem engeren Kreise gelebt, in einer Gesellschaft, auf ein Zettelchen geschrieben zugesteckt hatte. Der junge Dichter spielte darin mit einer Stimmung, die so, wie er sie ausdrückte, niemals zwischen ihnen bestanden. Da sie jedoch nicht ungeschickt wiedergegeben war, hatte Dora sich, ihrerseits mit dem Dichter spielend, gern in sie hineingeträumt. Sie hatte das Gedicht damals häufig genug gelesen, um es auch jetzt noch, ohne sich des Wort-

lauts bewußt zu werden, gleichsam mit der Seele zu
überschauen.

»Du aber streutest die welken Zweige
Gedankenlos lässig in den Kamin …
Der warme Winter ging zur Neige,
Ein kühler Frühling ließ weiter mich ziehn.

Wir saßen einander genüber am Feuer,
Wie oftmals, in unsere Sessel geschmiegt;
Nur daß es zuletzt war, es wärmt uns kein neuer
Glutwirbel nach dem, der dort verfliegt.

Ich dachte, indes wir Beide verstummten,
Wie hoffnungslos so in Asche sank,
Was die Flammen – wie oft! – ins Ohr uns summten
Das Glück ein ganzes Leben lang.

Ich dachte, es wäre wieder zu bringen
Nicht mehr von dem Leben, das hier entschwand,
Als von dem der welken, zu frühen Syringen,
Die zerknickt Deine schmale, blasse Hand.

Du aber streutest die welken Zweige
Gedankenlos lässig in den Kamin –
Und es war, wie wenn aus der Asche steige,
Was für uns Beide gestorben schien.

Wir sahen uns an und wußten, die Flammen,
Die Sträuße, die ihre sinkende Nacht
Noch einmal erhellten, sie hatten zusammen
Uns Beiden den nämlichen Wunsch entfacht.

Sie hießen uns, unsere Abschiedswehen
Vereint zu letztem Glück zu weihn;
Es sollte das Auseinandergehen
Eine letzte Liebeserfüllung sein.«

So vage und unausgesprochen dies Alles blieb, so
verdichtete sich doch die dadurch genährte, scheinbar gegenstandslose Stimmung so weit, bis am Ende
eine ganz bestimmte Tendenz sich in der seelischen
Verfassung der jungen Frau klargestellt hatte. Sicher
würden wir erschrecken, wenn unser Bewußtsein
nach Beendigung eines solchen inneren Vorganges
noch die unsicheren, wenig bedeutenden Elemente
festzustellen vermöchte, die häufig den Grund bilden, aus welchem unsere wichtigsten, verhängnisvollen Schlüsse hervorwachsen. Wahrscheinlich
würden wir uns nur noch inniger an den Glauben
klammern, daß es eine Schicksalsmacht ist, die mit
zufälligen oder doch für uns nicht zu unterscheidenden Mitteln uns hier wie überall zu dem von ihr vorherbestimmten Ziele leitet.

Thatsächlich war der Entschluß, der Dora, als sie
endlich aus ihren Träumereien aufgestört wurde, als
Ergebnis derselben vor Augen stand, und den sie

noch am selben Tage zur Ausführung brachte, ähnlich bedeutend dem, in welchen jenes Gedicht ausklang.

Da der Beginn der Oper in die tägliche Dinerstunde fiel, so pflegte man an Theaterabenden frühzeitig etwas zu sich zu nehmen und die Mahlzeit nach der Vorstellung durch einen Imbiß zu vervollständigen. Indes hatte heute nur Wellkamp auf seinem Zimmer flüchtig gespeist. Dora fühlte sich trotz der großen Schlaffheit, die ihr noch immer die Glieder lähmte und den Kopf einnahm, nicht im stande, auch nur das Glas mit rotem Wein zu leeren, das sie auf den niedrigen Spiegeltisch ihres Toilettezimmers hatte setzen lassen. Sie hatte früher als gewöhnlich und ohne Hilfe der Jungfer begonnen, sich anzukleiden. Es war dies die einzige Beschäftigung, die sie ablenken und voll in Anspruch nehmen konnte. Dieser Raum, in dem sie sich zwischen Spiegeln und Tischen von verschiedenen Formen bewegte, welch letztere mit den zahllosen unscheinbaren und notwendigen Toilettegeräten bedeckt waren, besaß für sie etwas von der ruhigen Abgeschlossenheit und der Fähigkeit anzuregen eines Arbeitskabinets. Sie verwandte heute auf jede Einzelheit eine so ängstliche Aufmerksamkeit, daß es sie, wenn sie es gelegentlich wahrnahm, selbst unwillig machte. Dann warf sie sich wohl auf das breite, bequeme Ruhepolster, welches eine Seite des kleinen Gemaches einnahm, um

Beunruhigung zu suchen, bis hinter ihren geschlossenen Lidern von neuem die Vision des dicht Bevorstehenden, Unvermeidlichen auftauchte, auf das sie geradeswegs zuging, und das sie dennoch bis zum letzten Augenblicke nicht zu sehen wagte. Sie sprang auf und setzte ihre Toilette fort. Endlich war nur mehr eine weiße Rose als einziger Schmuck in dem mit kunstvoller Schlichtheit geordneten Haare zu befestigen. Hatte sie die Blume ungeschickt berührt? Aus der Knospe, die kaum begonnen, sich zu öffnen, hatte sich bereits eines der zarten Blätter gelöst und flatterte langsam zuerst auf die Schulter der jungen Frau, dann zu Boden. Es mußte eine von den Rosen sein, die sich unnatürlich lange nicht zu erschließen vermögen, um endlich, ohne ein äußeres Verdorren, in voller Schönheit und noch als halbe Knospe alle ihre Blätter zu verlieren. Dora wollte nach einer anderen Blume greifen, doch sie ließ es; ihre Geduld war erschöpft, und es wurde Zeit, bereit zu sein. Zwischen den hohen Spiegeln, die schräg einander gegenüberstanden, musterte sie sich noch einmal von Kopf bis Fuß. Über die fast durchsichtig lichtgraue Robe legte sich harmonisch der weiße Atlas der Sortie mit seinem leise wogenden Schwanenfederbesatz. Als Frau von Grubeck mit Hilfe des Handspiegels noch einmal aufmerksam ihr Gesicht betrachtete, das sie bisher genauer zu prüfen vermieden, erstaunte sie selbst über den fast fieberhaften Glanz ihrer Augen, der dem sonst matten Ausdruck ihrer Züge widersprach. Ein schlaffer Zug um die Nasenflügel schien ihr allzu scharf ausgeprägt, die bläulichen Adern unter den Augen allzu deutlich sichtbar. Sie hielt bereits den Puderquast in der Hand, legte ihn aber wieder beiseite. Wozu die Wirklichkeit jetzt noch verleugnen? Mochte er sehen, was sie um ihn gelitten. In der Stunde, bevor sie sich auf Gnade und Ungnade ergeben sollte, ward sie von der eigentlichen weiblichen Weichheit und Passivität ergriffen. Sie fühlte sich zu müde und abgehetzt, um noch zu trotzen und sich gegen irgend etwas oder irgend Jemand zu empören. Und was das Schuldgefühl betrifft, so gibt es Augenblicke, wo es notwendig tödlich wirken müßte, wenn es Einfluß gewänne.

Sie betrat mit Wellkamp, der ihr, ohne sie anzusehen, die Thür öffnete, zusammen das Speisezimmer, um sich von ihrem Gatten zu verabschieden, der mit Anna bei der Mahlzeit saß. Noch an ihren langen Handschuhen nestelnd, war sie mit ihrem Begleiter mehrere Schritte vor dem breiten Speisetisch stehen geblieben. Auf Herrn v. Grubecks Anordnung, der tagsüber seine Augen angestrengt, war die Beleuchtung auf eine kleine japanische Lampe beschränkt, die ausschließlich dem Tische ihr Licht gab. Die beiden hohen Figuren, die Dame ganz hell gekleidet, der Mann in schwarzem Gesellschaftsanzug, konnten, wie sie dort im Schatten neben einander standen, so daß für die Andern, im Licht Sitzenden die

Konturen ihrer modernen Toiletten verschwammen, den Eindruck machen, als seien sie aus einem alten Gemälde hervorgetreten. Die dunkle Holztäfelung des Speisesaales bildete den charakteristischen Hintergrund. Der Major machte eine dahingehende Bemerkung.

»Findest Du es nicht auch?« fragte er seine Tochter.

Anna stimmte schweigend zu. Sie hatte beim Anblick der Beiden eine blitzschnelle Regung wie von Angst und Abneigung zugleich gehabt. Es zitterte noch in ihr nach, ohne daß sie ahnte, was es sei. Wie viel später und nach wie vielem das sich inzwischen ereignet, sollte ihr die Vermutung kommen, daß dies die Eifersucht gewesen. Das unwürdige Gefühl hatte ihre vornehme Natur dieses einzige Mal, wie mit einem gehässigen Biß, angefallen. Die junge Frau glaubte nicht anders, als infolge der heutigen Szene mit ihrem Gatten nachträglich von einer unedlen Regung überrascht worden zu sein. Die im Zimmer herrschende Dämmerung begann ihr unheimlich zu werden. Unwillkürlich erhob sie sich und entzündete mit einer Handbewegung den elektrischen Draht in der Krone über dem Tische.

»Wie bleich Du bist«, sagte ihr Vater, als ihr Gesicht unter dem aufblitzenden Lichte erschien.

»Es ist gut«, fügte er hinzu, »daß Du Dich rechtzeitig entschlossen hast, zu Hause zu bleiben.«

»Du gehst hoffentlich früh zur Ruhe«, riet Wellkamp, der es gut fand, noch den leicht verletzten und verletzenden Ton von heute morgen beizubehalten.

»Bleib nur nicht auf, uns zu erwarten. Es könnte zu spät werden.«

Dora schauerte zusammen. Sie meinte in seinen Worten eine Absicht zu bemerken, die sie zu verdekken suchte.

»Wir werden wohl vor Schluß nach Hause kommen«, sagte sie. »Ich bin ziemlich müde.«

Selbst dieses kurze Lebewohl hatte sie nur durch eine äußerste Anstrengung ermöglicht. Einen Augenblick glaubte sie sich von ihren Kräften verlassen, die erst während der Fahrt langsam zurückkehrten. Sie fühlte sich freier, je mehr sie sich vom Hause und von den dort Zurückgebliebenen entfernte, deren sie bedrückende Existenz sie wenigstens für diesen Abend vergessen wollte an der Seite des Mannes, auf den zur Zeit ihr ganzes Leben gestellt war. Wie durch die Wagenfenster nur ein dichter Abendnebel zu ihnen hereinblickte, so hatte ihr Gefühl um sie her etwas wie einen Dunstkreis gelegt, durch den alles Fremde nur verschleiert und wesenlos bis zu ihnen Beiden zu dringen vermochte. Auch ward die Einsamkeit, die sie umgab, nur noch empfindlicher, als sie von der dunkeln Loge auf die Menschenmenge hinunterblickte, aus der keiner sie kannte, niemand etwas von ihr wußte, noch sie beobachtete, während die Vorgänge auf der Bühne, die bereits begonnen, nur den Eindruck von etwas Traumhaftem, weit Herüberkommenden auf sie machten. Es waren nichts als wirre Begleiterscheinungen einer Musik, welche sie nach und nach in einen Rausch versetzte, der vielleicht der erste und letzte ihres Lebens war. Die Augenblicke, in denen sich ein Leben wie das dieser Frau einmal zu solcher Höhe und Rücksichtslosigkeit des Gefühls erheben darf, sind durch Bedrückungen und Tiefen, die ihnen vorausgingen und nachfolgen, durch Kämpfe und Leiden kostbar gemacht. Vielleicht, daß jemand, der ihr Entstehen und ihren Verlauf zu überblicken vermöchte, sich der Wehmut bei diesem traurigen Glück nicht enthalten könnte.

Wellkamp empfand unbestimmt etwas ähnliches, wenn sie, die seinen Hauch an ihren Nacken wehen gefühlt, sich wendete und die Bemerkung, die er ihr zuzuflüstern hatte, von seinem Munde mit Augen absah, deren Größe und Glanz ihm fieberhaft erschien. Sie lächelte ihm zu mit einem Ausdruck, als verstehe sie nichts, als er sagte: »Es ist fast zu viel.« Thatsächlich brachte die Musik auf ihn eine förmlich entnervende Wirkung hervor. In der Begleitung der Venusbergszene mit den aus dem Brausen des Orchesters sich losringenden, tollen Violinwirbeln, die durch einfallende Trompetenmotive immer maßloser gesteigert wurden, erreichte am Ende die Leidenschaft einen Grad, wo sie für ihn in seltsamer Weise unerträglich wurde. Er mußte sich in dem Augenblicke, wo er selbst im Begriffe stand, ein neues

Glück an sich zu reißen, machtlos fühlen vor der Gewalt der Empfindung und der ungeheuren Lebensenergie, die hier auf ihn eindrang. Er kam sich dem gegenüber fast alt und jedenfalls zu wenig naiv vor, um sich noch immer mit solch voller Überzeugung einer Leidenschaft hinzugeben. Es war das erste Mal, daß er eine neue Verbindung gleichsam mit der leisen Bitterkeit auf der Zunge einging, die der Vorgeschmack des Endes ist. Und wer ein Ende absieht, ist nicht mehr jung. Wie wenig das ehemals seine Art gewesen war! Er hatte in jeder neuen Liebe zugleich einen Halt, eine Gewißheit und etwas Dauerndes erblickt, stets wieder enttäuscht und aufs neue vertrauend. Jetzt erschien es ihm in tieferem Sinne kaum noch die Mühe lohnend, zu beginnen, so unmöglich er andererseits einen Rückzug gefunden hätte. Alles in ihm drängte und rief danach, die geliebte Gestalt dort vor ihm an sich zu reißen und festzuhalten – aber er fand es nutzlos und nahezu albern, als ihm einmal der Einfall kam, auch nur mit seinem Finger ihre feine, biegsame Taille zu berühren, die von der herabgeglittenen Sortie anmutig umrahmt wurde.

Es war dies genau die Wirkung, welche die Musik auf ihn übte: das höchste Glücksverlangen verband sich mit der Entmutigung, die der Anblick einer solchen unerreichbaren Erfüllung, wie des hier Dargestellten, in ihm hervorrief. Dies machte zusammen eine ungeduldige, unfruchtbar gereizte Stimmung aus. Es drückte ihn wie eine geheime Ratlosigkeit, die erst aufgehoben wurde, als nach des Tannhäusers erlösendem Schrei mit dem Szenenwechsel der Charakter der Musik von der empörtesten, dämonischen Leidenschaft sich in die keusche Lieblichkeit des Hirtenliedes verwandelte. Wie sich dieses mit dem langsam näher tönenden Pilgerchor untermischte, berührte diese Verbindung den noch soeben unter dem heftigsten Widerstreit der Gefühle Leidenden wie ein Balsam von heiliger Einfalt, dergestalt, daß er sich nur mit Mühe der Thränen zu enthalten vermochte. Die sanfte Romantik, die damit in ihm erwacht war, zog ihn nun wieder auf besondere Weise zu Dora. Wie schon früher, fühlte er jetzt von neuem, wie die mystische Empfänglichkeit als ein wechselseitig empfundenes Band zwischen ihnen Beiden bestand. Er war sicher, daß die Schauer, die ihn in diesem Augenblick berührten, auch durch ihr Blut gingen. Mit gleich instinktiver Sicherheit aber verschwiegen sie sich Beide diese Gewißheit, da sie ahnten, daß sie nur unausgesprochen den gemeinsamen Wert haben konnte, ihr Gefühl zu befruchten.

So saßen sie auch nach Beendigung des Aktes im dunkeln Hintergrund der Loge, von niemand beobachtet, schweigend bei einander. Er hatte sich, einen Arm aufs Knie gestützt, auf ihre Hand niedergebeugt, die er wieder und wieder küßte, nicht stürmisch, sondern mit leichter Selbstverständlichkeit oder mit träumerischer Ruhe. Es war dies bei dem stillen Einverständnisse, das von Anfang geheim und jetzt mit ihrem vollen Bewußtsein und rücksichtslosen Willen zwischen ihnen bestand, die einzige Erklärung, welche Zweck und Bedeutung besaß. Dora nahm sie ohne eine Antwort entgegen, den schlanken Körper steif, wie um sich Haltung zu geben, in dem gradlehnigen Sessel emporgereckt, während die Augen, gleich unsichern Sternen in dem ganz beschatteten Gesicht, mit Mühe einen Punkt des Vorhangs fixierten, und die Muskeln ihres Gesichtes sich gewaltsam zur Ruhe zwingen mußten unter dem fast unwiderstehlichen Drängen der im Leben dieser Frau so lange unbekannten großen Leidenschaft.

Der zweite Akt gab ihnen nicht den vorhergegangenen gleichwertige Anregungen, doch vermochte sich Wellkamp bei seinem gerade jetzt wieder belebten romantischen Hange mit starker Empfindung in die Schönheiten der mittelalterlichen Welt zu versenken, aus welcher der Empfang auf der Wartburg einen so reizend anmutenden Ausschnitt gab. Er genoß den Anblick jener feinen und stolzen Kultur mit ihren vornehmen und freien Rangabstufungen, wie sie sich in den verständnisvoll inszenierten Einzelheiten dieses Empfanges zeigte, in mehr oder weniger bewußtem Gegensatze zu Geist und Formen der modernen Zeit. Gehörte er doch zu der wachsenden Zahl derer, die ihr verletztes und unbefriedigtes Gefühl in der heutigen Welt ihren Platz einzunehmen, unlustig oder auch wohl untauglich macht. Dieses

Gefühl leitete am Ende ebenso wohl seine künstlerische Empfindung und sein religiöses Bedürfnis, wie es andererseits seine Lebensauffassung, ja seine politische Parteinahme bestimmte. Bei desinteressierten Existenzen, deren geistige Persönlichkeit, so wenig wie dies überhaupt möglich ist, von zwangsweise geduldeten Schranken und Einflüssen durchkreuzt und behindert wird, läßt sich dieselbe thatsächlich zuweilen mit allen ihren Äußerungen auf eine solche Grundtendenz zurückführen.

Indes ward die Aufmerksamkeit des jungen Mannes abgelenkt, als er Dora sich wiederholt ermüdet zurücklehnen sah. Die Musik habe sie doch noch stärker angegriffen als sie gemeint, sagte sie. Er zog die Uhr. »Es ist kaum zehn.« Ihr Blicke trafen sich, sie schlug den ihren nieder. Jedes hatte den Gedanken des Andern verstanden, daß man nicht heimkehren dürfte, bevor man nicht sicher wäre, die Zurückgelassenen nicht mehr vorzufinden. Dann wandten sie wieder eine scheinbare Aufmerksamkeit den Vorgängen auf der Bühne zu.

Sie verweilten auch noch in der Pause, während welcher sie mit gezwungener, zuweilen leicht zitternder Stimme gleichgiltige Bemerkungen über die Vorstellung austauschten, und den größten Teil des letzten Aufzuges. Gegen elf und kurz vor der abermaligen Verwandlung zur Venusbergszene, die Beide in diesem Augenblick scheuten, brachen sie auf. Die Bewegung, mit der Wellkamp die Geliebte in den Wagen hob und sich an ihrer Seite niederließ, war die erste, durch welche er gleichsam von ihr Besitz ergriff, durch welche er sie und sich selbst fühlen ließ, daß sie voll und ohne Störung zu einander gehörten.

In der Dunkelheit des Wagens glaubte er einmal einen tiefen Atemzug zu hören, der in ein leises, leises Schluchzen ausklang. Er ergriff mit zärtlicher Bewegung ihre beiden Hände, welche ängstlich kalt waren und bei seiner Berührung erzitterten.

»Du hast Furcht?« fragte er, und keines von ihnen beachtete dieses erste Du.

»Warum?«

»Weil ich Dich lieb habe.«

Ihre Stimmung ward erst wieder heimlicher, als sie, in den Flur des Hauses eintretend, alles bereits dunkel fanden. Wellkamp geleitete die junge Frau, die dennoch, obschon nur aus körperlicher Müdigkeit, zuweilen den Schritt verzögerte, mit zärtlicher Sorgfalt die Treppe hinan. Auch droben waren, außer einer weit heruntergeschrobenen, alle Flammen ausgelöscht. Er machte Licht, sodann war er Dora behilflich, ihre Toilette zu ordnen. Sie waren zusammen vor den Pfeilerspiegel der Vorhalle getreten, in dem ihre Blicke einander suchten. Er sah ihr mit einem leise fragenden Lächeln in die Augen, in denen jener traurige Fieberglanz einer leichten zärtlichen Koketterie Platz zu machen begann. Dankbar streifte er mit seinen Lippen ihre Schulter. Dann tasteten sie sich zusammen durch das ganz düstere Speisezimmer, in welchem sie aus einem Winkel von einer winzigen blauen Flamme her das Summen des Theekessels begrüßte. Als Wellkamp hier sowie nebenan in Doras Boudoir das Licht entzündet hatte, setzte er sich still auf seinen Platz am Speisetisch, um der Geliebten zuzusehen, die den Thee herrichtete. Den Kopf in die Hand gestützt, folgte er ihren Bewegungen, wie sie ging und kam. Als sie endlich mit seiner Tasse auf der silbernen Platte vor ihm stand, griff er nicht sogleich zu. Er sah zu ihr auf; ihr Gesicht hatte durch die langen Wimpern, welche über ihre zu ihm gesenkten Augen hingen, einen Ausdruck wie das einer Schlafwandelnden erhalten. Als er ihren Blick gefunden, sagte er ihr, daß sich ihr Haar, wohl beim Hutabnehmen, ein wenig gelöst habe. Er war entzückt, einen wie reizend intimen Ausdruck es so ihrer Gestalt gäbe. Sie wollte es wieder ordnen, dabei erfaßte sie die Rose, die nur noch locker darin hing, und nun vor ihn hin auf das Tischtuch fiel. Sie hatte noch mehr Blätter verloren; er bog die, welche sie noch besaß, auseinander und küßte sie einzeln. Dann nahm er auf gleiche Weise Doras schlanke Finger in seine Hand, um jeden zu küssen, wie wenn er nochmals eine Rose entblätterte. Sie bat ihn, sie loszulassen; sie fürchtete, das Theegeschirr fallen zu lassen, das sie noch immer mit einer Hand hielt. Als er ihr nicht gleich willfahrte, berührte sie schnell, mit reizender, halb mädchenhafter Bewegung, mit den Lippen seine Stirn. Darauf gab er sie frei.

Sie saßen lange, während der Mahlzeit und nachher, einander gegenüber. Allmählich begann er ihr von seinem früheren Leben zu erzählen, harmlose Kleinigkeiten, denen sie mit stiller Aufmerksamkeit zuhörte. Zuweilen anknüpfend, teilte auch sie ihm Erlebnisse und Eindrücke aus ihrer Heimat und aus vergangenen Tagen mit. Keines von ihnen gedachte der jetzigen Verhältnisse; es war, als hätten sie alles vergessen, was sie trennte, und seien sich nur dessen bewußt, was sie zusammenhielt, ihrer Liebe.

Viel später sollte Wellkamp, und niemals ohne Herzklopfen, sich dieser friedlichen Augenblicke als des einzigen, wehmütigen Glückes erinnern, das ihm diese traurige Verbindung geschenkt. Er fragte sich dann wohl, ob jene Liebe nicht doch von der Art gewesen sein müsse, die ein, wenn noch so winziges Korn des Heiligen in sich trägt; nur daß dieses, unter der unfreundlichen Hand des Schicksals, nicht hatte sprießen dürfen. Er hätte es sonst als ein Rätsel empfunden, wie aus dem Untergrunde von Schuld und Leiden, auf dem jene Verbindung ruhte, ein Idyll, wie dieses, hatte erblühen können.

VII

Am nächsten Morgen hatte Dora sich zeitiger erhoben, als es seit Jahren ihre Gewohnheit war. Sobald sie Herrn von Grunbeck in seinem Zimmer wußte, war auch sie in ihr Boudoir hinübergegangen, und ihr Frühstück, bei dem sie sonst eine lange, träumerische Stunde verweilte, war beendet, als drunten die aufschlagenden Hufe ihr den Ausritt ihres Gatten und Annas ankündigten.

Das Zimmer, das sie nun sofort aufsuchte, pflegte sie bis vor kurzem wenig genug zu betreten, obwohl es bei der Einrichtung, die sie von Anfang an ganz dem Major überlassen, recht eigentlich für sie beabsichtigt worden. Herr v. Grubeck hatte, da Dora damals in ihrer Brautzeit noch zuweilen vor ihm musizierte, eben das Musikzimmer gewählt, um einen Raum besonders ganz nach dem Wesen und der Eigentümlichkeit der Bewohnerin abzustimmen. Dora, welche wenig von seinem rein künstlerischen Geschmack besaß, hatte das hübsche Ergebnis, das ihr Gatte hierin erzielt, kaum zu würdigen gewußt. Der feine Geschmack, der für sie mit der Lust am Gefallen ab- und zunahm, hatte in ihren Interessen erst dann wieder eine über das Gewöhnliche hinausgehende Rolle zu spielen begon-

nen, als das Erscheinen Wellkamps der Gleichgiltigkeit und Müdigkeit ihres Daseins ein Ende gemacht. Mit dem Auftauchen des Zweckes hatte
auch der kokette Schönheitssinn von neuem seine
feinen Blüten getrieben. Die junge Frau lächelte,
während sie sich langsam am Flügel niederließ, bei
dem Gedanken an die vielen Morgenstunden, in denen, so flüchtig sie vielleicht den Geliebten gesehen,
jedesmal ein neuer kleiner Kunstgriff in ihrer Toilette ein wenig dazu beigetragen haben mochte, sie
dem jetzt erreichten Ziele näher zu bringen. Sie erinnerte sich, wie ihre frühere zeitweilige Neigung,
durch Umgehung einer eigentlichen Morgentoilette
das spätere lästige Umkleiden zu vermeiden, seit
der ersten Begegnung mit Wellkamp sogleich verschwunden war. War sie nicht erst seitdem recht des
Vorzuges inne geworden, den für ihre schlanke und
diskrete Schönheit ein anspruchsloses, wenngleich
überlegtes Negligé bedeutete? Für heute indes, für
den Augenblick, da ihr Glück sich endlich erfüllt,
hatte sie die Ausführung eines ganz neuen, eigenartigen Einfalles bestimmt. Schon seit sie in letzter
Zeit ihre lange vernachlässigten musikalischen
Übungen wieder aufgenommen, hatte sie bemerkt,
wie harmonisch alles in diesem Raume sich gleichsam um sie her legte wie die Falten eines auf ihre
Gestalt zugeschnittenen Gewandes. An diesem
Morgen nun trug sie das Gewand, dessen Komposition ihr auf solche Weise eingegeben war. Gleich

dem Gemache war es im Empire-Styl ausgeführt, der mit seiner vornehmen Gradlinigkeit zur Umrahmung schlanker Glieder erdacht zu sein scheint. Dabei wurde eine etwaige Steifheit durch kleine, vom modernen Geschmack hinzugethane Extravaganzen sofort wieder aufgehoben, ebenso wie aus den feierlichen Formen ringsumher hier und da eine Rokoko-Spielerei hervorsprang in der Art einiger hübsch ausgeführten Fresken, musizierende Amoretten darstellend. Die Nüance des Kleides stimmte völlig mit der hell-lila Seide überein, in der alles, Wand- und Möbelbezüge wie Portièren und Teppiche, gleichmäßig gehalten war. Dora war, als sie sich umwendend ihr Bild in dem Pfeilerspiegel zwischen den Fenstern begrüßte, selbst erstaunt, wie unübertrefflich die matte und dabei helle Farbe mit ihrem durchsichtigen und doch auch im vollen Licht immer wie beschatteten Teint harmonierte. In ihrem halb unbewußten Bedürfnis nach Dämmerung schlug sie die Fenstervorhänge übereinander, so daß sie nur oben, wo sie auseinanderfielen, etwas volles Licht hindurchließen, das, vom Spiegel reflektiert, über den leichten Nackenflaum der am Flügel Sitzenden huschte. Sie hatte leise mit einer Hand zu präludieren begonnen, wobei ihre träumenden Sinne weniger den abgerissenen, wie zufälligen Tönen als den Bewegungen ihrer biegsamen Finger folgten. Während einiger Augenblicke blieb sie in die naive Bewunderung der eigenen Reize versunken, die auch wohl raffinierten Frauen nach der Erlangung eines Glückes, so groß, daß es fast unbegreiflich erscheint natürlich ist.

Von dem triumphierenden Glücksgefühl, mit welchem Dora heute Morgen nach ruhig durchschlafener Nacht erwacht war, und das diese ersten Stunden – auf wie lange? – ohne Verbitterung blieb, war in dem Liede, das sie dann nach den vor ihr stehenden Noten anschlug, kaum etwas zu spüren. Dora aber sang es mit jener Melancholie des Glücks, die, vermöge der seltsamen Macht des Gegensatzes, uns das Lustgefühl doppelt durchkosten läßt. Übrigens konnte allen ihren Dispositionen nichts besser angepaßt sein als diese, von einem jungen Komponisten, den sie bevorzugte, herrührende Komposition des Geibelschen »Die stille Wasserrose«. Sie war ganz geeignet, diese weniger in die Tiefe gehende und aufwühlende, als mit sicherem Geschmack eine komplizierte Empfindlichkeit berührende Musik zu verstehen. Das Charakeristische der Melodie war eine auch in augenblicklichen Steigerungen gleichsam resignierte Weichheit und die unmerklich fesselnde Monotonie ihrer wellenförmigen Gangart. Gleich den wechselnden und sich wieder erneuernden Klangfiguren, die in immer neuen Tönen stets den selben Gedanken ausdrückten, fluteten die eigenen Gedanken der Spielerin, in vagen Wellen, fort ins Unendliche, um stets zu dem einen festen Punkt zurückzukehren.

Während sie nach Beendigung des Liedes, die Lippen leicht geöffnet und die Hände lässig auf die Tasten gelehnt, die wachgerufene Bewegung in sich ausklingen ließ, meinte sie, mehr vielleicht durch sympathische Ahnung als durch eigentliche Sinneswahrnehmung, die äußere Thür des Zimmers hinter den davorgelegten Portièren sich öffnen zu hören. Unter einer süßen Spannung, abzuwarten, sich belauschen und überraschen zu lassen, begann sie wiederum, und es war abermals Melancholie, aber eine sozusagen wirklichere, mehr greifbare, die der Komponist in dem »Lied der Ghawâze« des Prinzen Schönaich-Carolath behandelt hatte. Statt der unsichern Traumstimmung, die im vorhergehenden Stücke geherrscht, fand sich hier das tiefe Aufschluchzen eines Menschenlebens ausgedrückt. Die Sängerin war selbst von der wunderlichen Situation mehr und mehr hingerissen, so daß die kurzen, abgerissenen Verse in ihrem Munde eine überraschende Wiedergabe erfuhren.

> »...Falsch meine Liebe,
> Echt nur mein Leid ...«

Sie war selbst erstaunt, einen so ganz von der wahren Stimmung durchtränkten Ausdruck zu finden. Wirklich war während des Gesanges sogar ihre Stimme weicher geworden; sie schien ihre gewöhnliche Härte zugleich mit dem Zwange abgelegt zu haben, der ihr im alltäglichen Verkehr gewohnt war, und dessen sie in diesem Augenblicke und unter dem Deckmantel, den ihr die fremden Worte verliehen, nicht bedurfte.

Der Lauscher hinter dem Vorhange wurde von dem intimen Einblick, der ihm so unvermutet in die Seele der geliebten Frau eröffnet schien, seltsam und tief berührt. Er dachte nicht daran, zu unterscheiden, was in dieser Stimmung Wesentliches und Bedeutendes, was nur Augenblickliches und paradoxe Selbsttäuschung darin sein mochte. Er wurde vollends überwältigt durch ihre ausdrucksvolle und dabei so schlichte Klage

»Keiner hat lieb mich
Auf dieser Welt –«

dergestalt, daß er mit ziemlich heftiger Bewegung hervortrat und den fast schmerzlichen Vorwurf nicht zurückhielt:

»Wie magst Du das aussprechen!«

Er erstickte den kleinen Schrei, den sie bei seinem plötzlichen Erscheinen ausstieß, mit seinen Lippen. Da durch den leichten Schreck die eigentümliche Spannung der letzten Augenblicke gelöst war, gab Dora sich seinen Liebkosungen mit zärtlicher Zufriedenheit hin.

»Du hast mir mutwillig eine ganze Viertelstunde unseres kostbaren Zusammenseins geraubt, Du

Horcher an der Thür,« sagte sie. »Was Du gehört hast, war nur Deine gerechte Strafe.«

Sie richtete sich, wie er über sie geneigt stand, an seinen Schultern auf, um lässig an ihn gelehnt den Raum zu durchschreiten. Dabei gab sie sich kaum die sonst stets gewohnte Mühe, das leichte Nachziehen ihres linken Fußes zu verbergen. Es war, als sollte in solchen ersten, seltenen Stunden ihrer Verbindung, recht im Gegensatz zu all ihrem früheren Leben, die Intimität ihrer Liebe keine Grenzen kennen.

Die Begrüßung war zärtlich und still gewesen; erst allmählich kam wieder die ungestüme Leidenschaft des vergangenen Abends über sie. Sie wiederholten sich die Liebesworte, die sie für einander gefunden, und belebten mit halben Worten die süßen, erst so frischen Erinnerungen. Ein weiter, vor den Kamin geschobener Sessel hatte sie Beide aufgenommen. Zu dem engen Beisammensein teilten sich ihre Körper die Wärme gegenseitig mit, die sie von dem zu ihren Füßen flackernden Feuer erhielten. Zugleich schien diese Flamme sie wecken und beleben zu wollen mit ihren über sie hinhuschenden, spielenden und lockenden Reflexen, die Wellkamp mit seinem Finger liebkosend auf den Händen der Geliebten verfolgte. Dann riß er sie wieder mit sich in einem jener plötzlichen, wilden Anfälle, die sie in seiner nervösen, springenden Natur vorausgeahnt, und die sie dennoch in dieser ersten Nacht so unbeschreiblich süß erschreckt hatten. Bevor sie sich jedoch seinem Drängen ganz überließ, fand sie einen Augenblick zu einer von dem leidenschaftlich Erregten kaum bemerkten, wunderlichen Bewegung. Sie hatte kurz das Haupt erhoben, den Blick nach oben gerichtet, und zwischen ihren wie inbrünstig halb geöffneten Lippen hervor drang ein kaum hörbarer Ausruf, ein »O Gott!«, das als ein Dankgebet und als ein Flehen um Verzeihung gedeutet werden konnte, und das vielleicht beides in einem war.

Als er sie endlich frei gelassen, entfuhr diesen selben Lippen ein seltsam klirrendes Lachen, wie wenn zwei Messer in schneller Wiederholung leise aufeinander stießen. Sie hatte solche überraschende Umschläge ihrer Stimmung, die vielleicht ihr Instinkt nach der seinigen zu richten wußte. Jedenfalls fand sie genau den rechten Ton und Ausdruck wie eben jetzt den, womit sie ihr Gesicht, das ein wenig Farbe bekommen, dem seinen ganz nahe brachte. So hatte sie die Genugthuung, den schlaffen Zug, der augenblicklich darin lag, und die kleinen, seine Augenlider zusammenziehenden Falten, welche den Blick plötzlich so nüchtern erscheinen ließen, sogleich wieder verschwinden zu sehen. Sie lachte noch einmal, und wie zuerst ihren Schreckensausruf, so nahmen jetzt seine Lippen dieses Lachen von den ihren fort. Er liebte an Dora diese Unberechenbarkeit der Stimmungen, die ihn nie von einem Zustand, in den sie ihn versetzt, sich völlig erholen, nie ganz zur Besinnung kommen ließ. Sein Durst nach wechselnden, flüchtigen und doch starken Eindrücken hatte im Verkehr mit ihr Nahrung erhalten, und es ließ ihn mit einer Art nachsichtigen Mitleids lächeln, als ihm jene Frage Annas, die sie während der ersten, vertrauten Aussprache an ihn richtete, einfiel, ob er denn eine Frau lieben könnte, die er nicht verstände? War doch eben das Fremde, Unbegreifliche in dieser Frau ein Bestandteil der großen Anziehungskraft, die sie auf ihn ausübte. Unter diesem Eindruck schien ihm der Grund, weshalb die Intimität mit seiner Gattin ihn auf die Dauer nicht befriedigt hatte, vorwiegend in der übergroßen Einfachheit ihrer Natur zu liegen. Es blieb in Annas Seele zu wenig Unausgesprochenes, nicht Offenkundiges zurück, und wenn es Verborgenes darin gab – und welche Frau hätte nicht den, vielleicht ihr selbst unbekannten Instinkt, von dem Reize des Rätselhaften auch für den vertrautesten Geliebten stets etwas zurückzuhalten! – So war es doch nicht der Art, seine Phantasie dauernd zu beschäftigen.

Jenes seltsame Mitleid, das sich hier zuerst deutlich geregt, überwog während der ersten Zeit seines neuen Glücks in Wellkamps Gefühlen für Anna. Es kam ordentlich warm über ihn, als er sie beim Frühstück so still ihres Hausfrauenamtes walten sah. Die Erinnerung, wie inbrünstig er gestern Abend jene andere Hand geküßt, die ihm den Thee gereicht, schien ihm etwas wie einen traurigen Schatten über die Gestalt der ernsten jungen Frau zu legen. Er hätte sie gern sein Glück teilen sehen: es war unbegreiflich, wie der Egoismus der glücklichen Liebe für jetzt jedes Schuldgefühl von ihm ausschloß. Dora, welche der Major wegen ihres frischen Aussehens belobte – »Du solltest noch viel fleißiger Musik treiben, nun Du weißt, wie gut sie Dir thut«, sagte er –, triumphierte heimlich über die ahnungslose Feindin, in deren Täuschung ihr Geliebter, wie ihr schien, sehr viel Geschicklichkeit setzte. Doch war die Unterhaltung Wellkamps, welche sie so auslegte, durchaus aufrichtig. Auch sah Anna in den Aufmerksamkeiten, die ihr Gatte ihr seit langem nicht so in alter Weise gewidmet hatte, nicht anderes als das Bestreben, den unfreundlichen Vorfall des gestrigen Tages vergessen zu machen, das sie ihrerseits von Herzen erwiderte. Ihr Gespräch ward mehr und mehr vertraulich, zuweilen selbst von einer scherzenden Vertraulichkeit.

»Magst Du mich heute Nachmittag auf einem Ausgange begleiten?« fragte Anna.

Er nahm eifrig an.

»Es kommt mir sehr gelegen, feurige Kohlen auf Dein Haupt sammeln zu können, nachdem Du uns gestern Deine Begleitung in die Oper abgeschlagen hast. Aber es ist wahr, daß für meine ernsthafte Frau die Musik von gestern Abend nicht gemacht worden ist.«

Dora, die die letzten Worte für eine leichte, frivole Anspielung nahm, blickte unter einem kleinen boshaften Vergnügen errötend vor sich nieder, während Anna ruhig fortfuhr:

»Es handelt sich nämlich um die Gründung eines Mädchengymnasiums, nach Schweizer Muster, weißt Du. Eine ehemalige Bekannte hat mich zur ersten Zusammenkunft des Komitees aufgefordert, dem ihr Mann angehört. Es ist natürlich ein Privatunternehmen. Der Staat kümmert sich ja nicht um uns«, setzte sie mit naiver Geringschätzung hinzu. Wellkamp wurde dadurch belustigt.

»Das mag interessant genug werden,« sagte er, »euch Emanzipierte einmal unter euch zu sehen.«

Zur bestimmten Zeit stellte er sich bei ihr ein und fand sie mit der Beendigung ihrer Toilette beschäftigt. Er prüfte letztere, während er im Rücken der jungen Frau, auf dem Divan sitzend, seine Handschuhe glättete. Sie fragte über den Sitz des schlichten dunkeln Rockes um seinen Rat, und indes er seine Meinung ausprach, war ihm zu Mute, wie wenn er zu einer vertrauten Schwester redete, von der ihn kein Geheimnis trennte. Er mußte, als sie zusammen das Zimmer verließen, sich besinnen, um nicht von seinem Glücke zur ihr zu reden, so groß war die moralische Verwirrung seines neuen Zustandes. Der Traum seiner Liebe vereinigte alles ringsumher für ihn zu einem harmonischen Ganzen, in welchem Freundschaft und Vertrauen an seinem Glücke freundlich teilnahmen, und worin Täuschung, Mißtrauen und Schuld sich nicht fanden.

Diese seine Gefühle sollten sich nur allzu schnell ändern. Man hätte sogar meinen sollen, es sei für den Stand seines Verhältnisses zu Dora bezeichnend, wie Wellkamp sich in seinem Benehmen und seinen Gesinnungen zu seiner Gattin verhalte. Sicherlich hätte daher die schnelle und traurige Entwicklung jenes Verhältnisses ihn noch ungleich mehr niedergeschlagen, wenn er bei der Art, wie er bald darauf Anna gegenüberstand, sich der Freundlichkeit erinnert hätte, die noch vor wenig Wochen zwischen ihnen geherrscht. Er gab frühzeitig der Neigung nach, die in den Beziehungen mit seiner Geliebten aufgetauchten Schatten dadurch auszugleichen, daß er sich in offenen Gegensatz zu ihrer Feindin stellte. In dem Maße, wie die Bande zwischen ihnen sich lockerten, suchten und fanden die beiden Schuldigen eine neue und vielleicht letzte Zusammengehörigkeit in der gemeinsamen Abneigung gegen die von ihnen betrogene Frau. Das beifällige Aufleuchten von Doras Blick machte Wellkamp Mut zu den Demütigungen und selbst Gehässigkeiten, zu denen sich seine üble Laune gegen Anna allmählich steigerte.

Einmal in eine solche Feindseligkeit eingelebt, wobei ihn seine gewohnten sophistischen Auslegungen nur zu wohl unterstützten, war es ihm ein Leichtes, sie auch auf den Vater seiner Gattin auszudehnen, der zugleich der Mann seiner Geliebten war. Die bisher in ihm niedergehaltene, wilde und paradoxe Eifersucht des Liebhabers auf den Gatten ward jetzt erregt, wie er sie auch immer vor sich selbst verleugnen mochte. Sie war da und blieb da mit der ganzen Unlogik einer Leidenschaft, und sie ward nicht dadurch erträglicher, daß er ihr bei den besonderen Umständen, die in der Ehe geherrscht, die Berechtigung bestritt. Indes war die Erklärung, die er seiner nunmehrigen Gegnerschaft mit dem Major gab, gleichfalls wohl einzusehen. Thatsächlich trat bei dem jetzigen Stande der Dinge der tiefe Gegensatz in den Naturen der beiden Männer, der ehemals durch günstigere Umstände so wenig wie möglich fühlbar gemacht war, in seiner ganzen Schärfe hervor. Was war aus der offenen Sympathie geworden, die in der guten Zeit ihres Verkehrs zwischen den Männern geherrscht, was aus der gefälligen Rücksichtnahme, die Wellkamp diesem bescheideneren Geiste gegenüber, der für ihn gleichwohl etwas von väterlicher Autorität besaß, immer beobachtet hatte. Nun war es eben die Einfachheit der Natur Herrn v. Grubecks, die den komplizierten, weniger durchsichtigen Menschen in Wellkamp abstieß, ja beleidigte. Die Rückhaltlosigkeit und innere Freiheit des Wesens, die trotz der seelischen Krisen, die auch sie zu überstehen gehabt, diese Soldatennatur nie ganz verloren hatte, kamen ihm wie ein schweigender Vorwurf für alles das vor, was von seinem eigenen Leben verborgen und schuldig war. Sehr bald begann er sich zu fragen, ob Herr v. Grubeck in Wahrheit so ahnungslos sei, wie es den Anschein habe, und seiner wachsenden Empfindlichkeit ward es nicht schwer, in den gleichgiltigsten Gesprächen Anspielungen zu entdecken, die ihn zittern machten. In der Scham, die ihm diese Furcht verursachte, beschäftigte er sich ernstlich mit dem Gedanken an eine Explosion und eine Ausprache. Endlich gelangte er in Reizbarkeit und Trotz dahin, eine Gelegenheit hierzu zu suchen, wenn der Andere nicht den Mut besaß, sie herbeizuführen. Dennoch dauerte es eine geraume Weile, ehe der Wunsch, der unerträglichen Unsicherheit seiner Lage ein Ende zu machen, die Oberhand über den natürlichen Widerwillen gegen einen derartigen Schritt behielt. Noch dazu bedurfte es einer Gelegenheit, wo seine üble Laune rein zufällig die Sache auf die Spitze trieb, ohne daß er eigentlich beabsichtigt hätte, den entscheidenen Schlag zu führen. Der Anlaß war von jener Kleinlichkeit, bei der nur die Streitsucht in einer Familie nicht scheut, sich aufzuhalten. Es ist, als würde hier die Wichtigkeit, welche gerade die unscheinbarsten Bande und Einverständnisse für eine glückliche Vertraulichkeit besitzen, dadurch bewiesen, daß andererseits auch kleine Differenzen unter den nahe bei einander Lebenden von größerer Wirkung sind als unter Entfernteren.

Wellkamp fand eines Tages seinen Schwiegervater damit beschäftigt, eigenhändig den Vorhang herabzunehmen, welcher die Verbindungsthür zwischen den beiden zu einem Haushalt vereinigten Wohnungen verdeckte. Die kleinen Sorgen um das Interieur seiner Kinder, welche der alte Herr von jeher zu seinen Beschäftigungen gezählt hatte, das Vertauschen einer Dekoration, das gelegentliche Umstellen einiger Möbel, hatten neuerdings ebenfalls Wellkamps Mißfallen erregt. Er trat ungeduldig hinzu.

»Darf man wissen, was Sie vorhaben?« fragte er.

Der Major, ganz vertieft, beachtete kaum den gereizten Ton, in dem die Frage gestellt war und an den er übrigens in letzter Zeit durch den jungen Mann gewöhnt war.

»Sehen Sie sich nur den Stoff an, dort auf dem Stuhle«, rief er von seiner Trittleiter herab. »Er hat den Vorzug, mit der Bekleidung der beiden Räume gleichmäßig zu harmonieren. Ich komme heute endlich dazu, ihn statt dieses häßlichen Fetzens anzubringen, der mir damals bei unsern Einkäufen auf dem Halse geblieben ist, und für den ich keine andere Verwendung hatte als diese.«

Der Andere wurde durch den ruhigen Ton der kleinen Auseinandersetzung noch mehr gereizt.

»Gestatten Sie mir, Ihnen zu bemerken, daß ich erwartet hätte, Sie würden mir von Anschaffungen, die meinen Haushalt so gut betreffen wie Ihren eigenen, vorher Mitteilung machen.«

»Aber meine Tochter hat mich ja gerade erst darauf aufmerksam gemacht. Ich dachte, Sie wüßten –«

Betroffen durch die unerklärliche Heftigkeit war Herr v. Grubeck die Stufen der Leiter herabgeklettert und wies auf Anna, die, durch die laute Stimme ihres Gatten aufmerksam gemacht, soeben eintrat.

»Ich bin nicht benachrichtigt«, fuhr Wellkamp von neuem auf, froh, seinen Unmut auf Anna ausdehnen zu können, »und ich bedauere die Übereilung meiner Frau. Ich meinerseits würde von der Ausgabe abgeraten haben.«

Herr v. Grubeck wechselte abermals einen erstaunten Blick mit seiner Tochter, die berechtigten Grund hatte, im allgemeinen sich selbst für den sparsameren und unötige Ausgaben unterdrückenden Teil des Wellkampschen Haushaltes zu halten.

»Die Ausgabe ist ja minimal, und –«

Wellkamp unterbrach seinen Schwiegervater mit einer heftigen Bewegung und nahm, ohne nur die Unschicklichkeit und Lächerlichkeit seines Gebahrens zu fühlen, einen neuen Anlauf. Es war ihm plötzlich die Idee gekommen, die Situation für seinen längst gehegten Vorsatz auszunutzen. Er konnte jetzt endlich erfahren, ob dieser versteckte alte Mann etwas wußte oder nicht.

»Wenn die Ausgabe«, sagte er mit absichtlich beleidigendem Tone, »durchaus gemacht werden mußte, so konnte man vielleicht, statt den Vorhang anzubringen, noch summarischer gleich das Loch vermauern. Das Spionieren, das diese bequeme Verbindung mit sich zu bringen scheint, würde dann wohl vermieden werden.«

Seine Erregung war nur noch künstlich während

dieser Worte, deren Wirkung er, innerlich ganz ernüchtert, beobachtete.

Indes schienen die Worte selbst ohne besonderen
Eindruck zu bleiben. Es war mehr die Art, wie sie
gesprochen, die den Major irritierte.

»Ich finde, daß Sie da einen Ton –«

Anna legte dem nun seinerseits sich erhitzenden
alten Herrn von hinten sanft die Hand auf die Schulter und zog ihn bei Seite, während sie ihrem Gatten
ein bittendes, wiewohl energisches Zeichen gab, den
unerquicklichen Auftritt durch seine Entfernung zu
beendigen.

Wellkamp fand es gut, dem Winke nachzugeben,
worin er seiner, durch jene seltsame nervöse Anspannung in zugespitzten Situationen bewirkten
Geistesgegenwart folgte. Mit wenigen raschen und
lauten Schritten eilte er durch den ersten Raum seiner eigenen Wohnung, wie wenn er ihn durch den
jenseitigen Ausgang sogleich wieder verließe, um
dann plötzlich, mit höchster Vorsicht und alle Sinne
angestrengt, an die nur angelehnte Thür zurückzu-
schleichen, hinter der er den Major leise reden hörte.

»Was mag er nur haben? Seine Stimmung wird immer unerträglicher.«

Anna suchte ihren noch ziemlich erregten Vater
zu beruhigen.

»Er ist so nervös, weißt Du; man muß ihm einiges
nachsehen«, sagte sie und setzte hastig, wie um den
Alten nicht zu Worte kommen zu lassen, hinzu:

»Ich glaube nämlich schon seit einiger Zeit, daß er zu sehr an Aufenthaltsveränderungen gewöhnt ist, um ununterbrochen hier bleiben zu mögen. Die Aussicht, auf Jahre hinaus hier still zu liegen, macht ihn ungeduldig, und er scheut sich, besonders Deinetwegen, es einzugestehen. Du sollst einmal sehen, daß sich das ändern wird, wenn ich ihm gelegentlich eine längere Reise vorschlage; wir könnten sie vielleicht gleich mit Beginn der bessern Jahreszeit antreten. Bis dahin«, wiederholte sie in leise bittendem Tone, »müssen wir ihm schon noch einiges nachsehen.«

»Das thun wir seit langem« brummte der alte Herr, »aber sein Betragen sieht ja jetzt bald nach Verfolgungswahnsinn aus. Was meinte er von spionieren? Sprach er nicht davon?«

»Alter Narr!« dachte Wellkamp, während er die Beiden sich drüben entfernen hörte.

Das Erhorchte hatte natürlicherweise seiner Unruhe ein entschiedenes Ende gemacht. Die Gereiztheit der letzten Zeit war vorläufig an ihm gänzlich verschwunden. Statt dessen nahm er als Verkehrston mit seinem Schwiegervater eine überlegte, kühle Höflichkeit an, während er seine Gattin so viel wie möglich unbeachtet ließ, wie um ihr seine Unzufriedenheit zu bezeigen. Es ist wahr, daß ihm das teils Lächerliche, teils Empörende seines Verhaltens nicht völlig entging. Nur gelang es fürs erste noch, sich über seine innere Demütigung mit der selbstsüchtigen Kraft seiner Leidenschaft hinwegzusetzen. Wenn von einer glücklichen Folge jenes beschämenden Auftrittes geredet werden konnte, so war es die, daß wenigstens für eine geringe Frist der schmerzliche Verfall, dem Doras und Wellkamps Verhältnis entgegenging, aufgehalten ward. Während dieses Stillstandes schien äußerlich ihre erste Intimität unbeschränkt wiederhergestellt. Wodurch nur war sie zuerst angegriffen worden? Wenn schon der Keim der Auflösung, der unausrottbar allen diesen Verbindungen innewohnt, irgendwo zum Ausbruch kommen mußte, wo zeigten sich seine toten Blüten zuerst? –

Dora war vielleicht nicht mehr jung genug und jedenfalls durch die Prüfungen und Krisen ihres Lebens zu sehr in ihrer so unglücklichen Eigenart befestigt, um selbst durch die große Leidenschaft noch von Grund aus umgestaltet werden zu können. Die Bildung, die das Unglück gibt, ist so grausam unverwischlich! Was sie ehemals, während ihre widerstrebende Natur und hindernde Umstände ihr jedes Glück verweigerten, als armseligen Ersatz zu nehmen gewöhnt war, nämlich im Verkehr mit jedem Manne, der sich ihr näherte, die Herrschaft zu führen und, solange er sich in ihrem Kreise befand, sein Schicksal zu sein – das war ihr zum Bedürfnisse geworden, das sie auch jetzt nicht verleugnen konnte. Hat sich einmal solch eine »zweite Natur« im Menschen gebildet, so pflegt sie stärker zu sein als jeder ursprüngliche Instinkt.

Kaum war daher der erste, glühende Rausch der Leidenschaft, in der endlich das so lange verleugnete und kasteite Weib in ihr sein Recht erhalten, verflogen, als sie bereits die Gewalt, die sie über den geliebten Mann besaß, zu prüfen und nachzufragen begann, ob sie in Wahrheit seine ganze Existenz uneingeschränkt leite und ausfülle. Einmal ihrem alten, mächtigen Bedürfnisse verfallen, ward es ihr nicht schwer, einen Vorwand für die Qualen zu finden, die sie von jeher nicht weniger sich selbst als dem Manne auferlegt hatte. An dem freundschaftlichen Verkehr Wellkamps mit seiner Gattin, den sie anfangs für ein Mittel, die Feindin irrezuleiten, gehalten hatte, begann sie nun Anstoß zu nehmen, indem sie sich sagte, daß das bewegliche und unberechenbare Naturell Wellkamps es ihm vielleicht möglich gemacht habe, sich Anna zu gleicher Zeit wieder zu nähern, wo er endlich ihr selbst anzugehören begann. Und gehörte er denn überhaupt ihr? Während ihr Leben sich ganz auf ihn zusammengezogen und gestützt hatte, mit allen ihren letzten Hoffnungen und Ansprüchen auf ein Glück, das sie so oft getäuscht, schien es ihr vielmehr, daß von dem seinen nur ein Teil auf sie käme, nur dasjenige, was die verhaßte Andere ihr übrig ließ. Das Schlimmste für sie war, daß in diesen eifersüchtigen Zweifeln eine Ahnung von den wirklichen Bedürfnissen ihres Geliebten lag, die, ganz verschiedener Art, so wenig durch sie wie durch ihre Rivalin ausschließlich befriedigt werden konnten.

Die Arme überließ sich ohne Widerstand ihrem immer schwieriger werdenden Zustande. Sie zögerte anfangs, zu Wellkamp von ihren Zweifeln zu reden, dann verlor sie die Lust dazu in dem Maße, wie sie ihre Qual und den ebenfalls wieder sie selbst peinigenden Haß gegen den, der sie ihr verursachte, lieb gewann. Es gibt unglückliche Naturen, für welche die Liebe gleichsam nur die Folie für den Haß ist, den sie alsbald unter irgend einem Vorwande auf die geliebte Person werfen. Er wird dadurch bedeutender und gleichsam schmackhafter.

So wäre vielleicht, langsam und traurig, ohne ein lautes Wort und unter unüberwindlichen innern Kämpfen, wie sie es errungen, das seltsame Glück der beiden Menschen erstickt, wenn nicht Wellkamp selbst mit dem Instinkt seiner Leidenschaft das letzte Mittel ergriffen hätte, durch welches es noch ein kurze Zeit erleichtert und erhalten werden konnte. Nach jenem einerseits so verstimmenden Vorfall erlebte ihr Verhältnis eine der späten und gewaltsamen Erneuerungen und Wiederbelebungen, welche die Natur kennt, und auf die bald ein um so schnelleres, unerbittliches Verblühen und Erkalten zu folgen pflegt.

In der That zeigte es sich, daß während dieses scheinbaren Stillstandes der Zerstörungsprozeß, dem ihr Bund kraft seines innersten Wesens, wie der ihn erdrückenden Umstände unterworfen war, erschreckende Fortschritte gemacht hatte. Aus dem zweiten, noch kürzeren und vielleicht, unter der Angst vor dem Ende, noch heftigeren Rausche erwacht, fand sich Dora mehr als je allen den zerstörenden und selbstquälerischen Neigungen unterworfen, welche ihr Temperament zeitigte, und welche übrigens gewöhnlich durch die Thatsache selbst eines unerlaubten und erniedrigenden Verhältnisses dieser Art notwendig gemacht sind. Es war jenes Mißtrauen der gefallenen Frau, die sich kaum mehr darum kümmert, daß sie in dem gegenwärtigen Leben ihres Geliebten, ja seit dem Augenblick, wo sie auf ihn zu wirken begonnen, ohne gleichen und vielleicht unersetzlich dasteht. Was sie peinigt, ist der Zweifel, ob nicht Andere vor ihr ihm ganz das gleiche gewesen, sein Leben genau so ausgefüllt haben, wie sie es jetzt thut. Sie leidet unter dem »zu spät«, da sie dem Manne nicht früh genug begegnet, um ihm die Erste und Einzige zu sein. In dem Maße, wie dieses Ideal, »die Einzige zu sein«, welches allein das ungeheure Opfer, das sie gebracht, in ihren Augen rechtfertigen könnte, ihr zu verblassen scheint, nehmen Reue und Skrupel zu, die im natürlichen Gefolge ihrer That sind. Dora war zu lange eine anständige Frau gewesen, um nicht in ihrem jetzigen Zustande die volle Gewalt ihrer momentan von der Leidenschaft betäubten bürgerlichen und religiösen Instinkte empfinden zu müssen. Die besonderen Umstände, welche ihre Schuld erschweren konnten, kamen hinzu. Sie hatte nicht nur gesündigt wie eine

Andere, sie hatte es im eigenen Hause gethan und in der Familie. Ihre Schmach erschien ihr so ungeheuerlich, daß sie der Verachtung ihres Mitschuldigen gewiß war, über den es sie zu herrschen verlangte. Und wie es stets in diesen traurigen Verhältnissen zu gehen pflegt, beantwortete sie seine vorausgesetzte Verachtung mit ihrem Hasse. Alles mündete für sie in diesen schlimmen Haß aus, der mehr als das, dem er gilt, das Herz verwundet, von welchem er ausgeht, weil neben ihm noch immer die nie völlig besiegte Liebe darin schlägt.

Das nächste war, daß die überhand nehmenden Bedenken und Wirrungen ihres Gefühls sie nun wirklich die Sicherheit verlieren ließen, mit der sie den Geliebten bisher zu leiten, seine Instinkte zu treffen und zu berrschen verstanden. Dieses Gefühl hatte ihr bisher verraten, was so viele Frauen verkennen, daß es in der Liebe einen geheimen Ressort giebt, aus welchem sie ihre beste Nahrung zieht, und der verschiedener Art, aber stets unantastbar, unaussprechlich ist, weil er zu zart, vielleicht zu übersinnlich, um durch eine menschliche Geste, ein menschliches Wort unvergröbert oder unvernichtet zu bleiben. Jene Frauen wissen nicht, daß es Stellen in dem Drama, das zwei Liebende zusammen aufführen, gibt, an denen Schweigen die einzig gestattete Sprache ist. Dora wußte es nicht; sie hatte es nur gefühlt, und keine Spekulation vermag das einmal verlorene Gefühl zu ersetzen. Dies sollte sich gelegentlich eines äußerlich unscheinbaren Vorfalles zeigen, der beiden Beteiligten in schmerzlichster Weise die Erkenntnis der Veränderungen aufdrängte, denen ihre Verbindung während ihrer so kurzen Dauer ausgesetzt gewesen, indes sie Beide mit der Einseitigkeit der Leidenschaft den wahren und unwandelbaren Sinn ihres Daseins darin gefunden zu haben geglaubt.

Eines Morgens, als er zur gewohnten Zeit Dora in ihrem Boudoir aufsuchte, ward Wellkamp durch den Empfang überrascht, den er kaum noch so günstig zu finden gewohnt war. Sie hatten sich während der letzten Tage mehr als je in der ohne sichtbaren Grund gereizten Stimmung befunden, die sich dadurch maßlos verschlimmert hatte, daß Jeder von ihnen bemüht war, sie dem Andern zu verheimlichen. So fand Wellkamp sich schwer in diese Herzlichkeit, welche an ihr allererstes Glück erinnerte und noch durch eine Weichheit und Hingebung verschönt ward, die er selbst damals selten genug an Dora wahrgenommen. Sie küßte ihm die Falten von der Stirne, während seine Schläfen das zärtliche Schmeicheln ihres weichen Haares empfanden. Warum konnte er dennoch ein Gefühl des Unbehagens, beinahe der ungewissen Furcht nicht unterdrücken? Er war versucht, sich ihrer Liebkosungen zu erwehren, doch wagte er es nicht, bis er sie plötzlich mit einer Stimme, die tiefer als gewöhnlich und zugleich wie bedeutend und geheimnisvoll klang, fragen hörte:

»Sag' mir, hast Du das Stückchen Holz, das kleine bunte Götzenbild, das ich Dir damals gab, Du weißt, an Deinem Hochzeitstage – gut aufgehoben?«

Er besann sich einen Augenblick unter dem, er wußte nicht warum, peinlichen Eindruck, den ihre Worte auf ihn machten.

»Ja, gewiß – wie Alles, was von Dir kommt, mein Kind,« sagte er endlich, um den ihm unerklärlichen Unwillen, den er nicht ganz verbergen konnte, vergessen zu machen.

»Das ist gut«, fuhr sie hastig fort, unter einer innern Erregung, die auf ihren blassen Wangen zwei rote Flecke hervortreten ließ.

»Es liegt mir so viel daran, weil – weil –« Sie wühlte in den Falten ihres Kleides, aus welchem sie ein grotesk bemaltes Stück Holz hervorzog, das Wellkamp ähnlich dem in seinem Besitz befindlichen erkannte. »– weil ich selbst ein ebensolches bewahre«, vollendete sie dann. »Es ist ein Talisman, der uns zusammenhält, so lange Jeder von uns sein Teil besitzt. Eine alte Negerin, drüben bei uns, hat ihn mir gegeben. Ach, Du glaubst nicht, wie kindisch abergläubisch ich bin.«

Auf diese letzten, in heftigem Flüstertone sich überstürzenden Worte folgte wieder jenes leis klirrende Lachen, das Wellkamp so gut kannte. Vielleicht erwartete sie, daß er ihr wie früher mit einem Kusse die Lippen schließen würde. Er aber vermochte plötzlich ihren Atem, welcher sein Gesicht, dem sie ihren Mund so nahe gebracht, umspielte, nicht mehr zu ertragen. Die Berührung ihrer fieberheißen Hände war ihm unleidlich. Unfähig, seinen Widerwillen zu verbergen, erhob er sich. Es gab zwischen ihnen ein langes Schweigen, während dessen ihr verwirrter Blick, in dem sich wie eine kleine Schlange ein feindliches Aufleuchten zeigte, nicht von seiner Gestalt wich. Er warf kaum noch einige gleichgiltige Bemerkungen hin, die sie unbeantwortet ließ. Dann sah sie ihm, nun mit einem Ausdruck wahren, tiefen Schmerzes nach, bis der Thürvorhang hinter ihm zusammenfiel.

Was sie auch von dem Unglück, das für den Mann wie für sie selbst das soeben Vorgefallene bedeutete, ahnen mochte, so stellte sie sich doch kaum vor, wie tief Wellkamp in Wirklichkeit davon berührt war. Es kann nur ein ausnahmsweise starker Eindruck sein, der Naturen wie die seine, wenig naiv und gewohnt, Erlebnisse und Gefühle unmittelbar zu zergliedern, in dem Grade betäubt, daß sie für Augenblicke ohne die gewohnte Rechenschaft von sich selbst bleiben. In der That war Wellkamp, ohne einen Gedanken zu fassen, in sein Zimmer gegangen, wo er zufällig vor den Spiegel getreten, zum erstenmal sein mattes, von Zimmerluft, Mangel an körperlicher Bewegung, zu viel innerer Unruhe und Leidenschaft gebleichtes Gesicht aufmerksam betrachtete. Es fiel ihm ein, daß er seit Wochen kaum anders als zu den nötigsten Ausgängen den Fuß vors Haus gesetzt, und sogleich erfaßte ihn ein jäher Abscheu vor der eingeschlossenen, unfreien, von ungesunden und verbrecherischen Leidenschaften durchseuchten Existenz, die er schon so lange führte. Eine dieser plötzlichen Visionen, in denen unser Schicksal sich uns grausamerweise zumeist erst dann zu offenbaren pflegt, wenn wir bereits zu fest gekettet sind, um noch eine freie Bewegung zu haben, zeigte ihm mit aller Deutlichkeit die Einflüsse, die der enge Kreis, in welchem er sich bewegte, auf die Gestaltung seines Geschicks gewonnen, und die er bisher höchstens unklar geahnt. In diesem Augenblicke schrieb er ohne Bedenken den vier Wänden, in die er mit den drei, immer den drei selben Menschen zusammen eingeschlossen gewesen, die Verantwortung für alles Geschehene zu. Er hatte eine bestimmte Idee davon, daß das Problematische, das Unsichere und Zerstörende seiner Natur, das ehemals auf seinem flüchtigen Wanderleben nur hier und da zerstreute Spuren zurückgelassen hatte, in der nunmehrigen engen und unvergänglichen Begrenzung seiner Existenz ganz andere, furchtbare Wirkungen hatte hervorbringen müssen. Der Zerstreuungen und Ablenkungen seiner früheren weiten und wechselnden Beziehungen beraubt, hatte seine Natur, ohne Ausweg aus dem geschlossenen Kreise einer Familie, gleich Sprengstoff zu wirken begonnen. Nun stand er vor der Katastrophe.

Diese Vorstellung vollendete es, ihm den Aufenthalt in den verhaßten vier Wänden unerträglich zu machen. In seiner Lage schien es ihm, als ob freie Luft und Bewegung da draußen ein Heilmittel für Alles sein müßten. Vor der Thüre stand er eine Zeitlang, ohne den Pelz zu schließen, um den frischen Wind besser gegen seine so lange nur mit eingeschlossener Luft gespeiste Brust wehen zu lassen. Die Straße hinab in die innere Stadt zu gehen, scheute er sich. Es sollte recht weit, recht frei um ihn her sein, damit in der Größe und Allgemeinheit der Natur sein Einzelleid und seine Einzelschuld unbemerkt untergehen könnten. So schlug er den Weg ein, der ihn von der Stadt entfernte und bald auf die Straße nach Räcknitz führte. Erst hier mäßigte er seinen Schritt. Auf der hochgelegenen Straße, von der er einen offenen Überblick über die Stadt auf die dahinter sich entlang ziehenden Höhen gewann, fand er die Luft freier. Der Schnee, der ringsumher in der ruhig heitern Wintersonne erglänzte, war seinem so lange an Halbdunkel gewöhnten Auge Offenbarung und Erlösung. Die Flocken, welche in der windstillen Luft langsam und weich gegen sein Gesicht fielen, bereiteten ihm Liebkosungen, die er angenehmer fand als jene Schuldigen, denen er sich soeben entzogen. Und die Kälte, die seine Haut leise und erfrischend brannte, ließ eine leichte Röte in sein Gesicht steigen, die er fühlte, und die ihm eine Idee von Gesundheit gab. Wirklich besserte sich hier sein Zustand; er ward ruhiger, und statt jener halb fieberhaften Vision zeigten ihm jetzt ordentlich einander folgende Überlegungen seine Lage.

Der Fatalismus, den er, wie die schwachen Naturen in ihren innern Krisen pflegen, noch soeben als Stütze gebraucht, hätte ein Schuldgefühl ausschließen müssen. Es ließ sich dennoch nur gewaltsam unterdrücken und drang umso tiefer in das unterhalb des Bewußtseins liegende, geheimnisvolle Reich ein, um von hier aus die Bewegungen seiner Seele zu leiten. Durch die Sympathie eben dieses Gefühles blickte er nunmehr klarer in Doras Zustand, der während der vergangenen Wochen für sie Beide so tief unglücklich gewesen war. Er sagte sich nun, daß sie durch ihre Erziehung, wie durch die vom Geschick erhaltene Bildung, besonders aber durch die trostlosen, gleichsam toten Verhältnisse, in denen ihr Leben endigen zu wollen schien, zu sehr auf völlige Ruhe und Gesetzmäßigkeit angewiesen war, daß sie weniger als irgend eine Andere im stande sein konnte, die Aufregungen, die Verantwortung, die Furcht, die Gefahr, die ein außergewöhnlicher Schritt mit sich brachte, zu ertragen. Aber wenn sie nun gar eine Verantwortung unter den besonderen Umständen, wie sie es in Wirklichkeit gethan, auf sich nahm: mußte sie nicht unter der Größe der Last zu Boden gedrückt und vernichtet werden? Indem Wellkamp der Schauer von Furcht, Abscheu und Scham gedachte, die ihn selbst noch soeben bei dem Gedanken an die geschändete Häuslichkeit, an die zerstörte und nur noch auf der Grundlage von Schuld und Täuschung fortlebende Familie geschüttelt, konnte er nichts anderes als das tiefste, rein sympathische Mitleid für seine unglückliche Geliebte fühlen. War sie nicht, von der Schwierigkeit ihrer Natur abgesehen, schon als Weib weniger als er den Anforderungen gewachsen, die auf diese Weise an ihre Willensstärke gestellt wurden? Trotz jener tiefen und rätselhaften Feindlichkeit, welche die Grundlage aller ihrer Beziehungen zu sein schien, welche bei der ersten Begrüßung vorhanden, in letzter Zeit mehr als je zu spüren und höchstens durch den Rausch der Leidenschaft eine Zeitlang unwirksam gemacht worden war, trotz jener Feindlichkeit kleidete sich in diesem Augenblick, wo er sich den Trümmern ihres gemeinsamen Glücks zuwandte, sein Gedanke an Dora in kein anderes Wort als das »Arme Frau! Arme Frau!«, das er bald leise, bald lauter vor sich hin sprach. Was dabei aus ihm redete, war ohne Zweifel der Instinkt der Ritterlichkeit, in einer schwachen und lenksamen Natur wie der seinen vielleicht der einzige, letzte Zug der Überlegenheit des Mannes über die Frauen, deren Einfluß er unterliegt. Wie würde Dora ihn selbst für diesen Zug gehaßt haben, sie, die nicht sein Mitleid, sondern seine Unterwerfung begehrte!

Er war, von diesem Gedanken festgehalten und ganz darin verloren, fortgeschritten, ohne darauf zu achten, daß der immer tiefer liegende Schnee ihm das Gehen mehr und mehr erschwerte. Erst der dichtere Flockenwirbel, der sein Gesicht durchnäßte und ihm allmählich die Aussicht benahm, bewog ihn, umzukehren. Mit seinem Blick ward sodann auch seine Überlegung wieder frei.

»Ja, aber für all dies Elend, diese unfreie Heimlichkeit und diese Gewissensangst sollte doch ihre Liebe reichen Ersatz bieten, sie, deretwegen sie Beide das alles auf sich genommen, und die einzig durch das, was sie gab, wettzumachen vermochte, was sie an Opfern erforderte!«

Da schrie es in ihm auf bei der so erneuten Vorstellung von dem Vorfall, der ihn heute morgen von der Geliebten fortgetrieben, und der ein so verzweifeltes Anzeichen für ihre unaufhaltsame, gänzliche Entfernung war. Es war, als ob der Schmerz, der ihn durchzuckte, die letzten Schleier von seinem Bewußtsein risse, das nunmehr die so lange nur gefühlte Bedeutung des Geschehenen ausdrücklich zu erfassen begann. Heute war es zuerst, daß der Zerstörungsprozeß, der, seit er und Dora ihre schuldigen Beziehungen geknüpft, ihre ganze Existenz bedrohte, einen toten Punkt an ihrer Liebe, an ihrer so teuer erkauften Liebe selbst gezeitigt hatte. Alles, was sie bisher bestürmt, war dem gegenüber nichts: das angstvolle, gejagte Dasein, das sie geführt, alle die Umstände, die mit ihrem feindlichen Drängen sie nur noch enger verbunden, und selbst der Haß, unter dem sie ihr beiderseitiges Schuldgefühl verborgen, war noch nichts; gibt es doch eine Liebe, von der der Haß unzertrennlich ist. Wellkamp faßte kaum den Zusammenhang zwischen diesen früheren Leidensstationen ihres Verhältnisses und der heute erreichten; er wußte nur, daß seit heute ihre Intimität, so wie sie bisher bestanden, vernichtet und unmöglich gemacht war. Und nun, da er sie zerstört wußte, stand es ihm klar vor Augen, worin sie bestanden und was es gewesen war, wodurch ihre Liebe über eine bloß sinnliche Leidenschaft hinausgehoben war.

Was ihn, unwiderstehlicher als irgend ein körperlicher Reiz oder Begehren, zu Dora gezogen, war etwas wie der Kultus einer heimlichen Schönheit gewesen, die etwas im Alltagsleben Verbotenes ist, auch wenn dieses sich in so gütiger und lieber Gestalt zeigt, wie Anna ihm trotz allem im Innern stets erschienen war. In Dora hatte er etwas wie das Innewerden seines eigenen tiefsten Wesens gesucht und zugleich über sich selbst hinauszugreifen gedacht in das übersinnliche Leben. Das übersinnliche Bedürfnis, das in seinem Gefühl eine Art Neugierde nach den tiefsten Schauern, den letzten Geheimnissen und den intimsten Grausamkeiten des Lebens war, hatte von Anfang an gleichsam die Saite gebildet, die aus ihrer Seele in die seine hinübergeleitet hatte. Er erinnerte sich nach der Reihe aller Anlässe, bei denen sie berührt worden war und sein ganzes Innere erzittern gemacht hatte; so an jenem Tage, als von dem in der Austellung gesehenen, wunderbaren Gemälde die Rede gewesen, oder während jenes »Tannhäuser«-Abends. Immer aber waren sie den Schauern, die das Vibrieren der Saite in ihnen weckte, schweigend unterworfen gewesen. Nichts schien ihm jetzt so bedeutend als dieses Schweigen, das in allen sehr erhobenen wie in den sehr versunkenen Augenblicken ihrer Intimität zwischen ihnen geherrscht. Es war so recht eine stumme Liebe gewesen, die sie verbunden hatte! Darum war auch mit dem Schweigen zugleich der Zauber gebrochen. Bei der Erinnerung an die ungeschickte Urheberin der Zerstörung ergriff ihn nun plötzlich heller Zorn. »So war dasjenige, womit sie in Wirklichkeit seinem so unbestimmbar zarten und heimlichen Verlangen begegnet war, nichts als ein gemeiner, plumper Aberglaube gewesen, den sie bei der ersten Gelegenheit, wo sie sich von ihm für ihren sinnlichen Kitzel Vorteil versprochen, verraten hatte.«

Er fällte dies ungerechte, einseitige Urteil in gutem Glauben, mit der unbewußten, innerlichen Pose des nervösen, verweichlichten Mannes, der sich an seelischer Kompliziertheit und Empfindlichkeit gerade den Frauen überlegen finden möchte. Ohne weiteres warf er nun der Frau, die doch, eine wie kurze Zeit auch immer, der Wunsch und das Glück seines Lebens gewesen, vor, ihn von Anfang an über sich selbst getäuscht zu haben. Sie hatte ihn mit treuloser Benutzung seiner seelischen Bedürfnisse, denen sie innerlich fern stand und in Wahrheit nichts entgegenzubringen hatte, überlistet und gefangen.

Und er – dies verfehlte er nicht, dieser für ihn selbst nicht schmeichelhaften Behauptung hinzuzufügen – er hatte sie benutzt als das »banale Instrument unter seinem siegreichen Bogen«, wie ein von ihm bevorzugter Dichter es ausgedrückt.

»Und wie ein Lufthauch, der auf dem hohlen Holze einer Guitarre den Klang weckt, so hab' ich meinen Traum auf Deinem leeren Herzen singen lassen.« –

Es fehlte nicht viel, daß er kraft dieser Überlegung die ganze Sache auf die leichte Achsel nahm. Er hatte eine Enttäuschung mehr zu verzeichnen: was war da weiter zu bedenken? Seine Überhebung war begreiflich in dieser Stunde, wo sich, von seinem Stolze unterstützt, seine ganze Natur aufbäumte gegen das in mehr als einer Hinsicht unglückliche Joch dieser Leidenschaft. Wahrhaftig, unter dem Einflusse der reinen Winterluft, die seinen Körper erfrischt, seine Sinne abgekühlt hatte, war es wie der Rausch einer neuen Kraft über ihn gekommen, die ihn stark genug machen sollte, alles Vergangene zu verleugnen und abzuschütteln und unmittelbar von vorn zu beginnen.

Ach! dieser mutige Rausch war sogleich verflogen, als er das Haus wieder betrat, das sein ganzes Drama enthielt, und dessen gleichmäßig laue Luft ihm schwerer auf der Brust lastete, als wenn sie eine Mitwisserin und Verräterin seiner schuldigen Geheimnisse gewesen wäre. Es war nicht der Schritt

eines Siegers, mit welchem er die Stufen hinan-
schlich, so langsam wie an jenem Abend, der plötzlich vor seiner Erinnerung stand, als sie Beide, zum
erstenmale ganz einander gehörig, sich auf der dunkeln Treppe aneinander drängten. Es ward nicht
besser, als er oben die Räume durchschritt, die alle
unauslöschlich durchtränkt schienen mit dem Atem
seiner Leidenschaft. Wo war ein Winkel, in welchem
er nicht einen verbotenen Gedanken gedacht, einen
schuldigen Blick, eine geheime Liebkosung ausgetauscht. Alles ringsumher war lange, so lange zum
Zeugen und zum bösen Gewissen geworden; es war
zu spät, in diesem Kreise, der sich so erstickend fest
um ihn geschlossen, vergessen und erneuern zu wollen.

Von Anna, welche in ihrem gemeinsamen Salon
vor dem Kaminfeuer in einem der beiden Sessel saß,
von denen der andere, sein eigener, ihn zu erwarten
schien, drang ein Blick, so mitleidig-still und beruhi-
gend durch den Nebel von Trostlosigkeit, der ihn
umgab, hindurch, daß seine Seele, wie ein tiefes Aufschluchzen, einen Augenblick den heißen Wunsch
fand:

»Wenn es sein könnte!«

Aber er ging vorüber, denn er wußte, »es konnte
nicht sein«.

Auf den soeben erlebten jähen Willensauf-
schwung war unmittelbar die tiefste Niedergeschlagenheit und Ergebung gefolgt. Er wagte von der Zu-

kunft nichts mehr zu hoffen und suchte einen verzweifelten Trost darin, Alles gehen zu lassen, wie es
mochte. Als er sich am Abend von Dora verabschiedete, that er es, ohne selbst zu wissen, warum? mit
dem Blicke, in dem ihr gewohntes Einverständnis
ausgesprochen war: »Auf morgen!«

Beim Fortgehen aus der Zusammenkunft am nächsten Morgen faßte er dennoch den Vorsatz, nicht dahin zurückzukehren; bis zu dem Grade hatte ihn der
Zustand, in den das Verhältnis jetzt eingetreten, mit
Widerstreben und Abscheu erfüllt. Er ahnte nicht,
daß sich Dora zur gleichen Zeit dasselbe Verspre-
chen gab. Aber tags darauf fanden sie sich wieder
einander gegenüber.

Was war aber auch aus ihrer Liebe geworden! Die
Hoffnung und sogar jeder Anspruch auf ein see-
lisches Einverständnis, die kostbare Illusion, welche
ihre Vereinigung über das niedere Gebiet der Sinne
hinauszuheben vermocht, einmal ausgeschieden,
blieb nichts als die rein körperliche Anziehung. Der
Fall war so jäh und so tief, daß sie ihn zu Zeiten noch
immer nicht begriffen. Doch bestand der Vorgang
am Ende bloß in einer ziemlich gewöhnlichen Enttäuschung. Beide litten sie unter dem exaltierten Bedürfnisse, zu lieben, während es Einem wie dem
Andern an der Fähigkeit dazu gebrach; ebenso wie
Jeder von ihnen Fragmente von religiösem Gefühl in
sich trug, ohne die stete Innigkeit des Glaubens zu

besitzen. Da sie sich also nicht zu ergänzen vermochten, hatten sie sich zu zerstören begonnen.

Zuweilen unterbrachen sie sich Beide zugleich in einem der wortlos knirschenden Ausbrüche ihrer Begierde, und ihre Blicke, die sich suchten, befragten sich gegenseitig mit einer langen, übermäßig traurigen Frage, worauf die Antwort: Nichts, immer nichts. Von der schrecklichen Furcht vor dem Leeren rasend gemacht, ließen sie sich dann von neuem wie in einem Wirbel von ihrer Begierde fortreißen, die, je mehr sie sie zu befriedigen suchten, nur desto unersättlicher wurde. Es dauerte nicht lange, bis sie zu ihrer Stillung zu jenen Mitteln griffen, welche eine fleischliche Liebe bis zum Äußersten erniedrigen. Wellkamp mußte in die wildeste Zeit seiner unruhigen Existenz zurückdenken, um ihresgleichen zu finden für die Sprache der unkeuschen Gesten und der verderbten Liebkosungen, in der sich jetzt diese Leidenschaft ausdrückte, die sie Beide einst – wie lange war es doch her? – als das unverdiente Glück, als den endlichen Inhalt ihres Lebens begrüßt hatten.

Und da in diesen unwürdigen Verhältnissen, in dem Grade, wie die gegenseitige Achtung sich verliert, Alles der Brutalität und der Maßlosigkeit verfällt, so war es bald auch der Haß, der sich zu erschreckenden Ausschweifungen steigerte. Sie trachteten danach, sich gegenseitig wehe zu thun, mit Worten, wie körperlich; sie schienen von der Gier beherrscht zu sein, als solle keine Stelle an ihrem Leibe und an ihrer Seele unverletzt bleiben. Das Schlimmste war vielleicht, daß diese Überanstrengung ihrer Leidenschaften sie nahezu unfähig machte, sie in Gegenwart der Andern zurückzuhalten. Sie waren manchmal nahe daran, jede Verstellung aufzugeben, ja, sich letztere gegenseitig als Verbrechen anzurechnen. Es kam vor, daß Eines von ihnen, während es an der Familientafel ein gleichgiltiges Wort mit Anna oder Herrn v. Grubeck wechselte, einen Blick des Andern auffing, in dem mit aller Deutlichkeit einer verzweifelten Wut ausgesprochen lag:

»Du kannst heucheln? Bist Du es nicht, der mich mißhandelt und zerstört hat?«

Wellkamp kämpfte bei solcher Gelegenheit mit dem Bedürfnisse, ihr irgend eine unflätige Beleidigung ins Gesicht zu schleudern, die sie vor aller Welt bloßstellen sollte, diese »Dirne«. Er nannte sie nicht mehr anders, laut ihr ins Gesicht, wie leise bei sich selbst. Und in den Stunden der Selbstbetrachtung, welche trotz allem nicht ausblieben, mußte er sich gestehen, daß er selbst dieser »Dirnenliebe« würdig sei.

Sie waren die allergrausamsten, diese Stunden der nüchternen Besinnung, weil sie ihn zwangen, das Ergebnis, das er im Taumel des Augenblicks nur zu gern vergaß, zu ziehen aus dem, was seine Seele ausgefüllt und sein Leben ausgemacht seit langer, langer

Zeit, wie es ihm vorkam: in Wirklichkeit aber seit kaum einem halben Jahre.

In der Einsamkeit seines Zimmers strich er sich in solchen Gedanken mit der Hand über die Stirn, mit einer Bewegung, als fürchtete er, verrückt zu werden.

»Wie hatte es sein können? Wie war das Alles in der Schnelligkeit über ihn gekommen?«

Er kam dann wieder auf die unheimliche, dumpfe Ahnung zurück, die ihn wirr und erschreckt die Wände ringsumher anstarren machte. Es war das Haus, der geschlossene Kreis der Familie, in dem, wie in einem Treibhause, alles unnatürlich früh reif geworden war, schneller als unter andern Umständen, und ehe er zur Besinnung zu gelangen vermochte. Das Ergebnis, das er nun hielt, war jener Kampf, der immer die äußerste Entwickelung eines Verhältnisses dieser Art bezeichnet, ein Vernichtungskampf voll Haß und Verachtung, der den beiden Unglücklichen jede Entschädigung im Genuß versagte; in dem es nicht einmal die endliche Erschöpfung zu geben schien, und noch weniger das, was jedem Kampfe Schönheit und Größe verleihen kann, einen Sieger.

Trotz der Schrecklichkeit dieser Vorstellung hielt er sie fest, klammerte er sich an sie, da sie immer noch leidlicher war als das Zurückgehen in die erste Zeit seiner Annäherung an Dora. Was war es denn im Grunde gewesen, was dem jetzigen tollen

Kampfe vorausgegangen war und mit ihm zusammen die ganze Dauer dieser »Liebe« ausgefüllt hatte, so daß einige arme Stunden eines nur der Täuschung verdankten Glückes dazwischen verschwanden, erdrückt wurden. Er war in seiner wütenden Scham über die so unverhoffte und vollständige Enttäuschung seines idealen Verlangens dahin gelangt, die ursprünglichen höheren und edleren Motive seiner Liebe zu Dora ganz zu leugnen. Was war's gewesen? Die zweieinhalb Monate seines Verlobtenstandes hatte er bereits so gut wie völlig im Kreise der Familie verbracht. Die ständige Gesellschaft seiner Braut hatte ihn in Flammen versetzt. Aber vor der natürlichen, keuschen Strenge des jungen Mädchens zurückweichend, hatte er sein Feuer dorthin getragen, wo er fühlte, daß es einen bessern Empfang finden werde.

Diese brutale und grausame Erklärung hatte das Gute, ein Gefühl zum Ausbruch zu treiben, das er bislang meistens nur zu gut von allen seinen Selbstbetrachtungen ausgeschlossen. Hatte er so seine Handlungsweise noch unendlich erniedrigt und jede Entschuldigung vor sich selbst unmöglich gemacht, so war endlich der Weg für das Schuldgefühl frei.

Die jähe Regung desselben warf ihn auf die Ottomane nieder. Seine Züge zogen sich zusammen unter der furchtbaren Anstrengung, welche sein gequältes Hirn machte, diesen unerträglichen Gedanken zu bezwingen. In seiner Geistesabwesenheit

hatte er ein wiederholtes Klopfen an der Thür über-
hört, auch den Eintritt Annas nicht bmerkt und
ward ihre Gegenwart erst gewahr, als die junge Frau
dicht herangetreten war. Er fühlte einen innern
Stoß, als müsse er aufspringen. Da stand sie vor ihm,
unerwartet und wie eine Mahnerin, die Frau, der er
Alles schuldete, die er betrogen, so lange er sie
kannte! Es war, als sähe er sie mit völlig veränderten
Augen: wie hatte er jemals in ihrer Gegenwart ruhig
bleiben können! In der letzten Zeit hatte er sie, seinen wirren Stimmungen folgend, bald als Feindin
angesehen, bald sich bei dem Gedanken an ihre ge-
täuschte Ahnungslosigkeit erweicht und war selbst
zärtlich geworden, als er zum Beispiel ihrer Güte
und Nachsicht während jener unleidlichen Szene
gedachte, die er ihrem Vater gemacht, und der lieb-
reichen Erklärung, die er sie damals für sein Betragen hatte geben hören. – In diesem Augenblicke
nun zeigte ein plötzlicher Eindruck sie ihm als
Richterin, und wie in einer Stunde des Urteils steigerte sein erwachtes Gewissen alle seine Sinne, welche wie in fortwährenden Blitzen diesen Augenblick mit allem Geschehenen in Zusammenhang
brachten, Alles das, wovon seine Erinnerung voll
war, auf ihn bezogen.

Anna hinderte ihn, als sie seine Bewegung bemerkte, am Aufstehen, indem sie leise ihre Hand auf
seine heiße Stirn legte. Er hätte ihr zurufen mögen:
»Nimm sie weg!«, eine so beängstigende Vorstellung

hatte er sogleich davon, daß seine Stirn, wie sein ganzer Leib durch so viele verbrecherische Zärtlichkeiten entweiht und unwürdig gemacht sei, die keusche Liebkosung dieser Hand zu empfangen, die so kühl wie die eines jungen Mädchens war.

»Du bist noch blässer, als Du in letzter Zeit warst«, sagte sie mit ihrer ruhigen Stimme. »Was fehlt Dir?«

Er zuckte zusammen. Noch blässer als sonst, noch blässer als ihn seine Schuld und die Ausschweifungen seiner Leidenschaft gemacht hatten! Er blieb wie geschlagen vor Scham und Abscheu.

»Was fehlt Dir? Sag es mir!« wiederholte sie, wie wenn sie in ein krankes Kind drängte.

Und es fand sich, daß dies der rechte Ton war. Wie sie sich tiefer über ihn neigte, empfand er eine große Abspannung, als ob sich seine Glieder lösten.

»Jetzt nichts mehr,« sagte er, »nun Du bei mir bist«.

Er verbarg das Zucken seines Gesichtes in ihrer Hand, die er mit seinen Thränen benetzte.

Seine Hingebung war in diesem Augenblick vollkommen. Es gab für ihn schon kein Hindernis mehr zwischen ihm und Anna; es gab kaum noch ein Geheimnis. Mußte sie nicht bereits Alles wissen? Wie es ihn damals ihr von seinem Glück wie zu einer Vertrauten zu sprechen drängte, so konnte ihr jetzt sein tiefstes Unglück unmöglich verborgen sein. Sie war seine natürliche Trösterin, sein Halt; vielleicht war dies das bedeutendste Band, das ihn für alle Zeit an sie fesselte.

Er küßte die Hand, die sie nicht zurückgezogen, und war im Begriffe, ihr sein ganzes Herz zu öffnen. Indes hatte sie die Exaltation seiner Hingebung beschäftigt. Diese Nervenkrisis ließ ihr seinen Zustand schlimmer erscheinen, als sie ihn sich vorgestellt. Sie suchte nach einer Beruhigung und sagte mit einem plötzlichen Einfall:

»Das Leben hier ist nichts mehr für Dich. Warte, es wird besser werden, wenn wir reisen. Wann willst Du? Ich dächte, wir brächen auf, sobald es Frühling wird. Wir finden einen schönen Fleck in der Schweiz oder in Ober-Italien, wo ich Dich pflege, mein Lieber.«

Er blickte auf, erst verwundert, dann mit jähem Begreifen. Es war, als höbe sich eine Wolke auf, die über sie Beide gefallen, und er sah nun wieder, daß zwischen ihnen etwas lag, das er einen Augenblick lang vergessen: sein schuldiges Geheimnis. Aber zugleich öffneten ihre Worte einen unverhofften Ausweg für seine, sofort mit der Besinnung zurückgekehrte, feige Unentschlossenheit.

Wenn sie reisten, so änderte sich Alles. Dies aber sollte ihn kein Eingreifen kosten, dessen er in seinem Zustande nicht fähig gewesen wäre, sondern sie selbst war es, die alle Hindernisse aus dem Wege räumte. Einmal fort aus dem erstickenden Kreise, konnten aus der Ferne die Beziehungen leicht vollständig abgebrochen werden. Selbst wenn man sich später einmal wiedersehen müßte – die Zeit und das Vergessen würden dazwischen kommen. So konnte er dieser geliebten, gütigen Frau den Schmerz seines Geständnisses ersparen.

Er sagte sich dies mit aufrichtiger Zärtlichkeit, indem er nach seiner gewöhnlichen Art die Sophismen seines Verstandes mit der Ehrlichkeit seines Gefühls für ihn selbst unentwirrbar verkettete.

Noch einen Kuß auf ihre Hand drückend, sprach er einfach: »Ich danke Dir«, während er innerlich aufatmete:

»So kann dennoch Alles gut werden.«

VIII

Er irrte, und seine Hoffnung, es werde nun alles gut werden, war in dem Sinne wie er sie hegte, nicht erfüllbar. Wie mochte er glauben, seine so sehr gelockerten Beziehungen zu seiner Gattin ohne weiteres an dem Punkte wieder anknüpfen zu können, wo sie sich befanden, ehe sie durch das Erscheinen Doras geändert und verwirrt wurden. Dies mußte schon dadurch vereitelt werden, daß Anna, sobald sie ihre Intimität zu erneuern versuchen würden, in ihm nicht mehr den erkennen würde, der damals zuerst seine Hand in ihre bräutliche gelegt. Es war unvermeidlich, daß sie aus den mit ihm vorgegangenen Veränderungen auf geheime Erfahrungen schließen würde, die ihn ihr innerlich noch unendlich weiter entfremdet als im äußeren Verkehr. Denn wir durchleben kein Ereignis, begehen keine Handlung, ja machen kaum eine banale Bekanntschaft, ohne von ihr in irgend einer Hinsicht gebildet zu werden. Wir werden wir selbst erst durch das, was mit uns geschieht oder was wir thun, und unser Selbst befindet sich in fortwährendem Wechsel. Unsere geringste That wird sofort ein Stück von uns und unserm Leben, durch sich selbst und durch das, was sie hinterläßt; durch ihre Folgen und Einflüsse: wie hätte eine

Reihe so bedeutender Handlungen und Erlebnisse, wie die in Wellkamps Leben durch sein Verhältnis zu Dora hervorgerufenen, jemals ihre Bestimmung verfehlen können. Man geht nicht durch das Feuer einer Leidenschaft, ohne in irgend einem Sinne von ihm ungeschmiedet zu werden.

Sei es aber auch, daß Anna durch eine, vielleicht nicht unedle, Eigentümlichkeit ihres Charakters und ihrer innern Lebensweise daran verhindert worden wäre, Ahnung und Einsicht in das ihr Verheimlichte zu erlangen, so wäre jenes Beginnen darum nicht weniger umsonst gewesen. Er selbst hätte sich gegen all sein Bemühen immer an einem Glücke gehindert, das auf einem Grunde von Täuschungen und Schuld hätte ruhen müssen. Das Vertrauen und die Liebkosungen seiner reinen Gattin hätte er niemals ohne Bangen und Widerstreben zugleich ertragen, da er sie nicht verdiente, und da sie nicht dem galten, der er war. Um sie froh genießen zu können, hätte er die beschränkte und glückliche Brutalität der Männer haben müssen, die, in zeitweiligem Überdruß, ihre Frau zu betrügen, zu ihr zurückgekehrt, schon zufrieden sind, wenn sie ihrer Ahnungslosigkeit versichert sind. Dagegen hätte seine gern sich ausdehnende und mitteilende Natur eben an ihrer Ahnungslosigkeit Anstoß genommen, und er wäre niemals über seinen Wunsch hinweggekommen, nicht so von seiner Gattin geliebt zu werden, wie sie ihn sich vorstellte, sondern so, wie er war, mit seinen

Fehlern und mit seiner Vergangenheit. So wäre eine dauernde Zufriedenheit gerade durch das Feinere und darum auch Bessere in seiner Natur ausgeschlossen worden. Sind es nicht in solcher Weise häufig eben unsere Tugenden, welche die Folgen unserer Fehler erst recht grausam machen?

Wenn daher die entschiedene Abrechnung über alles Geschehene, die er so gern vermieden gesehen hätte, auf alle Fälle bevorstand, so wäre sie doch sicherlich durch eine sofortige Entfernung um unbestimmte Zeit verzögert worden. Da indes teils der noch recht rauhen Witterung wegen, teils aus Rücksicht auf den Major, der sich nur schwer an den Gedanken einer Trennung von seiner Tochter gewöhnen würde, ihre Abreise von Anna auf vier Wochen hinausgeschoben worden, so blieb es wahr, daß der enge Kreis, der sich nach wie vor um ihn, seine Mitschuldige und die von ihnen Hintergangenen schloß, seine treibende, beschleunigende Wirkung auf die notwendige Entwickelung der Ereignisse ausübte. Durch die Reibungen des alltäglichen Verkehrs, durch die tausend Kleinlichkeiten des engen Zusammenlebens wurden bei seinem nervösen, noch mehr als sonst empfänglichen Zustande seine Empfindungen erhitzt und, ehe er sich dessen versah, zu Gewaltsamkeiten gereizt.

Eine von vornherein unnatürliche Ruhe war über die nächsten Tage gebreitet, nachdem Wellkamp aus jener bewegten Unterredung mit seiner Gattin hervorgegangen. Durch jene halbe, erfolglose Aussprache meinte er nun wirklich von dem so lange erlittenen Druck befreit, allem bisher für ihn Verhängnisvollen bereits entrückt und unzugänglich gemacht zu sein, und suchte sich dies auf jede Art zu beweisen. Er blieb jetzt häufig, besonders in den Abendstunden, die er in letzter Zeit, durch seine Nervosität entschuldigt, meist allein auf seinem Zimmer verbracht, mit den beiden Frauen in Unterhaltung zusammen; Herr v. Grubeck, der neuerdings wieder über rheumatische Schmerzen klagte, pflegte sich früh zurückzuziehen, nachdem er tagsüber meist einsilbig gewesen. Mit dem durch Trotz und Selbsttäuschung unterhaltenen Anspruch, seine Beziehungen zu Dora unmittelbar als nichtig zu betrachten, sie am liebsten völlig zu verleugnen, richtete er nun zuweilen das Wort an seine bisherige Geliebte mit einer Gleichgiltigkeit und Sicherheit, mit welcher etwa der Schlafwandelnde über die gefährlichsten Stellen schreitet, als befände er sich auf ebenem Wege, und durch welche die junge Frau selbst anfänglich getäuscht werden mußte. Bei der Zunahme dieser Neigung zog er bald auch die bevorstehende Reise ins Gespräch, über die er bisher mit Anna sich wenig unterhalten, und die er vor Dora instinktiv noch unerwähnt gelassen. Sie waren eines Abends im Speisezimmer, das der Major bereits verlassen, eine Weile schweigend sitzen geblieben, als Wellkamp ohne Übergang begann:

»Es ist doch sonderbar, daß wir noch gar nicht das Ziel unserer Reise überlegt haben. Man sollte glauben, wir wollten so planlos in der Welt herumfahren. Wenn wir aber einen dauernden Aufenthalt beabsichtigen, muß er mit allem Bedacht ausgewählt werden. Es gibt dabei für Zwei noch mehr zu überlegen, als für Einen.«

»Ich überlasse Dir gern die Wahl; ich werde mich überall einleben,« bemerkte Anna.

»Dann würde ich es für einen passenden Einfall halten, nach Kreuth zurückzugehen. Man sollte auf die Orte, an denen man liebe Erinnerungen hat, immer aufs neue zurückkommen. Sie geben einem gleichsam Mut und guten Zuspruch wie ein lieber Bekannter.«

Er hatte während dieser Worte, um sich besser der Versuchung, dabei nach Dora hinüberzusehen, zu erwehren, den Kopf leicht in die Hand gestützt und völlig zu Anna hinübergewendet. Diese senkte unter seinem Blick mädchenhaft errötend die Stirn. Ein unbestimmtes, ihr selbst nicht erklärliches Schamgefühl verbot ihr, die Zärtlichkeit, welche die Worte des Gatten in ihr erregten, in Gegenwart dieser Frau merken zu lassen. So blieb es einen Augenblick still, bis sich unerwartet die ganz ruhige Stimme Doras hören ließ.

»Wenn ich einen Vorschlag machen dürfte, so wüßte ich nichts besseres zu empfehlen, als den Genfer See. Ich war mit meinem Vater einmal gerade in jetziger Jahreszeit dort und vergesse nie diesen entzückenden Frühling.«

»Aber daß ich daran nicht gedacht habe!« fiel Wellkamp, sich umwendend, hastig ein.

»Es gibt ja keine so ideale Frühlingslandschaft als das schöne Land von Waadt, besonders die Gegend von Montreux und dann das unvergleichliche kleine Ouchy mit seinen zackigen Quais am Fuße der Weinhügel.«

Er erging sich in einer Beschreibung der Gegend und erreichte wirklich damit, das Gespräch in Fluß zu bringen und seine augenblickliche Verlegenheit zu verdecken. Als man sich trennte, meinte er, ohne nachhaltigen Eindruck von dieser Scene geblieben zu sein. Sie hatte aber dennoch ihren Stachel in ihm zurückgelassen, den er bald genug fühlen sollte. Seine unangenehme, fast peinliche Überraschung, als er Dora auf die unvermutete Ankündigung seiner baldigen Abreise so unbewegt hatte erwidern hören, wiederholte sich bei anderen Gelegenheiten sehr verstärkt. Der instinktiven Regung gegenüber war er machtlos; er mißgönnte ihr diese innere Ruhe, wiewohl sie ihn in der seinigen, falls diese aufrichtig war, hätte bestärken müssen. Es war kein Zweifel, daß seine Eitelkeit verletzt war, die Eitelkeit des Liebhabers, der nicht dulden mag, daß die von ihm verlassene Frau sich allzu schnell über ihn tröste. Wenn er schon sich selbst auch innerlich von ihr losgesagt haben wollte, so hätte er doch gewünscht, sie gekränkter, leidender zu sehen. Noch verletzender für seine Eigenliebe war der Gedanke daran, mit wessen Hilfe sie seinen Verlust zu verschmerzen gedachte. So galt also er ihr nicht mehr als dieser alte, von ihm kaum je beachtete Mann! Denn er glaubte zu bemerken, daß sich Dora mehr als je früher mit ihrem Gatten beschäftigte. Es war, als bereitete sie sich schon darauf vor, für die Zukunft, die sie allein in seiner Gesellschaft leben sollte, eine größere Intimität zwischen ihnen herzustellen. Sie schien ihm dabei nahezu aufdringlich vorzugehen, so daß sich Herr v. Grubeck mit einer an ihm längst nicht mehr wahrgenommenen Regung von Selbständigkeit ihrer Annäherung entzog. Auch kam Wellkamp einmal über einen Wortwechsel hinzu, in dem seine Gattin gegen Frau v. Grubeck das Recht verteidigte, in ihres Vaters Zimmer aufzuräumen, den Schreibtisch von Staub zu befreien und die übrigen dort stets von ihr geübten Geschäfte zu verrichten, welche nun plötzlich von Dora in Anspruch genommen wurden. Solche Vorfälle versetzten ihn in eine gehässige, zu eigener und anderer Schädigung und Verwundung treibende Aufregung. Im Sturm war er abermals von der Eifersucht auf den Gatten erobert, die er während seines Lebens trotz aller Reflexion noch niemals in dem Falle, verleugnen zu können gewesen war. Sie mußte ihm eingeboren sein, wenn er sich auch hier, bei der ihr unter den vorhandenen Umständen innewohnenden Lächerlichkeit, von ihr überwältigen ließ;

zugleich aber war sie jetzt gefährlicher, zerstörerischer als gewöhnlich, da es Eifersucht ohne Liebe war, einem Feuer vergleichbar, das unter einem leeren Kessel entzündet ist. So bedurfte es nur noch eines geringen Vorfalls für seinen Zustand, um einen gewaltsamen Ausbruch herbeizuführen.

Es war an einem Abend, als man, zu früh mit der Mahlzeit fertig, um sich schon zurückzuziehen, noch in Doras Boudoir hinübergegangen war. Indes wollte keine rechte Unterhaltung zustande kommen, hauptsächlich durch Schuld des Majors, der bereits bei Tische in gereiztem, merklich störendem Schweigen verharrt hatte. Wellkamp begann den alten Mann, der mit seinen greisenhaften Leiden seine Umgebung nervös machte, vollends unleidlich zu finden. Endlich jedoch, als zufällig mit ein paar Worten von Musik die Rede gewesen war, machte Herr v. Grubeck, vielleicht nur, um seine üble Stimmung nicht zu auffällig werden zu lassen, ein Vorschlag.

»Du könntest uns etwas Musik machen,« sagte er zu Dora gewendet.

Wellkamps immer auf der Lauer befindliche Leidenschaft erhielt neue Nahrung, als er die junge Frau ohne weiteres annehmen sah. Sie hatte bisher in den seltensten Fällen, selbst wenn er zur Zeit ihres glücklichsten Verhältnisses darum gebeten, eingewilligt, in Gesellschaft zu spielen. Sie hatte ihm gesagt, sie könne nur in Gegenwart eines einzigen, nur in der Gegenwart dessen spielen, dem sie etwas zu sagen habe. Sie fühle dann, wie er ihr im Herzen erwidere, und so sei die Musik für sie ein Liebesaustausch wie ein anderer.

Es traf sich, daß Dora an diesem Abend, der Bequemlichkeit halber, wie sie sagte, jenes hell-violette Gewand angelegt, das mit dem Ton des Musikzimmers harmonierte und das sie an jenem ersten Morgen ihrer Intimität getragen. Schon dies erschien dem Eifersüchtigen als Entweihung, ja Beleidigung, und er überlegte, während er als der Letzte hinüberging, ob es würdiger wäre, der Schamlosen, wie er sie nannte, dadurch seine Nichtachtung zu bezeigen, daß er sich sogleich verabschiedete. Aber er brachte es, mit der schrecklichen Neugierde des Leidens, nicht über sich, seine Pein abzukürzen, und blieb. Er saß in sich versunken an Annas Seite, ohne zu fühlen, wie die junge Frau ihn berührte, um ihn näher an sich zu ziehen, als fürchtete sie von der Musik und zumal von derjenigen, welche Dora wählte, einen schlimmen Einfluß auf seine Erregbarkeit. Und so hörte er Dora nun dieselben Lieder singen, die sie ehemals für ihn gehabt, »mit denen sie ihn besser bethört«, sagte er sich mit Bitterkeit. Nach jedem Stücke sah er sie dankbar ihrem Gatten zulächeln, der ihr, da die beiden Andern schwiegen, als der, welcher aufgefordert, wohl einige Artigkeiten sagen mußte: jetzt war das alles für ihn berechnet, dachte Wellkamp. Das letzte war jenes »Lied der Ghawâze,« in dessen Vortrag er diesmal, vielleicht nur von seiner eigenen Stimmung hinzugefügt, noch mehr Ausdruck zu finden meinte, als damals. Aufblickend gewahrte er wieder wie damals über ihr mattblondes Haar die Lichtreflexe spielen, die er so oft mit seinen Lippen verfolgt hatte, und auf ihren Wangen sah er dieselbe leichte, wie angehauchte Röte liegen wie einst, als sie ihm, nur ihm allein ihre Liebe sang.

»Komödiantin!«

Er fuhr erschreckt zusammen, in Zweifel, ob das Wort etwa gehört sei. Aber es war ihm nur wie ein Seufzer entfahren. Er war sehr blaß geworden und es schwindelte ihm, so daß er sich ohne Weigerung von Anna, die seinen Arm fest in dem ihren hielt, hinausgeleiten ließ. Es war nur Dora da, um zu bemerken, wie Herr v. Grubeck den Beiden mit einem Ausdruck nachsah, in welchem Bitterkeit und Mitleid mit einer tiefen, peinigenden Ratlosigkeit gemischt erschienen.

Die Nacht brachte Wellkamp unter dem inneren Aufruhr zu, den diese für sein Gefühl abscheuliche, frevelhafte Scene hervorgerufen. Durch lange Stunden fand er immer nur den einen, verzweifelt wiederholten Ausruf, den er in den Kissen erstickte: »Es ist unerträglich! Es ist unerträglich!« Was? und warum? hätte er entweder nicht zu sagen gewußt oder er mochte es sich nicht gestehen. Und eben wegen ihrer Unvernünftigkeit war er gegen die Forderungen seines Instinkts um so ohnmächtiger. Was ihm einst als großes und unvergängliches Glück erschienen und was in jedem Falle eine starke Leidenschaft gewesen, nun mit so dumpfer Ruhe ersticken, von Heuchelei und Gleichgiltigkeit langsam, langsam zugedeckt werden zu sehen, war ihm in Wahrheit das Unerträglichste. Und in langen Stunden befestigte sich seine Sehnsucht nach einem heftigen Ausbruch aller Feindseligkeit und Eifersucht, nach einer großer Abrechnung.

Als er am Morgen, noch immer mit starr gegen die Decke gerichteten Augen auf dem Rücken liegend, die Thür leise öffnen hörte, wandte er sich unwillkürlich und schnell ab, um sich schlafend zu stellen. Kaum wußte er Anna wieder aus dem Gemache entfernt, als er sich im Bette emporwarf, angestrengt horchend, ob seine Gattin mit ihrem Vater das Haus verlasse. Nun hörte er ihre Schritte, die sich abwärts entfernten, und war auch schon aufgesprungen, sich eilig in seine Kleider zu werfen. Zwei Minuten später stand er in ihrem kleinen Gemache seiner bisherigen Geliebten gegenüber.

Dora war selbst kaum eingetreten, sie war im Begriffe, fröstelnd sich vor dem Kamin zurechtzurükken. Als sie ihn in einer Verfassung, welche die Kämpfe der vergangenen Nacht bezeugte, bleich, der Blick starr, Haar und Kleider in Unordnung, auf sich zu stürzen sah, hatte sie jenen in hochmütigem Triumph abweisenden Blick der Frau, die ihre innere Erregung bei der Rückkehr eines treulosen Geliebten verbergen will. Von einem spöttischen Lächeln halb verdeckt, war dennoch eine kleine leidenschaftliche Bewegung ihrer Lippen bemerkbar, als hielte sie den Ausruf zurück: »Du liebst mich noch!«

Nein, er liebte sie nicht mehr, er dachte in diesem Augenblick an nichts weniger als daran, daß er sie jemals geliebt. Ihr Empfang hatte, indem er ihm noch einmal ihre heuchlerische Ableugnung aller ihrer gemeinsamen Beziehungen zu bekunden schien, seine Wut erhöht. Er empfand nichts mehr, als das Bedürfnis, sie, bevor er sie verließe, zu erniedrigen, wie noch nie eine Frau erniedrigt wäre. Sein Taumel ging bis zur Selbstvernichtungslust, er hatte Alles vergessen, was ihn von dieser Frau trennen mußte, was ihm die Zukunft lieb und wünschenswert machte, Anna selbst. Sie sollte sehen, daß er nach wie vor die rücksichtsloseste Gewalt über sie besaß, und er warf sich auf sie, die durch seine verzerrte Miene, seinen abwesenden Blick erschreckt und vorbereitet, ihn mit aller Kraftanstrengung von sich stieß. Durch den erlittenen Stoß halb ernüchtert, begann er nun, ihr einen Haufen entwürdigender Ausdrücke in Gesicht zu werfen.

»Du – Du widerstehst mir, Du wagst mir zu widerstehen?« brachte er dann mühsam hervor.

»Aber ich will Dir zeigen, wer Du bist und was ich aus Dir machen kann, sobald ich will. Dein Mann wird Alles erfahren!«

Er hatte die unsinnige Drohung, die er niemals

hätte verwirklichen können, ausgestoßen, so wie er einem Feinde einen ungeladenen Revolver entgegengehalten hätte. Er verweilte jedoch sogleich dabei, als er die Wirkung bemerkte, die seine Worte auf die bisher bewegungslos Gebliebene ausübten. Dora war womöglich noch bleicher als er geworden; einen Arm, welcher bebte, streckte sie wie flehend gegen ihn aus, um ihn sofort wieder zurückzuziehen, entmutigt unter der Furchtbarkeit seiner Worte. Jedes von ihnen verursachte ihr eiskalte Fieberschauer der Furcht, der unsäglichen Furcht vor den Folgen eines Schrittes, wie er ihn in Aussicht stellte.

Und er fuhr fort, doch nun ohne erregte Zufälligkeiten, mit kalter Bosheit seine Sätze überlegend und immer dasselbe wiederholend, wie wenn er in einer glücklich entdeckten wunden Stelle immer aufs neue das Geschoß herumwendete. Er sagte alles, was der seine Stellung mißbrauchende, umbarmherzige Mann zu sagen hat und was stets darauf hinauslief, sie als Frau wisse am besten, daß sie allein die Folgen zu tragen haben werde.

»Für mich ist dies ein Abenteuer wie ein anderes gewesen, für Dich dagegen ist es das Ende.«

Er wußte nicht, wie sehr er wenigstens mit diesen letzten Worten recht hatte.

Sie hörte ihn an, je nachdem sie der Klang seiner Stimme in einem wilden Flüstern oder in lautem, rücksichtslosem Schreien traf, entsetzt und furchtsam auffahrend oder ganz in ihren Sessel zusammensinkend, während ihre Lippen nichts hervorbrachten als ein tonloses, ganz leises: »Ich bitte Dich, ich bitte Dich –«

Die Grausamkeit des Auftritts wäre nicht vollständig gewesen, wenn nicht in ihnen Beiden, während sie sich so, Opfer und Peiniger, in die Augen sahen, das namenlose Bewußtsein sich geregt hätte, daß sie hier das Nachspiel zu dem aufführten, was einstmals ihre Liebe gewesen.

Aber diese unschönen Todesschreie eines Verhältnisses, das nie hätte leben sollen, trafen das Ohr einer Frau, welche nicht die Erfahrung besaß, die berechtigt hätte sie zu hören, und welche, an das Leben in hoher reiner Luft gewöhnt, hier unvermutet in einen Abgrund blickte, dessen dumpfer, verpesteter Hauch sie zu ersticken drohte. Anna hielt sich schwindelnd an dem Pfosten der nur flüchtig zugeworfenen Thür, unfähig einen Schritt vor- oder rückwärts zu thun. Sie hatte sich nicht, wie Wellkamp in seiner Ungeduld angenommen, schon in Begleitung ihres Vaters zum Ausritt entfernt. Sie war nur, um nach den Pferden zu sehen, hinabgestiegen, während Herr v. Grubeck seine Toilette vollendete. Zurückgekehrt, hatte sie ihren Gatten einen Dienstboten schelten zu hören gemeint, wobei sie zwar überrascht war, daß seine laute angestrengte Stimme aus Doras Boudoir hervorging. Ihre Hand, welche schon auf dem Thürgriff lag, war plötzlich, wie bei der Berührung eines glühen-

244

den Gegenstandes, wieder zurückgefahren, als ihr einige der gesprochenen Worte verständlich wurden. Im selben Augenblick war schon keine Kombination, keine Vermutung mehr nötig und kein Zweifel, keine Hoffnung möglich: was sie vernahm, war zu nackt, zu hart, zu vernichtend. Da sie eine Minute lang nur das Flehen Doras hörte, das nicht mehr von Wellkamps Stimme verdeckt wurde, nahm sie, von wilder Furcht, überrascht zu werden, erfaßt, ihre letzten Kräfte zusammen, um zu flüchten. Ohne Überlegung, ohne bestimmte Absicht, nur um dem fürchterlichen Tonfall der Worte, der ihr noch immer, nun sie die Worte selbst nicht mehr vernahm, gleich Schlägen aufs Haupt fiel, zu entgehen, eilte sie in das Zimmer ihres Vaters. In dieser Stunde, da sie die jugendliche, frühreife Überlegenheit ihres Geistes so jäh beschämt und getäuscht fühlte, und da so unbekannte, ungeheuerliche Erfahrungen über ihr Herz hereinbrachen, ward sie wieder Kind, ohne Herrschaft über Andere, noch weniger über sich selbst, und mit dem unsäglichen, Alles überflutenden Bedürfnisse, in die Arme genommen und getröstet zu werden.

Sie war im Unglück glücklich genug, die Arme, die sie suchte, sogleich voll Verständnis geöffnet zu finden. Es war abermals eine Demütigung, aber eine süße, ihre Hingebung vervollständigende, wie sie ihren stillen alten Vater, den sie stets ein wenig auf sich gestützt zu fühlen gewohnt gewesen, und für den sie

Liebkosungen gehabt, welche denen einer Mutter ähnlicher als denjenigen eines Kindes waren, nun überlegen und gefaßt fand, wo sie selbst überrascht und ratlos war. In ihrer unbewußten Selbstsucht eines verwundeten Kindes, das seine Umgebung mit nichts anderem als mit seinem eigenen Schmerz beschäftigt glauben kann, kam ihr keinen Augenblick der Gedanke, was ihr Vater selbst gelitten haben müsse, wenn er alles Vorgefallene, das ihn selbst am schwersten kränkte, und das er vor ihr, seinem Kinde verheimlichen mußte, gekannt. Erst später, mehr gereift und imstande, das Zurückliegende mit Ruhe zu übersehen, sollte sie erkennen, mit einem wie glücklichen Temperament sie diese kritischen Zeiten durchschritten, da sie niemals dasjenige, dessen Fehlen eben das Problematische, die Angst und die Verzweiflung aller an solchem Zustande Beteiligten ausmacht, nämlich die Gewißheit verloren. Wie hart und grausam der Schlag, den sie soeben erhalten, sein mochte, so war doch durch ihn die positive, innere Gewißheit, die die junge Frau bisher von der Treue ihres Gatten, von der Reinheit ihres ehelichen Verhältnisses und der Familie bewahrt, einfach in ihr Gegenteil verwandelt; und der unvermittelte Übergang von einer Gewißheit zur andern hatte auf alle Fälle das Gute, ihr die langsam aufsteigenden Zweifel, den beschämenden Verdacht, kurz jene Leiden zu ersparen, welche der langwierige Todeskampf des Glaubens mit sich bringt. Dieser letztere aber war es, welchen der alte Mann erlitten, der vor ihr neben dem Sopha kniete und ihre kalten Hände streichelte, mit denen sie ihr Gesicht bedeckt hatte, während sie leise weinte.

Herr v. Grubeck hatte unmöglich wie seine Tochter ohne Ahnung bleiben können von dem, was um ihn her vorging, von der Heimlichkeit und dem Verrat, die ihn Tag und Nacht umgaben, die ihm ins Auge sahen und ihm die Hand drückten. Zwar hatte er die Täuschung dadurch erleichtert, daß er, so vollständig getrennt wie er von ihr zu leben gewohnt war, seiner Gattin nicht mehr als die unbedingt nötige Aufmerksamkeit widmete. Er kannte nicht ihre Beschäftigungen, kümmerte sich nicht um ihre Tageseinteilung, ihre Ausgänge und er sah sie kaum anders denn als einen Tischgast an, wenn er sie vor der Tafel wie nachher höflich begrüßte. So lange als die Schuldigen sich in seiner Gegenwart noch den Zwang wie in der ersten Zeit ihres Verhältnisses auferlegt, hatten sie von ihm nichts zu befürchten gehabt. Die größere Vertraulichkeit Wellkamps mit Anna, durch die er während der Mahlzeiten zuweilen überrascht ward, sowie Doras besseres, lebhafteres Aussehen nahm er für Zeichen eines beginnenden glücklicheren Verhältnisses im Leben der Familie. Er glaubte endlich den von ihm so lange erhofften Erfolg der Heirat seiner Tochter, den Einfluß, welchen der junge Haushalt auch auf die Stimmung seiner eigenen Ehe ausüben sollte, zu bemerken.

247

Seltsame Ironie, die ihn zu jener Zeit zufriedener und verhältnismäßig glücklicher sein ließ als vor- oder nachher.

Indes traten jene Krisen ein, da die beiden von ihrer Leidenschaft in Anspruch Genommenen zu sehr damit beschäftigt waren, sich gegenseitig leiden zu machen, um noch in Gegenwart des Gatten und Vaters viel an Vorsicht und Selbstüberwindung zu denken oder sie auch nur für notwendig zu erachten. Damals war es, daß Herr v. Grubeck zum erstenmale aus einzelnen, zwischen seiner Gattin und seinem Schwiegersohn ausgetauschten, plötzlichen und heftigen Blicken und Gesten schloß, daß ein näheres Verhältnis unter ihnen bestehen müsse, als sie öffentlich zugaben. Immerhin war er weit entfernt, das Schlimmste zu befürchten. Wie sich ihm Dora von jeher gezeigt, mußte er sie allerdings für unfähig halten, ihn zu betrügen. Er kannte nur nicht den Hintergrund ihrer Persönlichkeit, wußte nicht, unter welchen Prüfungen und Versuchungen sie die auf ihre Ruhe bedachte, zurückgezogen, fast strenge lebende Frau geworden war, als die er sie kannte. Er ahnte nichts von der Größe der Leidenschaftlichkeit, welche sie von Hause aus in sich zu unterdrücken gehabt, und noch weniger kannte er die Macht, welche noch dicht vor jenem verhängnisvollen Übergang zum Matronenalter alles so lange Bezwungene und Verleugnete an Lebenswillen und -begierde beim ersten Anlaß hervorbrechen ließ.

Natürlich war es dem Gatten dennoch unmöglich, sich bei seiner vermeintlichen Erkenntnis ihres Charakters zu beruhigen. Der Zweifel, der scheinbar eine bewußte Arbeit unserer Seele darstellt, senkt sich vielmehr so heimlich in ihren Grund, daß er gerade in den Augenblicken, wo wir ihn am aufrichtigsten leugnen, sein schlimmstes Werk thut. Wenn Herr v. Grubeck sich heute für sein ihn selbst beschämendes Mißtrauen gescholten, so war er morgen um so scharfsichtiger geworden. Denn es waren nicht leere Vermutungen, mit denen er dem, was sich vor seinen Augen entwickelte, zusah. Einmal aufmerksam geworden, erhielt er überraschend schnell die Eigenschaften zurück, welche nach dem Austritt aus seinem ehemaligen Lebenskreise aus Mangel an Verwendung in ihm eingeschlafen waren. Es erwachte in ihm der alte Kavalier, der, an Medisance und gesellschaftlicher Beobachtung geübt, den Kampf der Geschlechter instinktiv für das Feld nimmt, auf dem sich alles um ihn her Vorgehende abspielt, und auf das er alle Lebensäußerungen ohne weiteres zurückführt. In dem Maße, wie diese Neigung nun wieder in ihm erstarkte, erschien es ihm unnatürlicher und thörichter, die Schuld der beiden jungen Leute noch in Zweifel zu stellen, und um so weniger vermochte er dem Triebe, sich völlige Gewißheit zu verschaffen, zu widerstehen.

Die heftigsten inneren Kämpfe waren für ihn diejenigen gewesen, in denen er die Skrupel zu unterdrücken hatte, welche ihn von der Spionage zurückhielten. Wie viel er unter den traurigen Umständen seiner Ehe von seinen ritterlichen Ehrbegriffen geopfert haben mochte, so waren sie in diesem Punkte bisher unangetastet geblieben. Noch mehr dieserhalb als aus Furcht vor dem Erfolge hatte er den endlich beschlossenen entscheidenden Schritt mit dem Herzklopfen eines Jünglings gethan. Eines Morgens hatte er Unwohlsein vorgegeben, um sich der Begleitung seiner Tochter auf ihrem Spazierritte zu entziehen. Ihrer Sorglichkeit war er verdrießlich und selbst schroff genug begegnet, um sie für den Augenblick von sich abzustoßen. Sie hatte sich allein entfernt, und er hatte ihre Abwesenheit benutzt, um seine Vermutung der morgendlichen Zusammenkünfte endlich zu bestätigen. Nach den ersten Worten, die er vernommen, war die Scham, mit der er hinter die Thür getreten, vernichtet von der jähen, maßlosen Wut, in die eine mit einer gewissen Grundlage von Ungestüm ausgestattete Natur auch nach der längsten Vorbereitung durch solche Gewißheit versetzt werden wird. Er hatte eine Bewegung von solcher Heftigkeit gemacht, daß die beiden im Zimmer Befindlichen sie bei einer weniger erregten Unterhaltung hätten bemerken müssen. Doch ließ er den Thürgriff sofort wieder fahren; in sein wütendes, rücksichtsloses Begehren nach Rache, das sich bereits nicht anders als in einer äußersten Gewaltsamkeit befriedigen zu können schien, war unvermutet der Gedanke an seine Tochter geglitten. Was sollte aus Anna werden, wenn sie dieser Schlag traf, so fragte er sich in einer tiefen Ratlosigkeit. Sollte er, ihr Vater, es sein, der ihr die Illusionen entrisse, in denen sie zweifellos befangen war? Galt es nicht viel besser, sie in ihnen fortleben zu lassen, so lange wie möglich? Vielleicht nahm ohnehin Alles bald ein Ende, ohne daß sie jemals nötig haben würde, etwas davon zu erfahren. Er erinnerte sich ähnlicher Fälle aus seinem ehemaligen Bekanntenkreise. Zwar war andererseits die Möglichkeit vorhanden, an die er nur mit Grauen dachte, daß sie das langsame Groß-werden des Verdachtes, noch unsäglich schmerzvol-ler als er selbst, an sich erführe. Aber wenigstens *konnte* Alles ein gutes Ende nehmen.

Es ist wahr, daß er in diese Berechnung, der im Augenblicke ihres Entstehens nur die zärtliche Rücksicht auf seine Tochter zu Grunde lag, bald auch sein eigenes Interesse einschob. Einmal wieder in der Einsamkeit seines Zimmers, wurde ihm die soeben empfundene Regung seines Willens zum persönlichen Eingreifen mit jeder Minute unbegreif-licher. Er schrak bei dem Gedanken zusammen, daß er jenem ersten Antrieb hätte folgen können. Dann hätte er jetzt vor seiner Gattin gestanden, deren Blick, den er fremd und hochmütig auf sich gerichtet fühlte, er nicht hätte ertragen können. Was war denn er ihr, und welche Pflichten hatte sie gegen ihn? War er ihr nicht von jeher Alles schuldig geblieben, was er ihr verdankte? Die besonderen unglücklichen Umstände, unter denen sich ihr Eheleben entwikkelt, hatten in Herrn v. Grubeck ein für allemal ein Schuldbewußtsein befestigt, das ihm jedes Gefühl seiner Autorität, ja nahezu jeden Glauben an seine Rechte benahm. Wie hätte er wagen dürfen, seine Gattin zur Verantwortung zu ziehen, da vielmehr sie von ihm Rechenschaft fordern konnte!

Diese Idee, daß einzig durch die Verhältnisse, für die er sich selbst alle Schuld beimaß, Dora aus der rechten, alltäglichen Bahn fortgedrängt, ließ ihm in natürlicher Folge auch die Schuld Wellkamps geringer erscheinen. In seiner qualvollen Mutlosigkeit, die durch jahrelanges Verbleiben in einer falschen, sein ritterliches Gewissen bedrückenden Lage genährt war, fand er eine traurige Befriedigung darin, den Verführer seiner Gattin zu entschuldigen. Die Aussicht ward ihm immer unwahrscheinlicher, vor den Beleidiger seiner Hausehre, so wie es seine Vergangenheit erfordert hätte, hinzutreten. Gab es für ihn eine Hausehre wie für einen Andern, und durfte er Richter über sie sein?

In solchen Gedanken fühlte er sich in seinem Hause weniger als jemals heimisch. Die gereizte Stimmung, die man an ihm wahrgenommen, verbarg seine vollständige Mutlosigkeit, die in einen endgiltigen Verfall seines Willens überzugehen schien. Von der schmachvollen Gewohnheit des Spionierens hatte er sich nicht mehr loszumachen vermocht. Sobald er sich ungestört wußte, verbrachte er als Lauscher an den Thüren Stunden der schmerzlichsten Selbsterniedrigung. Er ward gehetzt, vielleicht nicht weniger als die Schuldigen selbst es in jener Zeit waren, von der Angst, es könne das Verhältnis eine unerwartete, noch gefährlichere Wendung nehmen. Und es war nochmals die seltsame und grausame Ironie, die ihn, den Betrogenen und Geschädigten, gleichsam zum Mitschuldigen gemacht, daß er am Ende die gleiche Erleichterung wie Wellkamp in jener scheinbaren Lösung der furchtbaren Situation fand, die Annas Entschluß, abzureisen, brachte. Er zählte bis dahin die Tage, fortwährend davor zitternd, daß der ruhige Verlauf der Dinge dennoch zuletzt durch irgend ein gewaltsames Ereignis unterbrochen werden könnte. Indes hatte er die größte Gefahr, eine endliche Entdeckung des Geheimnisses durch Anna, kaum vorgesehen. Die harten Kämpfe um seinen eigenen innern Frieden hatten eine Zeit lang das Interesse für die unschuldige Ruhe seiner Tochter verdrängt. Um so unumwundener trat dagegen dieses letztere in den Vordergrund, als er am heutigen Morgen Anna ins Zimmer stürzen und auf sich zueilen sah, mit einem Gesicht, dessen Züge von einer plötzlichen schweren Erfahrung gespannt und beinahe größer geworden erschienen, und mit Augen, denen ein neues, furchtbares Wissen einen unbekannten Ausdruck gab.

Alles was es in Herrn v. Grubecks Natur an natürlich väterlichen und an edel männlichen Instinkten gab, ward beim Anblick seiner Tochter aufs lebhafteste erregt. Er hatte in dieser Minute sämtliche Skrupel, Zweifel, Widersprüche, die ihn seit langen Wochen zu jeglicher Willensäußerung untauglich gemacht, besiegt, und all sein Denken und Empfinden war einzig auf die Verteidigung seines Kindes gerichtet. Er war ihr natürlicher Beschützer, und man hatte sie zu kränken gewagt; dadurch hatte sich unvermutet Alles gelöst. Seine nunmehr auf ein festes Ziel gerichtete, innerliche Energie verlieh ihm eine kaum jemals besessene Macht über die so eigenmächtige Natur Annas. Er vermochte sie mit wenigen Worten und Liebkosungen zur Besinnung zu rufen, und sie gehorchte seiner Ermahnung, ihn ruhig zu erwarten, während er ihre Sache in Ordnung brächte. Sein Entschluß war gefaßt; dies verlieh seinem Auftreten eine gewisse Kürze und Entschiedenheit, die Wellkamp dennoch ein wenig stutzig machte. Im übrigen fragte dieser nach der stattgehabten Szene mit Dora kaum noch nach einer Aussprache mit ihrem Gatten; die Überreizung, in der er sich befand, war unmöglich noch zu steigern. Aus Doras Zimmer, wo er sie in völliger Vernichtung, vom Sessel auf die Kniee niedergesunken, zurückgelassen, ins Vorzimmer getreten, traf er hier mit dem Major zusammen, dem er auf ein kurzes Wort hin mechanisch folgte, als handelte es sich um die gleichgültigste Angelegenheit. Thatsache war, daß er, so schmerzlich es ihm stets gewesen, seine Frau zu hintergehen, des Gatten seiner Geliebten in dieser Beziehung niemals besonders gedacht. Er war auch jetzt weit entfernt, seine Schuld ihm gegenüber drückend zu empfinden. Es lag dem nichts anderes als das stumme Achselzucken zu Grunde, mit dem der Geliebte jedesmal dem Gatten gegenübersteht: »Warum hast Du Dein Eigentum nicht besser bewahrt?« Auch hier verleugnete sich nicht die, dort wo es unter Männern zur Entscheidung kommt, stets zu Tage tretende, brutale Auffassung des Weibes als Beute, die man sich gegenseitig abjagt. Das ist ehrlicher Kampf, und die Forderung, welche in den günstigeren Fällen folgt, setzt diesen Kampf nur von der anderen Seite fort.

Diese instinktive Auffassung der Sachlage mochte es sein, in der Wellkamp, als sie im Speisezimmer, wohin ihn der Major, um möglichst unbelauscht zu bleiben, geführt hatte, einander gegenüberstanden, sogleich das Wort nahm: »Natürlich bin ich zu jeder Genugthuung bereit«, sagte er einfach.

»Genugthuung?« fragte Herr v. Grubeck mit einer flüchtigen Betonung, als handelte es sich um etwas, daran er bisher nicht gedacht und das er sogleich zurückzuweisen gedenke.

»Genugthuung?« wiederholte er. »Was verstehen Sie darunter? – Ist Ihnen die Lage der Angelegenheit so wenig gegenwärtig, daß Sie meinen, Alles, was Sie bisher zerstört haben, mit ein paar Pistolenschüssen wieder herstellen zu können? Das Duell ist geschaffen für Leute, die eine gute Sache zu verteidigen glauben. Von alle dem, was ich während der ganzen Zeit, da ich von dem Geschehenen unterrichtet war, von meiner Gewissensruhe geopfert habe, würde ich nichts zurückerhalten, wenn ich Sie jetzt nachträglich über den Haufen schösse. Oder sollte ich mein Kind, das ich dort drüben so zurückgelassen habe, daß Sie es nicht wiedererkennen würden, von Ihnen, der ihr Alles genommen hat, auch noch der letzten Stütze, des Vaters, berauben lassen? Und wünschen Sie, der an dem Unglück schuld – aber vielleicht sind weder Sie noch Ihre Mitschuldige allein schuld daran – doch gleichviel, wünschen Sie unsere Schande zu offenbaren, Zeugen zu suchen, die Öffentlichkeit dafür zu interessieren? Nein, mein Lieber, die Angelegenheit hat ja ganz unter uns gespielt, in der Familie; machen wir also auch die Abrechnung unter uns ab ...«

Der Major holte tief Atem. Seine Brust erschien nichts weniger als eingefallen, er hatte sich straff aufgerichtet und blickte auf Wellkamp wie auf einen Untergebenen herab. Seine Sprache war gleichfalls von einer längst verlorenen Festigkeit. Er hatte harte und zum Schlusse ironische Töne gefunden, und nur einmal, als er seine eigene Mitschuld andeutete, war seine Stimme leiser und stockender geworden.

Wellkamp war von Auftreten und Sprache seines Schwiegervaters anfangs überrascht, dann beunruhigt und endlich besiegt. Er ward plötzlich gewahr, daß er alles geschehene Unglück stets nur unter dem Gesichtswinkel seines eigenen Leidens betrachtet. Es hatte ihn gepeinigt, in einer durchseuchten Atmosphäre zu leben, in der er von seinen Leidenschaften mehr und mehr beschmutzt und erniedrigt ward, darum hatte er sich aufgebäumt. Der Gedanke, daß er an Andern Unrecht verübte, hatte ihm Gewissensbisse verursacht, und auf eben diese seine eigenen Schmerzen beschränkte sich sein Gefühl. Er hatte sich das Leid der Andern vorgeworfen, aber niemals hatte er es sich so wie jetzt während der Anrede des alten Mannes, so nahe, so körperlich wirklich vorgestellt. Wann thäten wir übrigens dies jemals?

Mehr als alles andere hatte den Schuldigen die Erwähnung Annas tief erschreckt. Der Gedanke, daß sie nun wirklich Alles wisse, war ihm von einer seltsamen Unbegreiflichkeit, wie uns wohl Ereignisse ganz unvorbereitet treffen, die wir längst hätten voraussehen können. Es konnte nicht wahr sein, denn es wäre zu furchtbar gewesen. So groß seine Schuld sein mochte, die Strafe, sie zu verlieren, war dennoch übermäßig schwer. Angesichts dieses Gedankens war er nahe daran, alles Geschehene als ein leichtsinniges Spiel zu betrachten, das er kaum ernstgenommen, und das er jedenfalls unterlassen, wenn er des Einsatzes gedacht hätte, dessen er nun verlustig gehen sollte. Hatte er denn wirklich um Leben und

Tod gespielt? In Wahrheit kam bei dieser Frage Todesangst über ihn, und diese war der Boden, aus dem sich zum erstenmale eine große, von allen sie umringenden Umständen losgelöst mächtige Liebe zu seiner Gattin in ihm erhob.

Indessen stand er, den Kopf wie unter Nackenschlägen geneigt, ohne zu wagen, den Blick, den er bei den ersten Worten seines Schwiegervaters gesenkt, wieder zu erheben. Während kalter Schweiß auf seine Stirn trat, hörte er den Andern mit hartem, nun trocken und wie geschäftsmäßig gewordenen Tone die Bestätigung dessen aussprechen, was er am meisten fürchtete.

»Ich denke«, fuhr der Major fort, »daß eine sofortige Trennung Ihnen jetzt ebenso erwünscht sein wird, wie mir. Ich glaube leider, daß meine Tochter sich nur dann beruhigen wird, wenn Ihre Abwesenheit eine definitive ist. Um sie also beschleunigen zu können, werden wir von einer plötzlichen Krisis in Ihrem Befinden sprechen. Unsere Angelegenheiten dürften sich brieflich am besten ordnen lassen. Wenn Sie in eine Scheidung willigen, so stimmen wir hoffentlich darin überein, sie wenigstens ein halbes Jahr hinauszuschieben. Es kommt darauf an, Alles möglichst unauffällig einzuleiten. – Also Sie reisen?«

»Ich werde reisen«, sagte Wellkamp ganz leise, doch noch immer mit der schwachen, gleichsam eine letzte Bestätigung erwartenden Frage im Ton seiner Stimme. Wie eine Antwort hörte er im gleichen

Augenblick Anna, welche unbemerkt die Thür geöffnet, sagen:

»Du wirst reisen, aber nicht ohne mich.«

Die beiden Männer starrten sie an wie eine Erscheinung. Den Einen von ihnen enttäuschte sie über
seine ganze Auffassung der Dinge, brachte seine Festigkeit zugleich mit dem Ziele ins Wanken, auf das
sie gerichtet gewesen; dem Andern kam sie unver-
hofft zurück, nachdem er sie in diesen bangen Minuten schon lange, so lange verloren zu haben gemeint.

Während Herr v. Grubeck, ohne ein Wort des Wi-
derspruchs, mit unmerklich schwankender Haltung
ans Fenster trat, an das er sich, dem Zimmer den Rük-
ken gewandt, lehnte, war Wellkamp ohne einen Gedanken, wie unter der Gewalt des Schicksals, auf die
Kniee gesunken. Er verstand nichts mehr. Jenes erste
Mal, als er, wie jetzt wieder, ihre Hand mit seinen
Thränen benetzte, hatte er, im Spiel seiner Phantasie,
sie mit seiner halben Hingebung zurückzugewinnen
geglaubt. Heute fand er für das, was geschah, keine
Erklärung in sich selbst. Damals hatte Anna ihn nicht
begreifen können, da er sie täuschte; er dagegen begriff sie heute nicht, weil sie ganz aufrichtig war.

»Nicht ohne mich!« wiederholte sie fast bittend.

»Du hast mir viel, viel Leid zugefügt. Aber ich
fürchte, Dir selbst fast noch mehr. Ich glaube – heute
Morgen gehört zu haben, daß Du unglücklich bist.
Wenn wir es also Beide sind, könnten wir dann nicht
zusammen auch wieder glücklich werden?«

Wie der Klang ihrer Worte, so war das Gesicht der jungen Frau sehr ruhig, vielleicht noch klarer, in irgend welcher Weise freier. Es schien etwas wie der Schatten eines kleinen, geistigen Hochmuts von ihrer Stirn genommen. Die letzten Erfahrungen, die sie in ihrem Stolze ebensosehr enttäuscht, wie sie ihr Herz verwundet hatten, schienen sie sanfter, ihre Empfindung weicher gemacht und ihr ein schönes Verständnis für menschliche Schuld und menschliches Leid geschenkt zu haben.

Wie hätte sie früher Verständnis für die Schuld Anderer besitzen sollen, da sie Niemandens Schuld kannte. Sie hatte noch wie ein Kind Alles mit den Augen ihrer Sympathien und Antipathien angesehen, und so hatte sie von dem, was ihren Gatten seit so langer Zeit von ihr trennte, nichts ahnen können. Es gibt solche Naturen, die nicht überragend groß – denn zur Größe gehört auch das Verständnis der Schuld und vielleicht die Schuld selbst – aber rein genug sind, eine noch so geheime Verdächtigung des geliebten Gegenstandes als eine Beschimpfung ihres innersten Heiligtumes und ihrer selbst zu empfinden. Man führe sie dicht an das vor ihnen, in ihrem intimsten Kreise aufgerollte Problem der Schuld heran, so werden sie es übersehen. Man öffne ihnen mit Gewalt die Augen, so werden sie mehr ihrem Gefühl als ihren Augen glauben. Das Geständnis endlich des Schuldigen selbst wird sie nur dazu vermögen, im eigenen Herzen Buße zu thun und ihm seine Schuld tragen zu helfen. Dabei können sie im Alltagsleben nüchtern erscheinen, und nichts liegt ihnen ferner, als der tägliche Kultus des Gefühls, seine Anbetung mit Gesten und Empfindsamkeiten. Aber der Glaube an das Gefühl selbst ist in ihnen unzerstörbar; er ist der Grund, in den ihr Sein gesenkt ist. Es sind sozusagen protestantische Naturen.

Dem Manne zu ihren Füßen fehlte die Erklärung. Er kniete jetzt noch vor ihr, wie wohl ein Beter vor einer Madonna, die ein Wunder gethan. Aber er hatte ein Leben vor sich, um sich aufzurichten an der Stärke eines Frauenherzens, welches liebt und vergibt.

IX

Nach der furchtbaren Auseinandersetzung mit ihrem bisherigen Geliebten hatte Doras Zustand anfänglich eine nicht ungefährliche Wendung genommen. Der Angriff auf die Widerstandsfähigkeit ihrer Nerven war ein solcher gewesen, daß eine ursprünglich gesundere, an Ruhe und Ausgeglichenheit gewöhnte Natur ihm zweifellos unterlegen wäre. Die ihre, welche an seelischen Kämpfen und Krisen des Temperamentes reich erfahren war, überstand auch noch dies. Indes erholte sie sich langsam. Etwa zwei Wochen lang kam sie wenig zur Besinnung. Als ihr matter Geist sich wieder zu sammeln begann, war es mit der gewöhnlichen, tiefen Gleichgültigkeit des Rekonvaleszenten für alles andere als für sein animalisches Befinden. Während sie sich zum erstenmale erhob, zauderte sie wohl kurz, das Zimmer zu verlassen, mehr aus Widerwillen, irgend Jemand außer ihrer Pflegerin zu begegnen, als in ausdrücklicher Erinnerung an das ihrer Krankheit Voraufgegangene. Aber sogleich fiel sie von neuem in die natürliche Neigung, Alles gehen zu lassen, zurück. Warum irgend etwas bedenken, und auf wen Rücksicht nehmen? Sie hatte erfahren, daß Wellkamp mit seiner Gattin wenige Tage nach der Katastrophe abgereist sei. Ihres eigenen Gatten gedachte sie kaum, er bedeutete in diesem Augenblicke nichts mehr in ihrem Leben. So seltsam hatte sich die namenlose Angst, die ihr damals Wellkamps Drohung, sie an den Mann zu verraten, eingeflößt, jetzt in die äußerste Fremdheit und Nichtachtung gegenüber der vollendeten Thatsache verwandelt.

Auch beachtete sie es nicht weiter, als sie sich während ihrer Mahlzeit im Speisezimmer allein fand. Herr v. Grubeck hatte sich seinerseits entschuldigen lassen. Er fand es zur Zeit unmöglich, Dora zu sehen und mit ihr ohne einen Rückhalt, wie er ihn bisher in seiner Tochter gehabt, zusammen zu bleiben. Er zögerte noch, als habe er einen Entschluß zu fassen, und gestand sich nicht, daß dieser Entschluß im Stillen bereits feststehe. Seine Schwäche hatte denselben für ihn gefaßt. Nachdem der plötzliche Aufschwung seines Willens, der ihm in jener bedeutenden Stunde zu Allem Kraft verliehen hätte, durch Annas Dazwischenkunft gleichsam unnötig gemacht und erfolglos geblieben war, hatte der alte Herr sich sofort in um so tieferer Energielosigkeit befunden. An eine Scheidung seiner Ehe, die ihm während jener Unterredung mit seinem Schwiegersohne als durchaus selbstverständlich vorgestanden, wagte er sich nicht mehr zu erinnern, so wohl fühlte er, daß er sie für alle Zeit vermieden zu sehen wünschte. Es hätte das den Verzicht auf alle Bequemlichkeiten erfordert, die, so unbedeutend sie im einzelnen sein mochten, einem Manne von seiner Erziehung und seinen Gewohnheiten wie die Luft des Lebens selbst erschienen, und die ihm das Vermögen seiner Gattin verschaffte. Lieber als die Entbehrung ertrug er auch ferner die täglichen geheimen Demütigungen, welche ihm seine Verhältnisse als unvermeidliche Begleitung der Bequemlichkeiten auferlegten. Einen Augenblick hatte er sein Haupt hoch erhoben aus dem trägen Strom, in dem sein Leben forttrieb; nun ging es von neuem über ihn hin. Je länger er indes unschlüssig blieb, wie er von jetzt an seine Stellung aufzufassen, und in welcher Weise er Dora zu begegnen habe, desto mehr gefiel er sich in seiner Neutralität und wich um so sorgfältiger jedem Zusammensein mit seiner Gattin aus. Ein flüchtiger Gruß und eine Frage nach ihrem Befinden gelegentlich einer zufälligen Begegnung machten ungefähr ihren ganzen Verkehr aus. Im übrigen vermied der Major seine Wohnung, die ihm nicht nur durch die Schwierigkeiten des Zusammenlebens mit seiner Gattin verleidet wurde. Sobald mit Annas Fortgang die Aufsicht und Sorgfalt verschwunden, war natürlicherweise die Bedienung nachlässiger geworden. Doras Indolenz ließ die Räume selbst bald unwohnlich werden. In dem Zimmer ihres Vaters war Anna gewohnt gewesen, persönlich Ordnung zu halten; nur so konnte die Unordnung des alten Herrn korrigiert werden, und jetzt fand sich hierfür keine Hand. Die langen Nachmittage, die der Major sonst hier auf seine künstlerischen Lieblingsbeschäftigungen verwandt hatte, brachte er nun meist außer Hause zu. Er, der seit seiner Verheiratung kaum irgendwelche Verbindungen unterhalten, knüpfte jetzt die Beziehungen zu verschiedenen am Platze lebenden, ehemaligen Kameraden wieder an. In einen Klub eingeführt, gewöhnte er sich bald, hier auch seine Mahlzeiten einzunehmen. Bloß um die Kommentare der Bekannten zu vermeiden, speiste er von Zeit zu Zeit zu Hause, dann jedoch zu anderer Stunde als seine Gattin.

Die gänzliche Einsamkeit, in der sie so gelassen war, mußte für Dora verhängnisvoll werden, denn sie bewirkte, daß ihre noch immer wie niedergeschmetterten und betäubten Gedanken, sobald sie sich sammelten und klärten, genau an dem Punkte ihre Arbeit wieder aufnehmen konnten, wo sie sie liegen gelassen, da nichts sie durchkreuzte und ihnen eine andere Richtung gab. Zwar war es fürs erste nicht so weit, und die junge Frau that selbst unbewußt alles mögliche, um das Erwachen zu verzögern. Das wiederholte Anraten des Arztes von Bewegung in freier Luft lehnte sie jedesmal entschieden ab. Sie war nicht einmal zu einer Ausfahrt zu bewegen. Sie blieb vor ihrem Kamin sitzen, in welchem trotz des herrlichsten Frühlingswetters das gewohnte Feuer brannte, und wenn sie ihre ausgestreckte Hand betrachtete, so sah sie die Flamme hindurchscheinen. Unterdessen mühte sich hinter ihrer wachsbleichen Stirn ein Gehirn, das zu wenig Blutnahrung erhielt, an der langsamen und beschwerlichen Arbeit des Erinnerns ab. Viele Wochen war es nichts als eine gegenstandslose Unruhe, die sie bisweilen ohne Absicht aufstehen ließ, um mit kurzen und unsicheren Schritten, als suchte sie etwas, durch das Zimmer hin und wieder zu gehen. Die dumpfe Stille um sie her und in ihrem Innern begann sie zu quälen. Es regte sich bereits wieder der ihr so natürliche Trieb, sich und andere mit den Irrungen und Launen ihres Gefühls leiden zu machen, dieses Bedürfnis nach Aufregungen, zu denen gleichwohl ihre kaum genesende Natur noch unfähig war. Mit der Bewegung und mit der vermehrten Anstrengung ihres Geistes schienen indes ihre nervösen Kräfte zu wachsen. Ihr Schritt wurde hastiger, während sie von Zimmer zu Zimmer ging, hier und da stehen bleibend, um irgend etwas gedankenlos zu berühren, eine beliebige Kleinigkeit in ihren flüchtigen, leis zitternden Fingern zu zerbrechen. Einmal verirrte sie sich so, ohne zu wissen warum, in das Zimmer ihres Gatten, in welchem sie anfänglich fremd und gleichgiltig umhersah. Dann glitten ihre Hände mechanisch über die Haufen von bestaubten Papieren, die den Schreibtisch bedeckten, Skizzenblätter, Briefe, Rechnungen. Sie berührte sie vielleicht zum erstenmale, und niemals hatte sie absichtlich einen Blick hineingethan. Der Stolz, den Jeder sich den Bedürfnissen seiner Natur entsprechend bildet, war in ihr derart, daß er sie stets von allem zurückgehalten hatte, was an Spionage erinnerte. Es ist wahr, daß ihr dies durch die Gleichgiltigkeit, welche sie allen Angelegenheiten ihres Gatten entgegenbrachte, erleichtert worden war. Auch jetzt dachte sie nicht an den Inhalt dessen was sie sah. Sie ward erst aufmerksam, als sie auf einem der Bögen die Schrift Annas zu bemerken meinte. Im ersten Augenblick beachtete sie nichts als das große und starke Papier, von einer Art, wie nur Männer es zu benutzen pflegen. Dann riß sie das Blatt mit einer heftigen Bewegung an sich und floh damit wie mit einer heimlichen Beute, halb von einer unbestimmten Ahnung, halb von Scham getrieben. Einmal wieder auf ihrem Platze, röteten sich ihre Wangen mit einer ungesunden Röte, weit weniger durch die Hitze des Feuers, dem sie sie, in die Hand gestützt, ganz nahe gebracht hatte, als infolge der Lektüre des Briefes, über dessen feste, gleichmäßige Züge ihr Blick, ohne ein einziges Mal anzuhalten, hinjagte. So mag Jemand, den man seiner zerstörenden Leidenschaft eine kurze Weile entrissen hatte, das Glas, dessen er sich zum erstenmale wieder bemächtigt, auf einen Zug leeren. Mit solcher krampfhaften Wollust durchtränkte sie sich endlich wieder mit ihrem so lange entbehrten Leiden.

Anna schrieb:

»Mein lieber Vater!

Es ist entschieden, daß wir zurückkehren; in etwa acht Tagen hoffen wir Dich wiederzusehen. Es würde mich zu traurig machen, Dich länger in der Einsamkeit zu wissen, in der Du jetzt leben mußt. Du sollst sehen, wie ich Dir Dein Zimmer wieder heimisch machen werde, und dann kommst so oft wie es angeht, zu uns heraus. Mit der Villa in der Schillerstraße, die Du uns vorschlägst, sind wir ganz einverstanden. Ich erinnere mich ihrer sehr genau, nachdem ich sie einmal, während sie zum Verkauf stand, zufällig besichtigt habe. Die Zimmer sind geräumig und luftig, und erhalten ein volles Licht durch hohe Scheiben; das ist, wie Du weißt, meine besondere Liebhaberei. Am meisten reizt mich aber der große, terrassierte Garten, der bis gerad an den Fluß hinabsteigt. Wir bleiben so, wenn wir den herrlichen Genfer See verlassen, dennoch so viel wie möglich in der freien Natur. Es wird ein sehr schöner Sommer werden. Ich habe nur ein Bedenken, nämlich was den Kauf des Grundstückes betrifft. Wenn es anders nicht möglich sein sollte, mache den Vertrag auf jeden Fall fertig; lieber wäre uns eine nach wenig Jahren zu erneuernde Miete. Wir wären unvorsichtig, uns auf allzu lange Zeit zu binden, da wir die Unruhe meines lieben Erich kennen, der nun einmal keine seßhafte Natur ist. Ich sehe wohl ein, daß, wie er sagt, die häufige Ortsveränderung etwas wie ein Betäubungsmittel ist, an das man sich auf die Dauer gewöhnt wie an ein anderes. Bei unseren heutigen, leichten und bequemen Reiseverbindungen ist es vielleicht wirklich das hauptsächliche Narkotikum vieler, und zumal solcher Existenzen geworden, die der regelmäßigen, fesselnden Arbeit entbunden sind. Ich nehme es ohne Widerspruch für ihn an, ist es doch so viel unschuldiger als manches andere, vor dem es ihn bewahren kann.

Du wunderst Dich, wie ich ihn zu verstehen und in seine Bedürfnisse einzudringen trachte. Es ist wahr, daß ich es vormals nur zu wenig gethan habe, und ich bin mir dessen bewußt, was ich so zu dem, was geschehen, beigetragen habe. Doch hoffe ich jetzt so viel wie irgend möglich, davon nachzuholen. In der sehr angenehmen Gesellschaft, der wir in unserer kleinen Pension angehören, finde ich meinen Mann recht in seinem Element. Während der Unterhaltungen, die man allabendlich in dem hübschen, altmodischen Gartensaal führt, der auf den See hinausblickt, habe ich oft Gelegenheit, die Reichhaltigkeit seines Wissens zu bewundern, und noch mehr die Leichtigkeit, mit der er es behandelt. Im Gespräch mit den Angehörigen verschiedener Nationalitäten und Lebenskreise versetzt er sich ohne Schwierigkeit in das Interessengebiet eines Jeden, um dessen Gesichtspunkt zu dem seinigen zu machen. Neben ihm komme ich mir mit der Einseitigkeit meiner Auffassung und mit meinem mehr systematischen Wissen oft recht schwerfällig vor. Wenn ich bei solchen Gelegenheiten ein wenig stolz auf ihn bin, so komme ich ihm doch erst ganz nahe in den Zwiegesprächen, die wir lieber als sonst irgendwo, auf den Spazierfahrten führen, welche wir fast täglich auf dem See unternehmen. Wenn er mir die Geschichte und den Gang seines geistigen Lebens erzählt, so bin ich fast erschrocken, wie viele Überzeugungen er nach und nach erworben und später wieder zu glauben verlernt hat. Es macht mich wehmütig, zu merken, daß er Wahrheit und Irrtum kaum noch als Gegensätze betrachtet, und sich damit bescheidet, Alles gelten zu lassen. Zugleich aber belehrt mich dies über mich selbst, die ich mich, wie Dir nicht verborgen sein kann, für ungläubig gehalten habe. Und doch habe ich seit meiner Kindheit meinen Glauben höchstens verändert. In ihm erkenne ich erst, was eine wahrhaft ungläubige Natur ist.

Dies alles wird Dir herzlich unbedeutend erscheinen, aber ganz sicher würdest Du unsere Stimmung teilen, wenn wir so in den weißen Sonnendunst hineinrudern, der über den See gebreitet ist, während auf den Rudern, die langsam und wie schmeichelnd über das glatte Wasser zurückschleifen, die Tropfen im Lichte funkeln. Ich weiß nicht, ob es die Luft ist oder die gleitende Bewegung des Kahnes, aber es ist Alles wie mit einer stillen Innigkeit durchtränkt, aus der ohne unser Zuthun auch das, was wir uns sagen, herauszufließen scheint. Es ist wohl vor allem der See, der etwas Beschwichtigendes, zuweilen selbst Feierliches in sich trägt. Man sucht ihn, auf welchem Punkte der Landschaft man sich auch befinde, wie mit der Seele, so mit den Blicken, und wenn wir ihn abends nicht mehr sehen, so regeln sich vorm Einschlafen unbemerkt unsere Atemzüge nach dem leisen, leisen Geräusch seiner Strandwellen.

Als Erich kürzlich abends allein von einem Ausgange heimkehrte, gab er mir ein Gedicht, das ich Dir mitteilen möchte. Ich finde es nicht schlecht, doch bin ich ja nicht unparteiisch. Denke Dir aber, daß ich jetzt an Musik und Poesie mehr Geschmack gewonnen habe, als je zuvor. Du siehst, daß große Ursachen neben den bedeutenden auch kleine Wirkungen haben.

Ich grüße Dich, mein guter Vater, in Liebe

Deine Tochter *Anna*.«

Hier das Gedicht:

Still lag der See im weißlich-blauen Duft,
Aus dem die Berge gleich Phantomen ragten.
Weich abgestimmt war jede schwarze Kluft,
Darüber hin sonst Wetterwolken jagten,
Von dieser jungen, schmeichlerischen Luft,
In der die Möwenschreie leis nur klagten.

Nur selten Böte durch den stillen Raum
Mit lautlos eingetauchten Rudern glitten,
Dem Abendschein entgegen, wie im Traum
Bin ich den lieb vertrauten Weg geschritten.
Als ich mich wiederfand, am grünen Saum
Des Weingeländes, hab' ich's gern gelitten.

Der Pfad schleicht aufwärts durch das Kreuz und
   Quer
Von weißen laubwerküberhangnen Mauern.
Der leise Wind trägt Blütenduft mir her:
Aus unserm Garten schon? wie lang wird's dauern,
Bis unter'm Thor, das in den Angeln schwer
Sich dreht, des Ahorns Grüße mich umschauern.

Nun winkt herab vom grauen Gartensaal
Weiß die Gestalt im Josephinenmieder.
»Ich bin's.« – Es duften süßer am Portal
Als je zuvor im Mai, Jasmin und Flieder; –
Und daß das Schicksal uns einander anbefahl,
Wir fühlen's und wir sagen es uns wieder.

Am Ende des Blattes angelangt, vermochte Dora die
Augen nicht mehr von den letzten Zeilen zu erheben.
   »Und daß das Schicksal uns einander anbefahl« –
   Sie las dics immer aufs neue, als begriffe sie es
nicht oder als hoffe sie, dennoch einen andern, weniger schrecklichen Sinn aus dem Verse herauszudeu-

ten. Ach, die Worte waren nur zu klar, und er selbst hatte sie schreiben können! Jeder Zweifel an der Aufrichtigkeit und Endgiltigkeit der ausgesprochenen Gesinnungen ward unmöglich, wenn sie die Ähnlichkeit in Ton und Stimmung der beiden Gatten verglich. Es lag etwas darin, was ihr die Überzeugung auferlegte, daß Alles für sie verloren sei, mit jener Unwiderruflichkeit, für welche es keine Gründe gibt. Es mußte wohl die stille Innigkeit sein, von der Anna schrieb, und die gleichmäßig aus jeder Zeile sprach, ob Wellkamp den Heimweg zur Geliebten schilderte, oder ob die junge Frau ihre naive Bewunderung für die Eigenschaften ihres Mannes äußerte. Dora mußte nun sehen, daß Alles, was geschehen, daß ihr kurzes Glück und ihr langes Leiden endlich nur vermocht hatten, die Bande zwischen dem geliebten Manne und der verhaßten Andern fester zu knüpfen, ihnen eine wahre, unzerstörbare Intimität zu geben, die sie vorher nicht besessen. Und war nicht auch das Verhältnis von Vater und Tochter ein engeres geworden? In ihrer geistigen Abgeschlossenheit hatte Anna vormals in ihrem Vater keinen Vertrauten erblickt; sie hätte ihm nie die Geständnisse gemacht wie sie es jetzt gethan. Vielleicht war, so fiel es der einsamen Frau ein, ihr Gatte eben in diesem Augenblick bei seinen Kindern in ihrem neuen Heim. Der Brief war vom 20. Mai datiert, und man befand sich in den ersten Tagen des Juni; das Paar mußte zurückgekehrt sein. So war sie von diesen drei Menschen gewaltsam entfernt, welche sich darauf einander genähert hatten. Die Wahrnehmung, wie ein schädliches Element in schweigender Übereinkunft ausgeschlossen worden zu sein, vollendete ihre Trostlosigkeit. Auch er hatte sich dazu verstehen können! Diese Entdeckung mit Allem was ihr der Brief verriet, hatte in ihr eine letzte, äußerste Hoffnung vernichtet, die trotz Allem, selbst während jenes furchtbaren Abschieds, ja in den Fieberdelirien und später während der halben Betäubung, in der sie gelebt, noch unversehrt geblieben war, die Hoffnung, daß er mit der Andern dennoch sein Glück nicht finden, und daß er zurückkehren werde. Vielleicht war es nichts anderes, was bisher die fliehenden Kräfte beisammen gehalten, was den bleibenden Lebenswillen ausgemacht hatte, als diese Hoffnung. Sie war wohl schwach gewesen wie der Atem der Kranken, doch nichts anderes als die heutige grausame Aufklärung hatte sie ganz stocken lassen können. Nun aber dieser tiefverborgene Ressort, aus dem das ganze System der seelischen und nervösen Thätigkeit einzig noch unterhalten worden, aufgehoben war, ward das Auseinanderverlangende durch nichts länger verbunden.

Die junge Frau warf achtlos Scheite über Scheite in den Kamin, um dann mit unbeweglichen Augen in die übergroße Flamme zu starren. Erst als ihre Stirnhaare versengt wurden und ihr Gesicht unerträglich glühte, zog sie den Kopf zurück. So blieb sie sitzen und blickte mit denselben Augen die erkaltete Asche an, mit denen sie in die Lohe gesehen. So fand sie jeder Tag einer langen Reihe. Sie beschäftigte sich nicht mehr; ihre Bücher blieben geschlossen, sie machte keine Tagestoilette. Kleidete man sie des Morgens an, so war ihre einzige Sorge, daß man ihr jenes hellviolette Gewand überwarf, welches ihr unseliges Brautkleid gewesen. Der Stumpfsinn, der über die in ihrer Einsamkeit ihm Hingegebene hereinbrach, nahm ihr die Erinnerung an das verhängnisvolle Jahr, welches hinter ihr lag. So trat sie eines Tages ins Speisezimmer, wo sich soeben ihr Gatte bedienen ließ, und bestellte, ohne letzteren zu beachten, unbefangen gleichfalls ihr Gedeck. Dann Herrn v. Grubecks gewahr geworden, redete sie ihn nachlässig und gleichgiltig an:

»Guten Tag, mein Lieber, etwas neues?«

Der Mann glaubte darin eine schneidende Ironie zu hören, mit der sie auf die ihr geflissentlich verheimlichte Rückkehr des jungen Paares anspielte, die sie irgendwie in Erfahrung gebracht haben mußte. Er zitterte und erbleichte. Dora aber hatte sorglos zu speisen begonnen und erwartete keinerlei Antwort. Was sie gesagt, war nur die gewohnheitsmäßige Anrede gewesen, mit welcher sie den Gatten in der ersten Zeit ihrer Ehe, als sie gleichgiltig, aber doch in ungestörtem Frieden neben einander lebten, empfing, wenn er nach Hause kam: »Etwas Neues?«

Den Brief hatte sie indes bewahrt und entfaltete

ihn häufig, ohne selbst noch zu wissen, warum? War
es ein letztes, ihr nicht mehr deutlich fühlbares Bedürfnis, mit dem Verlorenen wenigstens durch dieses
Blatt Papier in einer gewissen fernen, fernen Beziehung zu stehen? Einmal geschah es, daß ihr sonst
darüber hinschweifender, verständnisloser Blick auf
der Schilderung verharrte, welche Wellkamp vom
Genfer See und der ihn umgebenden Landschaft
gab; diese Landschaft, in welcher sich sein fried-
liches Glück befestigt hatte, und die Dora selbst ihm
zuerst genannt! Mit der Fähigkeit, sich auf sich
selbst zurückzuwenden, die einem versiegenden Leben bis zuletzt erhalten bleibt, rief sie plötzlich ihre
eigene Gestalt wach, wie sie sich damals, noch in ihrer Mädchenzeit, an jenem herrlichen Ufer bewegte.
Es war vor wenig mehr als fünf Jahren gewesen, und
doch wie weit lag es in ihrer kurzen Existenz zurück,
in der sich die Erfahrungen mehr als in einer andern
gedrängt hatten. Ihr inneres Gesicht zeigte ihr den
Schmuck jener Natur in leuchtenderen Farben, in
magischerem Duft, als ihn die armen Worte be-
schrieben. Und sie selbst, so müde sie schon damals
nach Europa herübergekommen war, um in der Ehe
mehr auszuruhen als zu beginnen – nun erblickte sie
ihre Mädchengestalt dennoch in dem Glanze der Jugend, denn die Luft war damals gleichwohl noch voll
Hoffnungen gewesen, und an jeder Wegbiegung
konnte das Glück zu ihr treten. Das Glück! Verkörperte es sich nicht in dem jungen blonden Manne,

mit dem sie geheimnisvoll zusammengeführt war, und der seine schlanke Gestalt zu ihr neigte, um ihr ein Wort zuzuflüstern, das sie wie einen Kuß im Nacken fühlte. Dann aber bewegte sich ein Schatten in das Bild, und die Zurückschauende mußte sehen, wie sich eine fremde Gestalt über ihre eigene schob, um an der Seite des Mannes weiterzugehen. Und war dies nicht ein Symbol ihrer Geschichte? Sie fand ihn in der idealen Landschaft ihrer Jugend, und er war ihr bestimmt. Warum hatte sie ihn zu spät ihm Leben treffen müssen, so daß nun Schuld geworden war, was in Ehren hätte stehen sollen. Hatte sie gesündigt, da er doch der einzige Mann gewesen war, den sie geliebt? Alle Andern waren ihr nichts als eine Machtprobe gewesen; sie hatte sie zu nehmen getrachtet, und sobald sie sich ihr ergeben wollten, mit Ekel fortgeworfen. Diesem Einen aber hatte sie sich gegeben, und gerade er war es, der sie nach flüchtiger Laune verschmähte. Sie fühlte die Rache der Natur plötzlich wieder mit ungeahnter Stärke. Sie sprang auf, es war ihr, als müsse sie schreien. Sie stampfte mit den Füßen, dann gellte eine Stimme, die so schrecklich klang, daß die Unglückliche selbst sich die Ohren hielt, und die von den dicken Vorhängen und Teppichen ringsherum ruhig angehalten und erstickt ward:

»Ich liebe ihn noch!«

Diese Frau, die mit unfruchtbarer, falscher Leidenschaftlichkeit ihr ganzes Leben zersetzt hatte, um es dann mit bitterer Langeweile abbröckeln zu sehen, konnte nicht friedlicher enden als sie gelebt. Sollte sie sterben, so durfte ihr letzter Atem nicht sanft entfliehn, er mußte in Stößen von ihr gehen. Es war, als geböte ihr Temperament an einer Stelle den fliehenden Kräften Halt, und zwänge sie, die danach verlangten, still und unbemerkt, eines nach dem andern dahinzuschwinden, sich zusammenzunehmen zu einem gewaltsamen letzten Ausbruch.

Doras Eifersucht war in der Zeit des schnellen Verfalls des Verhältnisses unbedeutender und weniger gefährlich erschienen als diejenige Wellkamps. In Wahrheit war sie nur zurückgehalten durch die tiefe Angst, mit der die junge Frau das Wachsen dieser Leidenschaft bei sich wie bei dem Geliebten bemerkte. Da sie sich an ihre einzige große Liebe wie an das Leben selbst klammerte, schauderte sie vor der Eifersucht als vor der natürlichen Mörderin des Gefühls zurück. Dieser erhaltende Instinkt war erst langsam durch die Unfähigkeit, die Leidenschaft länger zu bemeistern, abgetötet, und Dora hatte sehen müssen, wie ihre zeitweilige Annäherung an ihren Gatten, die sie, wie um sich einen Halt zu geben, versucht hatte, die notwendige Katastrophe nur beschleunigte. Bei diesen sich bekämpfenden Gefühlen war sie ruhiger erschienen als der Mann, sei es durch einen Rest von der weiblichen Zurückhaltung gegenüber der beobachtenden Umgebung, sei es nur in der Art, wie der Zustand eines wirklichen Kranken zuweilen weniger gefährlich erscheint, als der eines eingebildeten. Was war denn Wellkamps Eifersucht im Vergleich mit der ihrigen? Nichts als diejenige eines Kindes, das ein Spielzeug zwar fortgeworfen hat, aber nicht dulden will, daß ein Anderer die Hand darauf lege. Die Frau, die er nicht mehr für sich begehrte, mißgönnte er dennoch ihrer Ruhe und ihrem Gatten. Sie aber liebte ihn, die Unglückliche, und während die Wunden, die ihm seine männliche Eitelkeit geschlagen, ihn vielleicht bereits nicht mehr schmerzten, hatten die ihren, die in Stille und Verheimlichung in Eiter übergegangen waren, das Blut vergiftet und nun ein äußerstes Fieberdelirium herbeigeführt, dem die Auflösung folgen mußte.

Bis zum letzten mußte sie jetzt die Rache der Natur über sich ergehen lassen, die uns unerbittlich mit dem straft, womit wir uns an ihr vergangen haben. So ward ihr die Leichtigkeit, mit welcher schon die frühreife Phantasie des jungen Mädchens mit Bildern spielte, die sie abwechselnd reizten und abschreckten, nun zur raffinierten Qual. Der Traumzustand, in dem sie soeben ihre Jugend erblickt, war beendigt. Die erwachten und schmerzhaft angestrengten Sinne zeigten ihr Alles in nackten, harten Formen. Sie sah den Geliebten, jener Andern gehörig, und sein Lächeln, seine Bewegungen waren die gleichen, die sie an ihm kannte, die er für sie selbst gehabt. Dann wechselte das Gesicht, und in ihrer kranken Phantasie tauchten unreine Bilder auf. All das tief Unwürdige, womit sie und ihr Mitschuldiger ihre in sich selbst schon beendigten Beziehungen zu verlängern gesucht hatten, ging noch einmal an ihr vorüber und erregte in ihren irren Sinnen eine aufreizende, verzweifelte Sehnsucht. Unter ihren Augen, die, wie um in das Unsichtbare einzudringen, gewaltsam aufgerissen waren, schwollen die blauen Adern, während ihre Hände mit einem krachenden Geräusch der Knochen sich krampften, als wollten sie das furchtbare Bild auseinanderreißen. Es war dicht vor ihr, sie sprang mit einem Schrei einen Schritt vor, wild in die Luft greifend. In die Schleppe ihres Gewandes verwickelt, stürzte sie vornüber und verharrte eine Minute knieend. Als sie sich mit leeren Händen aufgerafft und Alles verschwunden fand, starrte sie irr um sich her, und plötzlich wußte sie, daß sie allein sei, wie sie es niemals vorher gewußt. Aus dem Zimmer wich, was den Raum füllte, die dicht stehenden Möbel und die Etagèren, auf denen hundert Kleinigkeiten sich drängten, die Albums und Bilder, die Teppiche und Vorhänge waren wie von einem Abgrund verschlungen. Die Wände waren kahl, der Raum weit und immer weiter. Es gab nichts mehr als etwas Ungeheures, das in graue Schatten wie in die Unendlichkeit auslief. Rings um sie her fühlte die Unglückliche die Einsamkeit liegen, gleich einem wilden, ausgehungerten Tiere, das sie mit leeren, übergroßen Augen ansah. Das Tier sog die Luft ein, ihre Lebensluft: sie meinte, nicht mehr atmen zu können, und wie ein Erstickender mit den Gliedern um sich schlägt, fühlte sie sich in ihrer Lebensnot zu einer Gewaltsamkeit gedrängt, sie wußte nicht, zu welcher? Sie rannte umher und begann zu suchen, sie wußte nicht was? Sie dachte nicht mehr, wenigstens nicht in dem Sinne, wie man von menschlichem Denken spricht. Der Rest ihres Lebenswillens gab sich aus, das war Alles, und er that es auf eine Weise, die Bewußtsein und Verantwortlichkeit ausschloß. Im Zimmer ihres Gatten zögerte sie, wie in Erinnerung an den Fund, den sie hier bereits einmal gethan. Was ist in solchem Augenblick Erinnerung? Ein schwacher Hauch, der einen dichten, dichten Schleier heben möchte. Man hat ihn eine Sekunde gespürt, der Schleier bleibt liegen. Wenn sie nicht wußte, was sie suchte, so begriff sie vielleicht ebensowenig, was sie gefunden hatte. Sie betrachtete die zierliche, silberbeschlagene Pistole, die ihre hastigen Finger unter einem Haufen von Papieren hervorgewühlt, ganz ratlos, mit der Hand über die glühende Stirn fahrend. Es erschien dennoch kein Gedanke, und was sie in der Folge that, war nichts anderes als die Bewegung des in den Abgrund Stürzenden, der mit ausgespreizten Armen den am Rande Stehenden mit sich reißt. Kein Impuls kann heftiger sein als dieser; der Moment ist einzig, es gibt weder Für noch Wider.

Sie prüfte nicht, ob das Spielzeug geladen, sie

hatte schon den Mantel umgeworfen, das Spitzentuch hing lose von ihrem Haupte, sie war schon die Treppe hinab. Einige Schritte weiter hielt sie einen Einspänner an. Draußen an der Schillerstraße stieg sie aus, um das Haus zu erfragen.

Wellkamp und Anna schritten soeben von der kleinen Landungsbrücke, wo ihr Boot angelegt, die Terrassen ihres Gartens hinan, aufeinander gestützt, langsam, mit der süßen Mattigkeit, welche die leichte Anstrengung des Ruderns in der weichen Frühlingsluft ihnen gegeben hatte. Sie hatten von unten das Herankommen Doras nicht bemerken können; nun sahen sie plötzlich auf der Höhe des Gartens, von der sie noch einige Stufen trennten, die dunkle Gestalt stehen, die sich gegen den lichten Himmel vergrößert abhob. Beide machten bei dieser unvorhergesehenen Erscheinung eine Bewegung des Schreckens. Wellkamp blieb halb abgewandt stehen, ohne sich über eine Auffassung der Lage schlüssig werden zu können. Dagegen hatte Anna sofort ihre Fassung wiedergewonnen. Es war ihr keine Selbstüberwindung anzumerken, während sie der ehemaligen Feindin, der Frau, die ihr den größten Schmerz ihres Lebens zugefügt, die Hand entgegenstreckte.

»Ich weiß wohl«, sagte sie, »daß wir Unrecht haben, Dir nicht sofort von unserer Rückkehr Anzeige gemacht zu haben. Aber sei gewiß, daß ich es nicht unterlassen hätte. Es muß unter uns allen Frieden geschlossen sein, ehe uns ganz wohl werden kann.«

Sie erwartete, daß Dora ihr einen Schritt entgegenkäme. Als nichts davon geschah, erhob sie zum erstenmal aufmerksam den Blick zu dem Gesicht der Obenstehenden und ließ nun selbst den Arm sinken, bestürzt durch die gleichsam verschlossene, jedes Ausdrucks beraubte Miene, mit den zwischen ihr und ihrem Gatten ins Leere starrenden Augen. Nur auf der Stirn schien sich etwas zu bewegen, etwas wie eine Falte, die über der Nasenwurzel kam und verschwand, als sei es eine Idee, die nicht zum Durchbruch gelangen könne. Dann öffnete sich langsam der Mantel, eine Hand bewegte sich daraus hervor, die ein winziges Geschoß emporhob, um es tastend auf Wellkamp zu richten. Mit dem selben Augenblicke, der sie diese Bewegung erkennen ließ, war Anna bereits zum Schutze vor den Geliebten gesprungen, den sie mit aller Stärke ihrer rückwärts gebreiteten Arme umklammerte. Der Mann vermochte sich nicht zu rühren, Anna erwartete den Schuß, und es hatte noch Niemand den nächsten Atemzug gethan, als sich die Mündung der Pistole wendete, um eine Sekunde lang gegen Doras eigene Schläfe gerichtet zu bleiben. Indes sollte ihr die That erspart bleiben. Noch rechtzeitig genug hörte ihr müdes Herz zu schlagen auf, daß ihre schlanke Gestalt ohne die Verunstaltung des Selbstmordes in die Kniee sinken konnte.

Was sie die Waffe gegen sich selbst richten ließ, konnte gewiß ein Instinkt sein, so dunkel und unerklärlich, wie derjenige, der sie hergeführt. Es wäre so viel menschlicher und tröstlicher, wenn es ein letztes Aufleuchten ihrer verlöschenden Seele war, das ihr in einer deutlichen Vision die Größe und Unwiderstehlichkeit jener Liebe offenbarte, die dort opferbereit den Geliebten mit dem Leibe deckte, und gegen die diese Waffe so unwirksam blieb wie alle andern. Wenn sie so als letzte Erkenntnis eben das mit hinüber nahm, was so recht den Widerspruch gegen Alles, woran ihr Leben gehangen, bedeutete, so mochte dieses verfehlte Leben wohl in einem höhern Sinne als gesühnt erscheinen, und die schöne Idee von einer Vergebung der Sünden brauchte ihrem Ende nicht fern zu bleiben.

Als Wellkamp aus einer längeren Betäubung zu sich kam, fand er sich allein an dem Lager der einst Geliebten. Er war mechanisch gefolgt, als man sie hinaufgetragen und gebettet hatte. Der Gatte war herbeigeholt, dann war der Arzt erschienen. Es war Alles zu Ende, und nun erst hatte man sich seiner erinnert, der teilnahmslos daneben stand, und hatte ihn da gelassen, in stiller Nachsicht mit den Beziehungen, die ihn mit Dora verbunden, und die der Tod plötzlich fast erlaubt erscheinen machte. Denn der Triumph des Todes über alle Rechte der Lebenden ist so vollständig, daß angesichts seiner sogar die Schuld das Ausgeschlossene, Heimliche, das ihr anhaftet, abzulegen wagt. Kaum allein, war er ohne Besinnung nieder gesunken, mit dem Körper gegen den Bettrand, und als er nun zu sich kam, fühlte er in seiner Hand eine andere, die er beim Falle ergriffen, und ohne deren Stütze er zu Boden geschlagen wäre. Anfangs mochte er dieser Hand seine eigene Wärme mitgeteilt haben, nun aber hatte sie gesiegt und die seinige bis in den Arm hinauf erkältet. Er ließ sie dennoch nicht los; es that ihm wohl, etwas von ihrem Tode in seinem Blute zu spüren. Er drückte sie fester, während er in der schon hereinbrechenden Dämmerung ihre Züge erspähte, seine fiebernden Blicke immer tiefer darein versenkte und nun seinerseits die Wiederbelebung ihrer gemeinsamen Vergangenheit anstellte, der sie sich in ihren letzten Nöten hingegeben hatte. Er sah Alles wieder vor sich, erkannte Alles wieder bis auf längst vergessene Kleinigkeiten, Unterschiede in der Entwickelung seines Gefühls, auf die er kaum Gewicht gelegt, und die ihm nun bedeutend deuchten. Der Grund war, daß stets erst das Ende der Dinge ihnen einen Sinn gibt. Wer nach dem Untergange der Welt noch da wäre, würde sie begreifen. Wellkamp ging nun sicheren Schrittes durch das Labyrinth seiner Leidenschaften, dem er früher zögernd, eine Beute seiner Begierde, nachgegangen. War doch jetzt der Ausgang da, vor seinen Augen. »Es hat Alles so sein müssen.« Dies war der schmerzliche und doch so wohlthuend resignierte Gedanke, der jede seiner Erinnerungen begleitete. Er erbebte unter den tiefinnern Schauern jenes nachträglichen Fatalismus, den wir Alle kennen. Wiederholt nicht dieses wunderliche Gefühl in begrenzteren Formen jene unsere Unfähigkeit, in der Vorstellung, die wir uns von unserem Gotte machen, über unsere menschlichen Begriffe hinauszugreifen? Wie wir ihn nach unserem Bilde denken, so vermögen wir auch uns selbst nicht anders zu sehen, als wir uns kennen. Wir wären uns entfremdet, wenn wir uns anders dächten als wir sind. Wellkamp erkannte nun die Vorherbestimmung, die ihn genau auf dem Wege geleitet hatte, den er genommen, da er auf keinem andern das Ziel hätte erreichen, der Mensch werden können, der er heute war oder der er werden sollte. Er fragte sich mit einer mystischen Angst: wie, wenn er zum Beispiel an jenem Punkte, als das schuldige Einverständnis bereits vorhanden, und die thatsächliche Ausführung nur noch die Frage von Tagen war, das Werdende abgebrochen hätte? Wenn er in der Folge jenes Weihnachtsabends zu dem Vorsatze, ohne Zögern abzureisen, die Kraft gefunden hätte? Und er antwortete, daß dies ebenso unmöglich gewesen sei, wie ein Zusammentreffen mit Dora überhaupt zu verhindern, die ihm vom Schicksal in den Weg geführt war. Er hatte alle Stationen dieser Leidenschaft durchwandeln müssen, von höchster Extase zu tiefster Erniedrigung, weil er nur so von seiner Jugend erlöst werden konnte. Wie hatte er, als er in der Ehe von neuem zu beginnen trachtete, glauben können, daß diese Jugend ihn ohne Buße loslassen werde, mit Allem, was eine Jugend, wie die seine, hinterläßt an schlecht geheilten Wunden, nicht verschmerzten Enttäuschungen und nachwirkender Verbitterung, an zu kürzlichen Erfahrungen, die auf das neue Leben ihre Schatten werfen. Es gab in seinem Leben so unendlich viele Trümmer, die ihm den Weg versperrten und fortgeräumt werden mußten, ehe er von neuem zu bauen beginnen konnte. Und dies war es, was hier geschehen war, mit einem Schlage, der Alles in der Vergangenheit ihn Belastende mit seiner Wucht in unerkennbare Fernen zurückschob und beinahe unwirklich machte. Alles ward unansehnlich und verlor seine Wirkung in der Erinnerung angesichts dieses Opfers, welches sein Dasein erfordert hatte, und durch welches fortan sein Fühlen reiner, sein Denken größer gemacht werden sollte. Der Gedanke aber, daß sie für ihn, für sein Lebensglück geopfert sei, ergriff ihn von neuem mit aller Gewalt. Seltsam, er fuhr fort zu bedenken, daß die Natur, welche kein Gefühl für das einzelne Geschöpf besitzt und im Großen plant, häufig so wie hier, ein Leben zerstört, um ein anderes dadurch erhalten und verbessern zu können, während er sich doch gleichzeitig unter lautem Aufschluchzen über den stillen Körper warf, dem er wie ein Geständnis zurief:

»Ich habe Dich getötet!«

Aber, ist es nicht eben dieser Widerspruch eines sich ohnmächtig fühlenden Fatalismus mit dem un-

überwindlichen Gefühle der Verantwortlichkeit, der
das Tragische eines jeden Menschenlebens ausmacht,
des einfachsten wie des bedeutendsten?

Die Dunkelheit ließ nur mehr wenig unterscheiden,
als der regungslos über die Tote Geneigte seiner
schmerzlichen Hingabe durch das Öffnen der Thür
entrissen wurde. Er erkannte in dem Eingetretenen
einen Geistlichen. Anna war durch das lange Verbleiben ihres Gatten bei der Toten beunruhigt worden. Um nun seinen Schmerz mit einer sanften und
verständnisvollen Hand zu berühren, hatte ihr Herz,
dem ihr freidenkerischer Geist nie etwas von seiner
Pietät genommen, das rechte Mittel gefunden. Der
Geistliche, welchen sie holen ließ, gehörte der katholischen Religion an, welche die der Verstorbenen
gewesen, und für die Anna die Vorliebe ihres Gatten
kannte. Es war ein Mann von Jahren, der die Wissenschaft des Beichtstuhls, die reiche Erfahrung, die in
seinem Berufe so feine Seelenkenner bildet, wohl zu
nutzen verstand. Er war gewohnt, dort den Trost,
der trotz Allem der beste bleibt, anzuwenden, wo es
gab, was er in seinen Gebeten von der Kanzel »Sünden« nannte, und worunter er »Leiden« begriff. So
hatte er sich auch jetzt bereits bei der Begrüßung
durch Anna durch leise, kluge Erkundigungen über
die Lage der Verhältnisse aufgeklärt, die er völlig
überschaute, wie er nun an das Totenbett trat. Als er
den fassungslos davor Knieenden bewogen, sich zu

erheben, und ihn an der Hand einige Schritte ins Zimmer hinein geführt hatte, sagte er, still in den Schatten deutend, in dem Dora schlummerte:

»Unsere Toten wünschen, daß wir schon im Leben den Frieden haben mögen, den sie leider oft erst im Tode gefunden haben.«

X
Schluß

In die Vorbereitung zum Leichenbegängnis setzten sowohl Anna wie Wellkamp viel Eifer, der nicht ganz frei von einer gewissen Verlegenheit war. Gewöhnlich dienen die äußerlichen Pflichten, die aus einem Sterbefalle den Hinterbliebenen erwachsen, zu einer gesunden Ableitung des Schmerzes, der dadurch ins alltägliche Leben herabgezogen, etwas von seiner Schrecklichkeit einbüßt. Schließlich ist man es beinahe zufrieden, durch diese handwerksmäßigen Beschäftigungen eines Austausches seiner Empfindungen überhoben zu sein, durch den man bisher wechselseitig seine Erregung erhöht hat. Hier aber machten die Beteiligten es sich eher zum Vorwurf, durch Nebensächlichkeiten die innere Bedeutung der Lage zu verdunkeln. Wenn Anna die Liste, welche sie für die Mitteilungskarten aufgestellt, geschäftsmäßig mit ihrem Gatten durchging, war es ihnen, als buchstabierten sie in einem Buche umher, über dessen Inhalt und Sinn sie sich vielmehr zu verständigen hatten.

Indirekt geschah letzteres dennoch einmal schon während der Tage, die sich die Leiche noch im Hause befand. Da Herr von Grubeck sich tief niedergeschlagen und keiner der an ihn herantretenden

Aufgaben gewachsen zeigte, hatte seine Tochter ihm insbesondere die schwierigste abgenommen, die Anzeige des traurigen Ereignisses an Doras Vater abzufassen. Wellkamp, dem sie den fertigen Brief unterbreitete, wurde tief berührt von dem wahren, bewegenden Ton, den er selbst, wie es ihm schien, nie so hervorgebracht hätte, auch wenn er ruhiger und weniger unter dem unmittelbaren Eindruck des Erlebten gewesen wäre. Er fühlte wohl, daß ebenso sehr wie das ausgezeichnete Herz seiner Gattin hier jener weibliche Zusammengehörigkeitssinn sprach, der Frauen unter einander ihr Leid so gut begreifen läßt, wie sehr sie auch oft im Glücke sich hart und hinderlich sein mögen. Zuweilen aber drang durch die diskrete, sich mehr an Doras, durch ihr unglückliches Naturell bedingte Lage als an das eigentlich Geschehene haltende Darstellung jene eigentümliche, mehr nervöse Erregung hindurch, die das Zeichen ist, daß man sich anders als nur danebenstehend und mitleidend, daß man sich in gewisser Weise thätig beteiligt glaubt. Es war zweifellos nur Wellkamp möglich, diese eigentümliche Ahnung einer Schuld wahrzunehmen, die für ein zartes Gewissen fast beruhigender sein kann, als eine völlige Gewißheit der Verantwortlichkeit. Er aber war um so sicherer, diese Skrupel zu verstehen, und als er Anna das Schreiben zurückgab, vermied er ihren Blick, der gleichzeitig dem seinen auswich.

Erst auf der Rückfahrt von der Beerdigung, die,

stets für die Trauernden, ohne daß sie selbst es ahnen, etwas Befreiendes hat, da nun, vielleicht wider ihren eigenen Willen, das Leben endgültig wieder in seine Rechte tritt, fanden sie die Stimmung zu einer gegenseitigen Beichte. Anna hüllte mit einem zärtlich besorgten Blick ihren Vater ein, der stark gealtert erschien, und dessen von so vielen ungewohnten Aufregungen schwere Augenlieder gleich nach dem Besteigen des Wagens zugefallen waren. Seltsamer Weise war hierdurch die gleiche Situation hergestellt wie damals, als die Verlobten auf der Herreise von Kreuth ihre erste vertraute Unterredung hielten, deren Gegenstand genau wie heute Dora war. War nicht auch dieses Zusammentreffen bezeichnend dafür, daß sich hier einer der Ringe an der Kette ihres Lebens, und ein wie bedeutender, für immer schloß?

»Es hätte ja nicht immer so bleiben können« sagte Wellkamp unvermittelt, und es fand sich, daß Beide denselben Gedanken gehabt.

»Sie mußte früher oder später unsere Rückkehr erfahren« fuhr Anna fort »und wir hätten uns irgendwie zu einander stellen und wenn keinen Verkehr, so doch ein Verhältnis schaffen müssen.«

Beide fühlten seit langem, daß das Fernhalten Doras etwas Vorläufiges gewesen, daß sie Unrecht gehabt, selbst noch nach ihrer Wiederansiedelung in Dresden fortdauern zu lassen, das jedoch der Egoismus ihres Glückes sie zu unterbrechen gehindert hatte.

»Ich weiß wohl,« nahm Anna nach einem Schweigen das Gespräch wieder auf, »daß Du mich vor unserer Herkunft an die Schwierigkeit unserer Lage erinnert hast. Vielmehr als Du hab ich zum Aufbruch gedrängt, weil ich so unwiderstehlich gern ein Nest bauen wollte, das endlich einmal ganz uns gehören sollte, und dann des armen Vaters wegen. An sie, mit ihrem viel schwereren Unglück, mochte ich nicht einmal denken. Da liegt meine Schuld, die ich mir nicht vergebe.«

Wellkamp machte eine abwehrende Bewegung.

»Du hast es zu leicht gehabt mich zu überreden. Und dann, wer in Vergessenheit und Leichtsinn Wunden geschlagen hat, ist selbst der Allernächste dazu, sie zu verbinden – wenn er nicht eintretenden Falles Mörder heißen will.«

Die letzten, hart und grausam gesprochenen Worte machten die junge Frau zusammenfahren, die sich dichter an den Mann schmiegte, als drängte sie ihn ängstlich, diese Selbstanklage zurückzunehmen. Als er sich aber zu ihr wandte, schlug sie dennoch den Blick nieder und bot ihm so die Hand zu einem Druck voll Verständnis und Zärtlichkeit.

So war die anfängliche Stimmung, die alsbald der Bearbeitung des Lebens unterworfen wurde. Dieses aber verfährt so seltsam eigenmächtig mit allen unsern Eindrücken und Erlebnissen, von denen es die kleinsten in der Erinnerung wachsen und an Reiz oder Schrecken gewinnen lassen kann, während es den großen stets etwas von ihrer Macht nimmt und sie zuweilen fast unwirksam macht. Unter der fortwährenden Reibung des Alltagslebens zog sich die Erinnerung der Schuld aus den Gedanken und dem täglichen Bewußtsein zurück, um auf dem Seelengrunde liegen zu bleiben, von dem sie endlich selbst nur noch einen Teil ausmachte. Und da es kein Glück ohne Reue geben kann, so diente dieser leise, leise Zusatz von Bitternis dazu, ihre Liebe vor dem faden Geschmack der Gewohnheit zu bewahren, sie zu befestigen: Doras Opfer war nicht unfruchtbar geblieben.

Der Sommer ist voll raschen, vollen Lebens verstrichen. Auf häufigen Ausflügen, auf's Land und in den Wald, am liebsten auf Ruderfahrten, haben die Glücklichen jedem Element, jeder Landschaft die eigentümliche Stimmung abgelauscht, welche sie für Liebende bereit halten, froh, der ganzen Natur ihre Liebe mitzuteilen und das Echo von ihr zurückzuerhalten. Nun sitzen sie gern an schönen Herbstabenden auf der Terrasse ihres Hauses, wenn beim Untergange der Sonne, die von dem Wasser drunten am Abhange des Gartens mit einem bezaubernden Glanz von vergoldetem Violett Abschied nimmt, tausend Blumen dem Licht und der Wärme, die sie belebt haben, duftende Grüße nachsenden. Dann und wann ein leises Rauschen in den Zweigen, von denen sich ein paar gebräunte Blätter lösen, um langsam zu Boden zu rascheln, macht die Luft nur noch stiller, den Abend friedlicher. Die beiden Menschen lieben mehr als je diesen Frieden, da sie seit wenigen Tagen wissen, daß sie nicht mehr allein sind in ihrem Bunde. Es ist, als habe dieser erst jetzt, da er gereinigt und erneuert ist, gesegnet werden sollen. Wenn sie es wagen, die große Stille zu unterbrechen, so thun sie es, um von ihrem Kinde zu sprechen, »von unserm Jungen«, denn sie wünschen Beide, Anna fast inniger als ihr Gatte, daß es ein Knabe sein möge. Mit dem zuversichtlichen Blick auf die Zukunft, der außer Verliebten nur jungen Eltern eignet, setzen sie sich bereits über ihre Erziehungsgrundsätze auseinander.

»Ich überlasse ihn ganz Dir« sagt Wellkamp. »An dem, was Du aus ihm machst, werde ich mich auf alle Fälle erfreuen können. Das wird der beste Dienst sein, den ich unserm Jungen erweisen kann.«

»Du willst ihn zum Muttersöhnchen machen?« wendet Anna lächelnd ein.

»Du brauchst es nicht eben so zu nennen. Der weibliche Einfluß, der mir gefehlt hat, ist ganz allein im stande, in der ersten Jugend das Gewissen zarter, die Ehrfurcht größer, den Geschmack feiner zu machen. Ich meine, daß gegen solche Wirkungen alle etwaigen Nachteile unbedeutend erscheinen müssen.«

»Weißt Du, was ich einleuchtend fände? Wenn es *Dir* gleicht, so habe ich seine hauptsächliche Leitung zu übernehmen; ist er dagegen *mir* ähnlich, so liefere ich ihn ohne Umstände Dir aus. So erreichen wir vielleicht eine natürliche Ergänzung seiner Anlagen.«

Wellkamp hat indes seinen Gedanken festgehalten.

»Hältst Du es für möglich« fragte er nachdenklich, »daß nach uns eine Generation von Männern käme, die wieder einfacher, lebensfreudiger und in einem Glauben besser gegründet wären als wir heutigen?«

Anna nickte ihm zu.

»Du sagst mir, daß ihr Alle die Sehnsucht nach dem Glauben kennt. Das ist augenscheinlich die letzte Spur von dem, was schon eure Großväter zu verlieren begannen. Aber sollte es nicht zugleich die beste Vorbereitung sein, daß eure Söhne und Enkel es wiederfinden? Denn die geistige Bewegung ist eine Wiederholung ohne Ende. So wie wir's erleben, hat es sich unzähligemal zugetragen. Im geistigen und moralischen Leben gibt es nur darum ein »Hinab«, damit sofort ein »Herauf« darauf folgen kann.«

»Und Du glaubst, daß wir an dem »Hinauf« angelangt sind?« fragt Wellkamp fast freudig und erwidert Annas zustimmendes Lächeln.

Sie haben Beide die Hoffnung, weil sie die Liebe haben.

Dann geht die junge Frau ihrem Vater entgegen, der auf die Terrasse heraustretend die Tochter auf die

Stirne küßt, um dann dem Schwiegersohne kräftig die Hand zu schütteln. Die Verheerungen, welche die grausamen Erfahrungen des letzten Winters an ihm angerichtet, sind so vollständig wie möglich geheilt. Anfangs hat auch er sich gesträubt, vom Schicksal die Lösung anzunehmen, welche es durch den Tod seiner Gattin allen Schwierigkeiten seiner Familienverhältnisse erfunden. Er hat Doras Opfer mit derselben Notwendigkeit wie Wellkamp als, wenn nicht *für* ihn, so doch zu seinen Gunsten gebracht, ansehen müssen. Indes hat er das weit drückendere Vermächtnis zu übernehmen gehabt, das seine Lebensführung in der Abhängigkeit der Toten beließ, wie sie solange aus der Hand der Lebenden unterhalten war. Und um sein Alter in der Nähe der geliebten Tochter zubringen zu können, hat er seinen Widerwillen und seinen Stolz gegenüber dem Manne, den seine Gattin geliebt, zum Schweigen bringen müssen. Sein Verhältnis zu seinem Schwiegersohn ist in letzter Zeit selbst herzlicher geworden als es je früher gewesen. Mit Hilfe des ihn immer leichter gefügig machenden Alters hat er bald in jedem Punkte die Waffen gestreckt. Wann thäten dies die Menschen nicht, die von Hause aus Ansprüche an das Leben zu stellen gelernt haben, denen dieses in der Folge nur gegen tausend Demütigungen und Opfer an ihrem Gewissen gerecht wird. Vergessen sie doch am Ende, daß sie diesen Preis tagtäglich zahlen. An Herrn von Grubeck verrät nichts, daß er ein vom Leben Gedemütigter ist. Er fühlt sich behaglich im Hause seiner Kinder, in dessen oberem Stockwerk ihm die schönsten Zimmer hergerichtet sind. Den Verkehr im Klub, der ihm liebgeworden ist, hat er beibehalten. Während er eine dort gehörte Anekdote erzählt oder die Einladung einer der Familien überbringt, mit denen man seit kurzem den lange Zeit unterbrochenen Verkehr wieder angeknüpft, hat er sein gutes, lautes Lachen von ehemals. Jede seiner Bewegungen, sein ganzes, schon etwas großväterliches Gehabe spricht aus, wie zufrieden der alte Herr ist, noch einmal wieder gefunden zu haben, was er seit seiner Kindheit verloren: Das echte, stetig geordnete, einträchtige und in seinem unscheinbaren Frieden so inhaltsreiche Leben in einer Familie.

In Augenblicken des Schweigens sehen die drei Menschen, nun alle in jene »Hafenruhe« eingelaufen, von der Wellkamp von jeher unter dem Blick von Annas Augen geträumt, in den Garten hinaus, wo schon dichte Schatten über der Stelle liegen, an welcher Dora gestorben, und über welche die Blicke bereits ohne eine unausgesetzte Erinnerung hinweggleiten. Der nun regelmäßiger durch die Wege streifende Abendwind treibt die im Dunkeln geheimnisvoll raschelnden Blätter vor sich her. Sie flattern, eines ums andere, langsam und still, aber nicht eben traurig, wenn man es nicht mit traurigen Augen ansieht, die Terrassenstufen hinab, und von der letzten ins Wasser, auf dessen mondbeglänzter Fläche sie kurze Zeit aufleuchten, um dann stromabwärts in den Schatten zu verschwinden, gleichwie unsere Jahre, eines ums andere, von uns fort in die Unendlichkeit treiben, oder wie uns das Andenken einer Toten entgleitet.

Lausanne, September 1892 – *Riva* Oktober 1893.

Editorische Notiz

Der Roman *In einer Familie* – entstanden zwischen
1892 und 1893 – ist Heinrich Manns erster abge-
schlossener Roman. Das Buch erschien 1894 beim
Verlag von Dr. Eugen Albert & Co. in München. Die
zweite, unveränderte Auflage 1898. 1924 folgte eine
dritte, stilistisch, aber nicht inhaltlich überarbeitete
und leicht gekürzte Auflage bei Ullstein in Berlin.
Heinrich Mann fügte dem Buch ein Nachwort bei,
das im folgenden abgedruckt wird. Der Text wird
nach der Fassung des Erstdrucks veröffentlicht.

Anhang

Diesen Roman schrieb ich so früh, daß ich unmöglich noch zu ihm stehen kann wie ein Autor zu seinem Buch. Während der Bearbeitung für die neue Ausgabe war es mir oft, als beschäftigte ich mich mit dem Werk eines jungen Menschen, der einst meinesgleichen gewesen, mir aber schon längst aus den Augen gekommen wäre. Um die Beziehungen wieder herzustellen, war ich versucht, ihm einen Brief zu schreiben. Antwort ist nicht erfolgt. Man verständigt sich so schwer mit seiner Vergangenheit. Hier ist mein Brief.

An den Verfasser von »In einer Familie«.

Mein lieber junger Freund,

Ihr Roman soll in neuer Ausgabe erscheinen. Der Verleger schickt ihn mir, damit ich ihn stilistisch auffrische und einige Ihrer Gedanken zurechtbiege oder verdeutliche. Werden Sie mir den Eingriff verzeihn?

Sie schrieben Ihr Buch als Einundzwanzigjähriger. Heute wären auch Sie beträchtlich über fünfzig. Sie gingen aber schon längst auf Reisen und kamen nicht wieder.

Sie, der Sie »In einer Familie« schrieben, wissen nichts von den Jahrzehnten, die seither über uns hingingen, nichts von der Welt, die aus uns ward. Bei Ihnen fährt kein Auto, und Lampen werden noch ins Zimmer getragen. Ihre Menschen haben Zeit, Geld und niemals andere Sorgen, als mit ihren Gefühlen ins reine zu kommen. Wo sind sie geblieben!

Sie lieben, einst junger Freund, sich Gedanken zu machen über die Dinge der Seele nicht nur, auch über ihren Bezug auf das Ewige. Sie glauben, wenn ich Sie recht verstehe, daß Handeln Erkennen bringen müßte und Erkennen Besserung. Sie sind Moralist.

Kühn setze ich voraus, daß ein Fünfziger vom Einundzwanzigjährigen noch irgendetwas wissen kann. Dann möchte ich fast glauben, daß Sie das Leben für so ungemein schwer und schrecklich halten, ohne es noch erprobt zu haben; daß Sie vielmehr Ihr eigenes, so lange es geht, in äußerer Ruhe und Unberührtheit dahinführen. Sie haben einzig innere Erfahrung.

Wenn ich Ihnen sagen könnte, wie anders es um die jetzige Jungmannschaft steht! Die hat erlebt! Hätten Sie recht damit, daß Selbsterhaltung in Gefahren viel neue Einblicke in das eigene Schicksal gewährt, was müßte die alles wissen!

Nun verhält es sich aber wohl anders. Die inneren Erfahrungen müssen zuerst in Muße erworben sein, sonst hilft das ganze bewegte Leben nichts. Es veräußerlicht nur. Zu Ihrer Zeit gab es den Film nicht. Sie erfinden an greifbarem Geschehen nur gerade, was Ihren Untersuchungen über das Menschenherz die Gelegenheit gibt. Später kam aber die Losung: das Leben ein Film. Was hätten Sie damit angefangen?

Werden Sie mit Ihrem stillen Roman Erfolg haben in dieser, Ihnen unbekannten Welt? Mehreres haben Sie für sich. Manche werden am Ende nicht ungern eine Weile sich aufhalten lassen bei sonst übersehenen Einzelheiten des sittlichen Vorkommens. Schuld, Leiden, Strafe sind billig geworden, diese Wirklichkeit stürmt über sie weg wie über Gestürzte auf der Flucht. Hier nun werden sie zur Abwechslung einmal für ganz ernst, ganz selten genommen. Jeder Ihrer Leser darf sich wichtiger fühlen als sonst.

Auch schmeicheln Sie dem bürgerlichen Menschen. Ich weiß wohl, daß Sie es nicht wollen. Was ahnen Sie denn von dem abgekämpften, abgehausten Nachfahren, den wir kennen. Ihr Bürgerlicher ist gepflegt und gesichert, die Vornehmheit selbst. Er ist müde vom Nichtstun, möchte es aber lieber vom Alter seiner Klasse sein. Er interessiert sich äußerst für seine Verfallserscheinungen. Er geht sogar mit seinen Gemeinheiten so erlesen um, daß er zuletzt ein gar nicht schlechter Gegenstand für Sie als Moralisten wird.

Der abgehetzte Nachfahre müßte Ihnen für die Verklärung der Väter dankbar sein. Wer weiß, vielleicht würde er Sie durch das Sekretariat anrufen lassen. Aber selbst drahtlose Verbindung wird nicht dorthin hergestellt werden, mein junger Freund, wo Sie sind. Und Sie werden nicht wiederkommen.

Heinrich Mann.

Nachwort

Mit 20 konnte ich gar nichts. Gegen 30 lernte ich an meinem
»Schlaraffenland« (Berlin der 90er Jahre) die Technik des
Romans.

An Alfred Kantorowicz, 3. März 1943

»In einer Familie« ist nicht gereift. Der Verfasser war 1893,
in Lausanne und Florenz, selbst nicht reif, einen Roman zu
schreiben. Der innere Anlaß wird auch gefehlt haben. Nur
der Beschluß zu schreiben war da.

An Karl Lemke, 29. Januar 1947

Den »Beschluß zu schreiben« hatte schon der Drei-
zehnjährige gefaßt, mit dem Tagebuch seiner Reise
nach St. Petersburg (der Fünfzehnjährige korrigierte
es stilistisch), dann waren viele kurze Geschichten,
mehr als 200 Gedichte und kleine kritische Betrachtungen gefolgt. Aber eigentlich freisetzen als Schrift-
steller konnte sich Heinrich Mann erst nach dem
Tod seines Vaters, des Lübecker Senators und Groß-
kaufmanns Thomas Johann Heinrich Mann, 1891.
Heinrich Mann schrieb »In einer Familie«, seinen
ersten Roman, 1892/93, gleich nachdem er die vom
Vater verordnete Buchhändlerlehre in Dresden und
bei S. Fischer in Berlin abgebrochen hatte. Er konnte

nun der testamentarischen Verfügung des Vaters entgehen, der »eine *praktische* Erziehung« seiner Kinder
gewünscht und die »Vormünder« angewiesen hatte:
»Soweit sie es können, ist den Neigungen meines
ältesten Sohnes zu einer s. g. literarischen Thätigkeit
entgegenzutreten.« Als »In einer Familie« – begonnen in einem Schwarzwälder Sanatorium, fortge-
führt in Lausanne, Lübeck, München und abermals
in einem Lungensanatorium, überarbeitet in Florenz
1893 / 94 – abgeschlossen war, übernahm die Mutter
die Finanzierung des Erstlings. »Meine Mutter zahl-
te fünfhundert Mark dem Verleger, den das Buch
höchstens zweihundert gekostet haben kann.« (An
K. Lemke, 29. 1. 1947) Julia Mann hatte sich nach der
Liquidation der Firma Joh. Siegmund Mann von
Lübeck nach München abgesetzt und lebte dort in
der gehobenen Schwabinger Bohème. Mit der Un-
terstützung von Heinrich Manns literarischen An-
fängen handelte sie dem Willen ihres Mannes entgegen. Die widersprüchliche Haltung der Eltern zu
Neigung, Talent und Begabung ihres Ältesten hat
diesen belastet, und wahrscheinlich war sie es, die
den Lungenblutsturz auslöste, an dem Heinrich
Mann damals laborierte und von dem er während der
Vollendung von »In einer Familie« genas. Man ist
entfernt an den medizinisch ganz ähnlichen Kollaps
des Studenten Goethe in Leipzig gemahnt ...

Heinrich Manns Mutter ist es denn auch, nach der
die zentrale Frauenfigur des Romans, Dora von

Grubeck, gestaltet ist. Sie ist eine nervöse Femme fatale, wie die Jahrhundertwende einen gewissen Frauentyp liebte. Und sie erscheint fünf, sechs Jahre bevor Thomas Mann sie zunächst in Novellen (»Der kleine Herr Friedemann«) und dann als die Mutter des Buddenbrook-Erben Hanno in Gerda, geb. Arnoldsen, darstellt. Ihre irisierende Erscheinung wirkt bei Thomas Mann bis zur Gestalt der Senatorin Rodde im »Doktor Faustus« fort. Doras Gatte, ein korrekter Major i. R., verweilt blaß im Hintergrund. Die zweite Frauengestalt an der Seite des Helden in Heinrich Manns Roman bleibt großenteils eine Gedankenkonstruktion, entworfen etwa nach der theoretischen Schrift August Bebels »Die Frau und der Sozialismus« (1883 – das meistgelesene sozialistische Buch in deutscher Sprache). Der Mann zwischen den beiden Frauen ist ein schwächlicher Held. Er heißt Wellkamp, er bricht am Elementaren wie der Kamm einer Welle und sehnt sich nach der »Hafenruhe« ehelichen Lebens. Er wird entwickelt zu einem Prototyp in Heinrich Manns Gesamtwerk: Andreas Zumsee im »Schlaraffenland«, Claude Marehn in »Die Jagd nach Liebe«, der »Professor Unrat«, Arnold Acton in »Zwischen den Rassen« und noch der schwache Diederich Heßling, der »Untertan«, werden als unterwürfige Liebhaber ihrer Frauen gezeichnet. Kurz: »In einer Familie«, der erste Roman Heinrich Manns, ist ein autobiographischer Roman, wie es sein letzter, »Der Atem«, auch ist. Der spätere allgemeine Satz Heinrich Manns, wären die Menschen glücklich, gäbe es keine Literatur, muß von ihm früh empfunden, erlebt worden sein.

Der Anfänger hat sich mit großer Bewußtheit nach Mustern umgesehen, die ihm bei der literarischen Gestaltung helfen konnten. Aus der Fülle der Anregungen, die er genutzt hat, sind zwei Vorbilder herauszuheben: ein *bel esprit* der Moderne und ein Großer der Geistesgeschichte, Paul Bourget und Goethe. »In einer Familie« ist ausdrücklich (auch in der zweiten Auflage von 1898, dann nicht mehr) »Paul Bourget gewidmet« – den Nietzsche zu den »delikaten Psychologen im jetzigen Paris« zählte und dessen breiten Einfluß auf deutsche Dichter er gleich erkannte. Diese Widmung verstand die Lesewelt damals unmittelbar, auch in ihrem Bezug auf den Titel von Heinrich Manns Erstling. Bourgets kulturkritisches Denken, das Nietzsche so anzog, fußte in einem zentralen Punkt auf einer Familientheorie, die den konservativen Gedanken verfocht, daß die bourgeoise Familie, »la brave classe moyenne«, das Fundament jeder gesunden Gesellschaftsordnung, ja des Staates selbst sei (»Le Disciple«, 1889): »les familles font les pays, puis les races« (»Cosmopolis«, 1892). Heinrich Mann kannte Bourgets Romane und seine kritischen Schriften, und er wertete sie weidlich aus. Er kaufte sich »Cosmopolis« zu sofortiger Lektüre bei Niederschrift von »In einer Familie« und ließ sich durch das Werk des katholischen Monarchisten und Mitbegründers der »Action française« den Kern- und Absichtssatz seines Erstlings beglaubigen, daß nach allen Konflikten sein Held am Ende in der Ehe wiedergefunden habe: »Das echte, stetig geordnete, einträchtige und in seinem unscheinbaren Frieden so inhaltsreiche Leben in einer Familie.«

Der schwächliche Held – sein Typ war schon einmal in der autobiographischen Novelle »Haltlos« (1890) dargestellt worden – kann nur in diesem »Frieden« der »Hafenruhe« überleben. Im wirklichen Leben würde er untergehen. Denn er leidet an der »Krankheit des Willens«; er ist so morbide, so décadent, daß er zu Handlungen ebenso unfähig ist wie an »Überzeugungen« festzuhalten. Er ist das männliche Pendant zu der nervösen Dora. Er ist »un épicurien intellectuel et raffiné«. »Le bien et le mal, la beauté et la laideur, les vices et les vertus lui paraissent des objets de simple curiosité ... Pour lui, rien n'est vrai, rien n'est faux.« (»Le Disciple«) Seine Zeit und seine Entwicklung haben Wellkamp dahin gebracht, »daß er Wahrheit und Irrtum kaum noch als Gegensätze betrachtet, und sich damit bescheidet, Alles gelten zu lassen«, wie seine Verlobte, die starke, in ihren Anschauungen gefestigte Anna, bedauernd bemerkt. Das Fachwort der Epoche für diese Disposition des »moins capable de vouloir« ist Dilettantismus. – Als Goethe und Schiller sich über

diesen Begriff verständigten, hatte er – in Überset-
zung des italienischen »dilettare«, sich ergötzen –
noch den Sinn von »Liebhaberei«; bei Bourget und
seinen Zeitgenossen ein gutes Jahrhundert später
überwiegt der Gehalt des Halbwissens und auch des
Pathologischen. – Heinrich Mann hat von Bourget
nicht nur dessen Soziologie übernommen, sondern
mehr noch dessen Psychologie in seiner Kritik der
Décadence.

Damit ist zugleich der Erzählstil bezeichnet: die
überbordende Reflexion seelischer Vorgänge, das
Absehen von äußerer Handlung. Wenn Heinrich
Mann seinem Lübecker Schulfreund Ludwig Ewers
von seiner Arbeit am Roman berichtet, sind von Anfang bis zum Ende stets die »Ausführung der psychologischen Verknüpfungen« (30.9.1891) und à la
Bourget der »roman d'analyse pure«, in dem das
»allgemeine Leben ... nur als Schattenspiel« vorbei-
zöge (1.12.1894), als literarische Ziele benannt.

Aber Bourget hat dem jungen Heinrich Mann
noch viel mehr vermittelt als eine Gesellschaftslehre
und eine Psychologie. Er hat ihn auf Goethes »Wahlverwandtschaften« als die Urform des psychologischen Romans im 19. Jahrhundert hingewiesen. Damit war die Figurenkonstellation von zwei Paaren,
deren Liebesbeziehungen sich verschränken und
von denen das eine den doppelten Ehebruch begeht,
vorgezeichnet, waren also Fabel und Thema abge-
steckt. Wellkamp beruft sich denn auch ausdrücklich

an bezeichnender Stelle, als er vor seinem »Schicksal« gewarnt wird, auf Goethes Roman als eines seiner »Lieblingsbücher«. Daß Heinrich Mann, indem er diesen Bezug herstellt, in seiner Tendenz zur völligen Verinnerlichung des Psychologischen, die die Außenwelt nur noch als ein »Schattenspiel« zuläßt, die ungemeine Welthaltigkeit von Goethes Roman übersieht, sei nebenher angemerkt: Goethe stellt die Romantische Gesellschaft der Neuzeit, die ästhetisierenden Nazarener und Präraffaeliten seiner Zeit präzise dar. Seine Personnagen kennen die Natur nur als Parklandschaft, allenfalls als »decorated farm«. Taten finden im Randbereich des Krieges statt. Es ist eine entmythologisierte Gesellschaft und als solche durchaus psychologisiert, so daß in ihr der Ehebruch nur mental und nicht körperlich vollzogen wird. Alles verbleibt im Bereich der Symbole.

Ganz anders die großen Romane, in denen im 19. Jahrhundert der Ehebruch als Befreiung des Individuums bis zu seiner Zerstörung erhoben wird. »Madame Bovary«, »Anna Karenina«, »Effi Briest« – zu deren Kühnheiten kann und will sich der junge Heinrich Mann nicht hinreißen lassen, da sie gesellschaftssprengend sind. Er aber will die Gesellschaft erhalten, und zwar, wie Bourget es ihn lehrt, als eine ständisch geordnete Gesellschaft, die Wellkamp sich statisch und unabänderlich denkt: »Diese Patrizierfamilien schienen ihm Fürstenhäusern zu gleichen, so erhaben waren sie über die von Tag zu Tag stattfindenden sozialen Wandlungen ... Auch konnte sie keiner der Vorwürfe treffen, welche gegen Kapital und Bürgertum geschleudert wurden.« In dieser Statik gefrieren natürlich Gefühl und Gedanke, und die bloße abgehobene Reflexion bleibt übrig. Heinrich Mann begann seine Laufbahn persönlich und intellektuell unter ungeheuren Widersprüchen, die er unter klischeehaften Formeln zu verbergen trachtete. So kann sich Goethes mentale Ehebruchsgeschichte zwischen Dora und dem Dilettanten Wellkamp als Beispiel vom »Kampf der Geschlechter« abspielen. Das war ein sozialdarwinistisches Theorem, das am Ende des 19. Jahrhunderts Literatur und Kunst enorm befruchtete. Es war aber auch eine Phrase, unter der die Geschlechterphysiologie und -psychologie verflachte und versandete, wie in Heinrich Manns Roman, in dem die nervöse Dora, die ausschließlich in dämmrigen Boudoirs lebt, plötzlich zur »Unterwerfung des Mannes« ansetzt. Sie ist dazu – durch ihre Herkunft – ausgestattet, weil sie – wie auch Heinrich Manns Mutter Julia Mann-da Silva-Bruhns – Tochter einer Kreolin und eines Europäers ist! Hier offenbaren sich Einflüsse von Hippolyte Taines Rassenideologie zur Einteilung der Völker. Auch hegt Dora als »Gattungswesen Weib« einen »Haß« auf die jüngere Anna. Diese, emanzipiert und volkswirtschaftlich gebildet, ist in ihrem theoretischen Kopf solchen Anfechtungen gar nicht ausgesetzt. Sie ist »gesund«. Auf Dora hingegen werden alle Schlagwörter, unter die der »Kampf der Geschlechter« als Grund »aller Lebensäußerungen« gefaßt wurde, gehäuft: Sie ist eine »Dirne«, sie wird zur »Beute« des Mannes und – das äußerste Stigma, das die bourgeoise Moral ihr aufdrücken kann – sie ist eine »gefallene Frau«. Erst in den Schlußpartien wird sie als Opfer entschuldigt. Aber das gehört in einen anderen, einen philosophischen Zusammenhang, der ganz zuletzt noch besprochen werden soll. – Der alte Major von Grubeck ist mit seinen lockeren Kunstbetrachtungen des »Schönen« triebhaften Begehrungen enthoben, er ist buchstäblich »i. R.«. Die von Heinrich Mann gewünschte gesellschaftliche Statik kann sich an ihm ganz wortlos erweisen.

Unter all diesen zeitgenössisch-gängigen, auch aufgeklärt-vernünftigen Thesen verbirgt sich die eigentliche Tendenz des Romans, seine Parteinahme im Streit der literarischen Schulen seiner Zeit: Heinrich Mann wendet sich scharf gegen den Naturalismus. Sein Roman ist ein Produkt der »Neuen Romantik«. Dora, die Hysterische, und Wellkamp, den Labilen, eint nämlich, noch ehe das sexuelle Begehren eintritt, ihre Ahnung des »Übersinnlichen«, ihre Vorliebe für das »Geheimnisvolle«, kurz ein Hang zum »Mystizismus«. Das zeigt sich in der gemeinsamen Betrachtung eines Gemäldes, das so etwas wie »das zweite Gesicht« darstellt und beider »Kultus heimlicher Schönheit« anreizt, und auch in ihrem

Erlebnis der »Tannhäuser«-Oper und dort besonders der Venusbergszene – »Es ist fast zuviel«. Dora und Wellkamp sind beide Male schon seelisch vereinigt, ja die Ekstasen der Wagnerschen Musik leiten ihre körperliche Vereinigung geradezu ein: Diese »sanfte Romantik« zieht Wellkamp »auf besondere Weise zu Dora. Wie schon früher, fühlte er jetzt von neuem, wie die mystische Empfänglichkeit als ein wechselseitig empfundenes Band zwischen ihnen Beiden bestand.«

Heinrich Mann hat dieses erotische Dilettieren allerdings in den Zusammenhang einer ganzheitlichen Kulturkritik gesetzt. Das wird nach der Venusbergszene bei dem Wartburgfest deutlich herausgearbeitet. Wellkamp »genoß den Anblick jener feinen und stolzen Kultur mit ihren vornehmen und freien Rangabstufungen … in mehr oder weniger bewußtem Gegensatze zu Geist und Formen der modernen Zeit. Gehörte er doch zu der wachsenden Zahl derer, die ihr verletztes und unbefriedigtes Gefühl in der heutigen Welt ihren Platz einzunehmen, unlustig oder auch wohl untauglich macht. Dieses Gefühl leitete am Ende ebenso wohl seine künstlerische Empfindung und sein religiöses Bedürfnis, wie es andererseits seine Lebensauffassung, ja seine politische Parteinahme bestimmte.«

Aber ebenso wie die Liebesgeschichte sich in eine sadomasochistische Episode wandelt und in Abscheu, Haß und Rachegelüsten abbricht, hat Heinrich Mann alle weltanschaulichen Richtungen, die er hier aufzählt, nicht vermitteln können. Er verbleibt mit ihnen in Widersprüchen, »untauglich« sie zu lösen. Wellkamp bekennt sich – wie Heinrich Mann selbst – zu dem wissenschaftlichen Indeterminismus, daß »die letzten, entscheidenden Fragen immer unlösbar bleiben werden«. Das ist gegen den Determinismus und Positivismus der Naturalisten gerichtet und soll zugleich das »Bedürfnis der Seele« nach »Religion« begründen. Allen diesen versuchten Positionen bleibt aber ein »Schicksals«begriff übergeordnet bzw. entgegengesetzt, der den ganzen Roman in Poesie und Prosa durchzieht und in dem Ende und »Schluß« gipfeln. Der Gedanke »Wir sind alle gegen das Schicksal machtlos!« wird Wellkamp, Dora und Anna gleichermaßen zugeteilt. Er wird als »Glauben« bezeichnet, »daß es eine Schicksalsmacht ist, die mit zufälligen oder doch für uns nicht zu unterscheidenden Mitteln uns hier wie überall zu dem von ihr vorherbestimmten Ziele leitet«. Das Unvermittelte der disparaten Positionen spricht sich hier deutlich aus. Auch ein lyrischer Erguß versöhnt nichts:

»– Es duften süßer am Portal
Als je zuvor im Mai, Jasmin und Flieder; –
Und daß das Schicksal uns einander anbefahl,
Wir fühlen's und wir sagen es uns wieder.«

Der Neuromantiker unterliegt denn doch einem metaphysischen Determinismus, der herrschenden Doktrin des Naturalismus von Emile Zola bis Gerhart Hauptmann. Und nur so kann er Dora, die »gefallene Frau«, am Ende als ein »Opfer« entschuldigen.

Als Heinrich Mann als Fünfzigjähriger einer Neuausgabe seines Erstlings zustimmte, hat er stilistisch Weniges geglättet, an dem Gehalt aber nichts geändert und sich mit einem »Sie werden nicht wiederkommen« von seinem »jungen Freund« brieflich verabschiedet. Im Rückblick des Alters beurteilte er diese von »Ullstein veranlaßte Bearbeitung der zwanziger Jahre« mit : »Hat nichts geholfen.« (An K. Lemke, 29.1.1947) Sein Bruder Thomas Mann hingegen sprach kurz nach Abschluß von »In einer Familie« zu einem Jugendfreund von Heinrichs »feiner und reserviert vornehmen Sprache« und besonders von »seiner eminenten Psychologie« (an Otto Grautoff, 17.5.1895). Den Sechzigjährigen ehrte er dann – nach dem Preußischen Kultusminister, Max Liebermann und Gottfried Benn – durch die Ansprache »Vom Beruf des deutschen Schriftstellers in unserer Zeit« in der Berliner Akademie der Künste; er erinnerte den Bruder an ihre gemeinsamen Tage in Palestrina, als er selbst »Buddenbrooks« zu schreiben begann: »Einen Familienroman übrigens hattest auch du damals schon geschrieben: er hieß sogar ›In einer Familie‹; er war Paul Bourget gewidmet, die

studierte und delikate Psychologie des konservativen Franzosen war sein Vorbild gewesen – wie denn
überhaupt deine konservative Periode in deiner Jugend lag.« Das ist ein literarhistorisch gerechter
Rückblick, wenn er auch die ungemeine intellektu-
elle Energie außer Acht läßt, die der junge Heinrich
Mann aufwandte, sich ein eigentliches Weltbild auf-
zubauen. Daß er unter Anleitung Bourgets ansetzte,
sich in die Schule der französischen kritischen Ge-
sellschaftsromanciers zu begeben, jener eminenten
Reihe Choderlos de Laclos – Balzac – Stendhal –
Flaubert – Zola, sei hier nur angefügt.

Als Heinrich Mann dem Bruder zu dessen 70. Ge-
burtstag gratulierte, trug er etwas von den Mühen
seiner Anfänge nach: »Man weiß nicht, wieviel uner-
bittliche Verpflichtung ein Gezeichneter, der sein
Leben lang hervorbringen soll, als Jüngling überall-
hin und mit sich trägt. Es war schwerer, als ich mir
heute zurückrufen kann.«

Klaus Schröter

Inhalt